글·사진  문윤정

# 선재야 선재야

우리 시대의 53 선지식을 만나다

클리어마인드
CLEARMIND

# 선재야 선재야

우리 시대의 53 선지식을 만나다

초판 인쇄 | 2009년  2월  20일
초판 발행 | 2009년  3월  11일

지 은 이 | 문윤정
펴 낸 이 | 오세룡
펴 낸 곳 | 클리어마인드_(주)지오비스
등록번호 | 제 300-2005-54호
주    소 | 서울시 수송동 58 두산위브파빌리온 736호
전    화 | 02)2198-5151,  팩스 |  02)2198-5153
디 자 인 | 현대북스  051)244-1251

ISBN  978-89-93293-07-4



정가  13,000원

# 선재야 선재야

우리 시대의 53 선지식을 만나다

현대판 「입법계품」에 부쳐
# 사람의 향기가 으뜸이라지

『화엄경』은 부처님께서 보리수 아래에서 대각을 성취하신 뒤 그 자리를 떠나지 않으시고 삼매 중에 설하셨다는 경전이다. 『화엄경』의 「입법계품」은 선재동자가 주인공이 되어 53선지식을 찾아다니면서 가르침을 구하는 여정을 그리고 있다. 선재동자는 도를 구하는 모든 구도자를 가리키는 것이기에 구도자의 마음가짐으로 살아가는 불자라면 누구나 다 선재동자인 것이다. 이 책을 읽는 독자 또한 선재이자 구도자인 것이다.

2006년부터 3년 동안 선재가 되어 문수보살부터 보현 보살까지 해서 53분의 선지식을 만났다. 선지식이란 스승 또는 도반이라는 의미이기도 하지만, '자신의 생명 가치를 올곧게 실현하는 사람들이며, 그 실현을 통해 주변을 밝힐 수 있는 사람' 이라고 생각한다.

「입법계품」에 등장하는 53분의 구성을 살펴보면 다음과 같다. 문수 · 보현 · 관세음 · 정취 · 미륵보살 등 5명의 보살, 5명의 비구와 1명의 비구니가 나온다. 그리고 9명의 장자, 2명의 임금, 뱃사공, 2명의 바라문(다른 종교의 성직자), 왕녀, 교사, 4명의 우바이(여성 불자), 천신을 포함한 11명의 신神 등 참으로 다양하게 등장한다.

「입법계품」에는 2명의 바라문이 등장하는데 불교의 입장에서 보면 이들은 외도들인데도 선지식으로 모셨다는 것은 모든 차별에서 벗어났음을 의

미하며, 불교가 '열린 종교'임을 상징하는 것이다. 그러한 「입법계품」의 정신을 되살려 이 책에는 프랑스 출신의 신부님, 목사님, 아쉬람(힌두교 사원) 운영자 등 다양한 종교 지도자들을 모셨다.

그리고 「입법계품」에는 9명이나 되는 장자들이 등장하는데 이때 장자란 재물이 풍부하여 남에게 베풀기를 즐기는 자산가를 뜻한다. 아마도 부처님 재세 당시 장자들이 불교 교단을 일부 지탱하지 않았나 싶다. 『화엄경』이 설해졌던 그 당시 인도는 카스트제도가 지배하는 계급사회였건만, 「입법계품」에 등장하는 선지식들은 빈부귀천·남녀노소를 구별하지 않고 다양하다. 배울 것이 있다면 누구에게라도 가르침을 청하고 스승으로 모신다는 것이 「입법계품」의 정신이며 특징이다.

경전의 정신을 오롯이 살리면서도 현대판 「입법계품」이 될 수 있는데 주안점을 두었다. 53분의 선지식을 선정한 배경을 예로 들면 다음과 같다.

견고해탈장자는 금을 파는 직업을 가졌다고 하기에, 필자는 금세공장인으로 해석하여 현대의 목조각장인을 내세웠다. 그리고 '땅의 신'은 농장을 운영하는 분으로, '숲의 신'은 직간접적으로 숲을 보호하고 가꾸는 분으로 상정하여 찾아다녔다. 53선지식들은 이렇게 선정되어 만나 뵌 분들이다.

이 책에는 네팔에서 온 이주노동자를 비롯하여 아나운서·탤런트·커피숍 주인·사장·소방공무원·택시기사·도지사·교사·상인·의사·시인·방송인·요리연구가·농장 대표 등 각계각층의 다양한 분들이 초대되었다. 그리고 고인故人이 한 분 있으니 서울 길상사를 보시한 김영한 보살님이다.

문수보살이 선재동자에게 다양한 선지식 만나기를 종용한 것 또한 우리 삶의 다양성을 깨우쳐 주기 위해서이며, 진리를 향하여 가는 길 또한 무수하다는 것을 깨닫게 하기 위함이 아닌가 싶다.

내가 만난 선지식들은 자신이 하고 있는 일 그 자체가 수행이요, 자신이 지금 몸담고 있는 그 자리가 바로 화장세계임을 여실히 보여주었다. 보살이란 나를 둘러싸고 있는 울타리를 허물어 버린 사람이듯이 내가 만난 선지식들 또한 너와 내가 더불어 살아가야 한다는 상생相生의 정신으로 살아가는 사람들이다. 선지식들은 희로애락을 통해서 삶의 무수한 진실을 알아채는 눈 밝은 자들이었으며, 제각각의 향기로 자신을 장엄하고 있었다.

그들을 만나기 위해 길을 떠났던 여정들을 새삼 떠올려 본다. 서울에서 대구·청주·함양·대전·홍천·부산·전주·춘천·나주·창원·화성·제주로 그 길은 전국적으로 이어졌다. 선지식을 만나러 갈 때마다 약간의 설렘과 흥분과 기대와 긴장이 어우러진 환희심 속에서 길을 떠났다.

한 분 한 분의 선지식들을 만날 때마다 현대판 「입법계품」을 쓰고 있다는 자부심을 가졌기에 한 번도 '힘들다'는 생각 없이 기쁜 마음으로 산을 넘고 물을 건넜다.

이 자리를 빌어 바쁘신 데도 불구하고 귀한 시간 내어 주신 53분의 선지식들에게 다시 한 번 예를 갖추어 인사 올린다. 그리고 이런 자리에 나오기가 쉽지 않았을 텐데도 허락해 주신 최일도 목사님께 거듭 감사의 말을 전하고 싶다. 또 여러 가지로 도움을 준 하경목 님에게도 감사의 말을 전한다. 혹 이 책에 허물이 있다면 그것은 전적으로 나의 부족한 역량에서 비롯된 것이지 절대로 선지식들에게 허물이 있지 않음을 거듭거듭 밝혀 두는 바이다.

참고로 동국대학교 역경원에서 번역한 『화엄경』 40권본을 텍스트로 하였음을 밝혀 둔다. 한 분 한 분의 선지식을 만날 때마다 그들의 향기에 취해서 몇 날 며칠을 보내곤 했음을 고백해야만 할 것 같다. 자분자분 풀어내는 그들의 이야기는 그대로 법문이 되어 내 마음을 맑혀 주었다. 이 맑은 기운과 향기가 독자들에게도 그대로 전해지기를 간절히 바라고 있다.

2008년 11월 노란빛 환희 속에서
문윤정 합장

# 목차

# 선재야 선재야

우리 시대의 53선지식을 만나다

# 월운 스님

# 이 시대 언어로
# 부처님 가르침을 전하다

## 문 수 보 살

문수사리보살이 비구들에게 권하여 아뇩다라삼먁삼보리 마음을 내게 하고 는 남쪽으로 가면서 차례차례 인간의 도성과 마을을 지나서 복생성福生城의 동쪽에 있는 장엄당莊嚴幢 사라나무 숲 속에 머물렀다. 그곳은 지나간 세상에 부처님들이 계시면서 모든 중생을 교화하던 곳이며, 또 비로자나 부처님이 보살행을 닦을 때에 몸과 재물을 버리던 곳이다.

문수보살은 사자좌에 앉아 경을 말씀하시니 경의 이름은 『법계에 널리 비치는 원만한 광명普照法界圓滿光明』이다. 이 경을 설할 때 복생성 안의 사람들이 수없이 몰려왔다.

선재는 문수보살에게 이렇게 여쭈었다.

"거룩하신 이여, 제가 어떻게 하면 보살의 행을 배우며, 어떻게 하면 보살의 행을 닦으며, 어떻게 하면 보살의 행을 성취하며 어떻게 하면 보현의 행을 빨리 갖출 수 있겠습니까?"

"보현의 청정행을 닦으려거든 보살의 법문을 듣고 모두 다 기억하고 잊지 말아라. 내가 만일 넓은 세계에서 오랜 세월동안 보현 보살 행을 닦으면 가장 좋은 보리도를 이루게 된다. 또 네가 만일 오랜 세월에 시방 세계 많은 나라 두루 다니며 네가 세운 큰 서원을 이루려고 보현 보살의 온갖 행을 닦으면 일심으로 보현 보살 법을 배울 수 있다."

문수보살은 선지식을 찾아 길을 떠나려는 선재에게 이렇게 일러주었다.

"선남자여! 어떤 중생이 아뇩다라삼먁삼보리 마음을 내는 것도 진실로 어려운 일이지마는 그 마음을 내고 다시 보살의 행을 부지런히 행하려는 것은 몇 곱이나 어려운 일이다. 그대가 이제 발심하고 보살의 도를 구하여 온갖 지혜를 성취하려거든 마땅히 진정한 선지식 찾는 것을 고달파하지 마라. 그리고 선지식을 보거든 싫증을 내지 말 것이며, 선지식의 가르침을 그대로 따르고 어기지 말 것이며, 선지식의 미묘한 방편에 다만 공경할 뿐이요 허물을 보지 말아야 한다."


봉선사에 들어서면 한글로 된 현판과 주련이 먼저 눈에 들어온다. 동국 역경원장인 월운 스님이 주석하는 곳이라 한글주련이 던지는 의미가 깊다. 봉선사 조실당에는 두 개의 현판이 걸려 있다. 다경실茶經室과 능엄대도량能嚴大道場이다. '다로경권茶爐經卷'에서 유래한 다경실은 '차를 마시며 경을 읽는다'는 뜻이니 대강백大講白의 처소임을 알게 한다. 봉선사 조실당은 한국불교의 역경 사업을 주도해 온 스승(운허 스님)과 제자(월운 스님)의 원력이 고스란히 배어 있는 곳이며 이곳 또한 중생 교화의 발판이 된 곳이다.

세계에서 가장 완전한 장경이라 일컬어지는 『고려대장경』이 한자로 되어 있어 일반인들이 쉽게 다가갈 수 없었기에 운허 스님은 번역의 필요성을 절실하게 인식하였다. 운허 스님이 1965년『한글대장경 』제1집『장아함경長阿含經』을 선두로 해서 펼친 번역 사업을 월운 스님이 2003년 318권으로 완간하였다. 완간을 이루기까지 36년이라는 세월이 소요되었다고 하니 그 대장정에 기립 박수를 보내고 또 보내어도 부족하기만 하다. 하지만 월운 스님은 이런 찬사를 듣는 것을 꺼려하신다.

"한글대장경 318권을 완간한 것은 결코 내가 한 것이 아닙니다. 번역을 한 학자들을 비롯하여 후원을 아끼지 않은 많은 사람들이 있었기에 가능했던 것이지요."

월운 스님은 역경원의 설립 목적이 "『고려대장경』의 번역에만 있는 것이 아니라, 『고려대장경』에 수록되지 않은 한역 경전이나 범어·빨리어 경전 그리고 고승들의 문집을 번역하는 일까지를 포함하고 있으며, 장경의 전산화 작업이 남아 있기에 아직 할 일이 산 너머 산이라"고 하였다. 팔순을 바라보시는 노스님의 눈은 빛났고 목소리는 에너지로 넘쳤다.

월운 스님은 출가 전에 한학을 배웠는데, 출가 후 스님의 뛰어난 한문 실력을 아깝게 여긴 주변 사람들이 운허 스님을 찾아가 보라고 하였다. 지금도 그렇지만 당시 한국 불교의 분위기는 참선이나 기도 같은 것이 주류였고 월운 스님도 그런 쪽으로 가려고 했다. 그런데  운허 스님께서 "경학을 하는 것도 수행의 길이고 부처님의 은혜에 보답하는 길"이라 하시기에 그 말씀을 순순히 받아들였다. 천육백 년이라는 장구한 한국 불교 역사 위에 새로운 역사를 더할 수 있는 전환점이 되었으니 이 모든 것은 우연이 아니라 이미 전생에 못 지워진 필연이 아닐까 싶다.

운허 스님은 "역경불사를 계속 하기 위해서 내세에도 다시 사람으로 태어나고 싶고, 한국에 태어나고 싶다"고 말씀하실 만큼 역경사업에 전 인생을 걸었듯이 월운 스님의 역경에 대한 서원 또한 감히 누구도 따라갈 수 없다.

『고려대장경』이 외세의 침입을 극복하려는 국가적 발원에서 조판 되었다면, 오늘날의 역경불사는 이 시대 사람들에게 이 시대의 언어로 부처님 가르침을 바르게 전하기 위함이다. 불교라는 종교적인 차원을 떠나서 한국의 자랑거리를 하나 더 보탠 것이다.

월운 스님은 "경전을 열심히 읽는 것도 공덕이 될 수 있어요. 그리고 불교를 믿는 사람은 부처님 말씀을 지침으로 삼아야 하며, 부처님 말씀 안에서 인생의 문제를 해결하려고 노력해야 합니다"라고 했다.

"부처님의 가르침은 나 스스로가 내 행복을 찾는 길입니다. 쉽게 말하면 순간순간 정신 차리는 것입니다. 그것을 가리켜 '깨달음'이라고 하는 것입니다. 마음 깨닫는 가장 좋은 방법은 법문 듣고 한 순간에 깨닫는 것이지요. 법문을 듣고 깨달아서 내가 한 순간 한 순간 양심에 걸림 없이 깨끗하게 살아가는 습관을 가질 수 있도록 노력하도록 마음먹는 것입니다. 이것이 불제자의 자세입니다. 스스로 '나는 제대로 된 불자인가?', '나는 부처님과의 약속을 잘 지키고 있는가?' 하고 자신을 살펴야 합니다."

만약 내가 할 도리를 다했는데도 남이 나를 구박한다면 그 때는 그 사람이 바뀔 때까지 기다려 주고, 또 날 보고 욕을 하더라도 그 사람이 깨닫게 되기를 바라는 것이 바로 보살의 길이란다.

문수사리보살의 법문을 들은 사람들은 '온갖 부처님 경계를 보는데 걸림이 없는 눈' 삼매를 증득하였다. 이 삼매를 얻은 위신력으로 '부처님들의 법문을 듣고서는 말씀하시는 뜻과 해석하는 말과 성질과 모양의 비밀한 것도 모두 이해하며 또 중생의 마음과 근성과 욕망이 각각 차별한 것도 살펴볼 줄 알았다. 또 만 가지 진실한 보리심을 얻고 만 가지 바라밀다가 구족하며 만 가지 지혜의 광명을 갖추었다. 문수사리보살의 법문을 들은 수많은 사람들이 보리심을 증득하고 지혜를 구족하였듯이, 월운 스님이 한글대장경을 완간하였다는 것은 불보살의 가피가 모든 중생에게 두루 미친 것과 같은 의미를 지닌다. 번역한 경전을 통하여 '불교는 어렵다'는 통념을 깨고 신행의 현장에서 보다 쉽게 부처님의 가르침을 만날 수 있는 길을 열어 주었으며, 그로 인해 많은 사람들이 깨달음을 증득할 수 있었다. 또한 앞으로도 수많은 사람들이 『한글 대장경』을 통하여 깨달음의 길로 나아갈 것이니 월운 스님이야말로 오늘날의 문수사리보살임에 틀림없다.

반평생을 역경사업과 인재양성에 오롯이 바친 월운 스님이 있었기에 불교의 대중화와 현대화가 가능하였고, 그로 인해 한국불교가 쇠퇴하지 않고 날로 새롭게 발전해 온 것이 틀림없다.

길 상 운 비 구

동화사 강주
지운 스님

# <sup>#02</sup> 정신을 차 맛에 고정시키면 번뇌망상 사라진다

**길 상 운 비 구**

선재는 남쪽으로 향하여 가다가 승낙국에 이르러 묘봉산에 올랐다. 산 위에서 동서남북으로 오르내리며 두루 찾아 헤매다가 7일이 지나서야 겨우 길상운 비구를 만날 수 있었다. 선재는 길상운 비구를 만나자, 그저 반가운 마음에 두 발에 예배하고 오른쪽으로 세 번 돌고 합장하였다.

"거룩하신 이여, 저는 이미 아뇩다라삼먁삼보리의 마음을 내었으나 어떻게 해야 보살행을 배우며, 어떻게 하는 것이 보살행을 닦는 것이며, 어떻게 보살행을 행할 수 있는지, 어떻게 해야 보현의 행을 완성할 수 있는지 알지 못합니다. 저에게 가르침을 주소서."

"선남자여, 나는 부처님들의 평등한 경계를 기억하는데 걸림 없는 지혜로 널리 보는 법문을 얻었다. 나는 자재하고 결정한 알음알이 힘을 얻어서 믿는 눈이 깨끗해서 지혜 빛이 밝게 비치며, 널리 보는 눈이 밝고 사무치어 청정한 행을 갖추었다. 지혜의 눈으로 온갖 경계를 두루 보며 공교한 방편으로 온갖 장애를 여의었고 깨끗한 몸으로 시방세계에 나아가 모든 부처님께 공경하고 공양하며 믿고 이해하는 힘으로 시방 부처님들을 항상 생각하며 잘 기억하는 힘으로 시방세계의 여러 부처님 법을 받아 지니며, 지혜 눈으로 시방의 모든 부처님을 항상 보노라."

동화사로 가는 길은 한적했다. 체로금풍, 모든 것을 떨구어 버린 채 있는 그대로를 드러낸 겨울 나목들의 몸짓은 아름다웠다. 겨울 나목 가지 사이로 부는 바람이 금빛을 머금은 듯 눈부시다.

지운 스님은 불교라디오 방송에서 『입능가경』, 불교TV에서 『법화경』·『원각경』·『대승기신론』 등 여러 경전을 강의하여 대중들의 마음을 사로잡은 유명한 강사이다. 그리고 차를 통해서 깨달음에 이를 수 있는 '차 수행법'과 자비심을 바탕으로 하는 '자비수관'을 강의하였다. 대중의 열화 같은 요청에 의해 지금은 불교 TV에서 『해심밀경』을 강의하고 있다. 지운 스님의 강의를 들은 대중은 이구동성으로 '경전을 이해하기 쉽게 그리고 명확하고도 경쾌하게 강의를 풀어가기 때문에 자신도 모르게 지혜의 빛이 밝아 옴을 느끼게 된다'고 말한다.

"경전은 삶과 죽음의 고통을 해결해 주는 가르침으로, 무엇이 고통인지 명확하게 일러주는가 하면  고통의 해결방법을 제시하여 줍니다. 그리고 발심과 신심을 일으키고 수행의 길을 제시하여 깨달음에 이르도록 하는 것입니다. 또 간화선 수행을 위해서는 반드시 경전과 논서의 가르침이 필요하며, 경론經論이 없이는 화두를 들 수가 없어요. 깨달음이란 부처님 가르침을 통한 바른 수행으로 얻어짐을 간과해서는 안 됩니다."

지운 스님이 강의에 남다른 열정을 가진 것은 '수행과 함께 경전을 독송


선재야 선재야

하고 논서를 공부해야만이 깨달음의 길에 이를 수 있다' 는 평소의 신념에서 나온 것이 아닐까 싶다.

93년부터 2002년까지 송광사 강원의 강주를 지냈고, 지금은 동화사 강원의 강주 소임을 맡고 있다. 지운 스님은 동화사 강주로 오시면서 우선 교수법을 문답식으로 바꾸었다.

"부처님 당시부터 내려오는 방식이 문답식이었고, 선가에서도 스승과 제자가 마주 앉아 선문답을 주고받았어요. 법문답을 도입한 강원의 분위기는 경직된 분위기에서 탈피하여 한결 부드러워졌고, 문답식 교수법을 통하여 토론문화에 기여한다는 의미도 있어요. 그리고 학인스님들이 강원을 졸업하고 선원에 갔을 때 선사禪師와의 선문답을 할 수 있는 바탕이 됩니다. 그래서 강원에 있어서 문답식이 아주 중요하며, 장래의 선지식을 길러내는 타당한 교수법이라고 생각합니다."

스님은 "『선가귀감禪家龜鑑』에 보면 '교敎는 말 있는데서 없는 것이고, 선禪은 말 없는데서 말 없는 것이다' 라는 말이 있어요. 강원은 선을 하기 위한 준비과정이며, 기초선원 역할을 하는 곳이지요. 강원의 역할이 다시 회복되어야 합니다"라고 하였다. 강원이 튼튼해야 선원이 살아난다는 것이 스님의 소신이다.

'불교는 듣고 사유하고 수행하는 문사수聞思修 3박자가 이루어져야만 하는데, 강원의 교육은 이런 것이 한꺼번에 이루어져야 한다' 는 스님의 말씀에서 강주로서의 남다른 철학이 있음을 알 수 있었다. 스승이신 강백 운성 스님의 다음과 같은 말씀을 항상 가슴에 새기고 있다.

“불법은 하나로 통하면 모두가 통하게 되어 있다. 강사는 대승·소승·밀교·선에 이르기까지 다 할 수 있어야 한다. 가르친다고 하지만 10년이 지나야 가르친다고 할 수 있으며, 10년 동안은 네가 도리어 배우는 것이다.”

지운 스님께서 직접 지도하는 ‘자비선慈悲禪’은 일반대중의 눈높이에 맞춘 명상인데, 『화엄경』의 ‘열 가지 마음의 손’에서 비롯된 것이라 한다. ‘자비의 손’이란 보시하는 손, 정법을 아끼지 않는 손, 지혜의 보배를 항상 가지는 손, 삼계를 초월하는 손이라고 한다. 모든 부처님께 공양하는 자비선은 ‘자비수관’과 ‘자비다선’을 합친 수행법인데, 자신의 마음으로 만든 ‘자비손’으로 몸의 현상을 관찰하는 수행이다.

“자비수관은 자비심을 중심에 두고 몸을 주된 관찰 대상으로 하여 정념으로 삼법인을 체득하고 무상無相·무원無願·공空의 삼해탈과 열반을 얻는 것을 목적으로 하고 있습니다. 이 수행법은 부처님의 가르침에 바탕을 둔 기초수행법으로 불교 수행법의 왜곡을 막고 잘못된 수행법이나 극단적인 수련방법으로 인해 상처받은 몸과 마음을 치료하는 효과를 가지고 있지요.”

이때 마음의 손은 중생을 구제하고, 오묘한 진리를 열어 보이고, 몸과 마음의 병을 치료하는 지혜의 약이며, 진리의 광명으로 번뇌를 타파하는 역할을 하게 된단다. 지운 스님은 “몸과 마음을 두고 번뇌라 하는 것은 몸과 마음은 좋고 싫어함을 같이 하기 때문입니다. 몸과 마음이 청정하게 되면 모든 세계가 청정해지는 것입니다”라고 가르쳐 주었다. 지운 스님은 전국

구이다 보니 서울·대전·부산·대구에서만이 아니라 경북 성주의 ‘자비선사慈悲禪寺’에서도 자비선을 지도하고 있다.

“부처님은 자비심 그 자체로 늘 열반에 들어 있으면서도 색신을 나타내서 중생을 구제하는데, 이것은 부처와 중생은 분리되어 있지 않고 참 성품으로 연기하기 때문입니다. 연기의 다른 표현이 자비심입니다. 모든 존재는 상호 의존하고 있기 때문에 부처님 그대로가 우주법계이며 법계 그대로가 부처님입니다. 그래서 『화엄경』에서는 모든 존재 자체가 비로자나부처님이라 합니다.”

‘수행자는 자기가 속한 삼라만상 모든 것이 자기 스스로를 알기 위한 대상이며, 아무리 작은 행동이라도 자기가 행하고 있는 행위는 자신을 알기 위한 일임을 명심해야 한다’고 지운 스님은 강조하였다. 선방에 앉는 것만이 수행이 아니라 일상 그 자체가 수행이 되어야 함을 말씀하는 것이다. 차를 마시는 행위를 통해서도 의식이 깨달음으로 들어갈 수 있다면서 스님은 제법 큰 명상용 찻잔에 차를 몇 번이나 따라주었다.

“정신을 차 맛에 고정시켜 맛을 보면서 그 변화하는 순간순간을 놓치지 않으면 번뇌 망상이 끼어들 틈이 없어져 마음이 편안해집니다. 이와 같이 맛의 변화를 알아차리는 것이 곧 마음이 깨어 있는 상태이며, 맛의 차이를 안다는 것은 기존의 고정관념을 깰 수 있다는 것입니다. 지금 맛보고 있는 그 자체 즉 현재가 실종된다는 것은 현재의 삶이 실종된 것입니다.”

음식을 먹으면서 차를 마시면서도 다른 일을 생각하는 식의 삶이란 현실감이 없어지고 과거나 미래 속에 사는 삶이 되는 것이므로 고통 많은 현실을 극복하기 힘든다는 말을 덧붙였다.

길상운 비구가 부처님들의 평등한 경계를 기억하는데 걸림 없는 지혜로 널리 보는 법문을 얻었다고 하듯이 지운 스님 또한 경학에 대한 안목이 탁월하여 법문을 전하는데 걸림이 없다. 지운 스님이 주시는 차는 감로의 차이기에 사양치 않고 받아마셨다. 이 감로의 차가 '얼룩지고 냄새나는 몸과 마음을 정화시켜주어 법향으로 가득 차기'를 발원했다.

지운 스님

1991년 운성 강백講伯으로부터 전강傳講받음. 송광사 강원 강주 역임.
1998년부터 불교TV에서 「법화경」 · 「차수행법」 · 「한글 원각경」 · 「대승기신론」 등 강의.
현재는 대한불교 조계종 단일계단 교수사이며, 동화사 강주이다.
저서로는 「찻잔 속에 달이 뜨네」 · 「깨달음으로 가는 길」 등이 있다.


선재야 선재야

사단법인 인덕원 이사장, 삼천사 주지
성운 스님

# #03 백만 중생에게 안락한 삶을 주어야 한다

## 해 운 비 구

선재는 점점 남쪽으로 가서 해문국에 이르러서 해운 비구를 만났다. 반가운 마음에 해운 비구 앞으로 나아가 두 발에 예배하고 수없이 돌고 합장하고 여쭈었다.

"거룩하신 이여, 어떻게 하면 보살의 도를 갖추어 지혜의 씨를 자라게 하며, 어떻게 하면 어리석은 범부의 지위를 떠나 부처님의 가장 좋은 자리에 들어가며, 어떻게 하면 나고 죽는 바퀴를 깨뜨리고 큰 서원 바퀴를 이룩하며, 어떻게 하면 모든 귀중한 세간을 버리고 온갖 중생을 이익되게 할 수 있겠습니까?"

"선남자여, '이 세상에 넓고 깊기가 바다보다 더한 것이 있는가, 오는 것을 모두 받아 두면서도 늘지도 줄지도 않는 것이 바다보다 더한 것이 있는가' 하고 생각하는데, 이때에 바다 가운데서 여러 가지 보배로 장엄한 큰 연꽃이 솟아 나왔다. 그때 나는 연꽃 위에 부처님이 결가부좌하신 것을 뵈었다. 그 부처님이 연꽃 위에서 팔을 펴서 내 정수리를 만지면서 보안普眼법문을 연설하셨고, 나는 보안법문을 알 뿐이다.

보리심을 낸다는 것은 고통 받는 중생들을 건져 내는 것이니 불쌍히 여기는 마음을 내는 것이요, 모든 중생들에게 평등하게 복을 주려 하므로 사랑하는 마음을 내는 것이다. 또 두려워하는 중생들을 구호하려는 것이므로 두려움이 없어야 하며, 법계의 모든 세계에 두루 하려는 것이기에 넓고 큰마음을 내어야 하는 것이며, 온갖 것을 아는 지혜의 깊은 바다에 들어가려 하므로 큰 지혜 마음을 내어야 하는 것이다. 이러한 여러 가지 마음을 내는 이것을 두고 보살이 보리심을 내었다고 이름 하는 것이다."

북한산 자락에 자리 잡은 삼천사로 가는 길은 한여름인데도 소나무의 깊은 그늘이 서늘함을 주고 있다. 『동국여지승람』에 의하면 삼천 명이 넘는 승려가 이곳에서 수행을 하였다고 하니, 아마도 '삼천사'라는 사명寺名도 여기에서 유래하지 않았나 싶다.

불교 복지계의 '성공모델'로 꼽히는 성운 스님의 얼굴은 포대화상처럼 넉넉하였다. 큰 자루에 먹을 것을 비롯하여 여러 가지를 넣고 다니면서 어려운 사람들에게 나누어주었다는 포대화상을 만난 듯하였다.

사회복지 법인 인덕원 이사장 성운 스님은 30년간 노인복지 · 아동 · 장애인 등 다양한 계층의 복지사업을 꾸려왔다. 그중에서도 가장 필요하고 다급한 것이 '노인 복지'라고 하였다. 노인 치매로 인해 가족해체 현상까지 빈번하게 발생하는 현실에 대해 안타까움을 감추지 못한다.

"인덕원을 하면서 많은 사례들을 보았는데, 문제가 있는 청소년을 파고 들어가 보면 가정이 파탄 난 경우가 많고 파탄 난 가정을 좀 더 들여다보면 노인성 치매를 앓거나 중풍에 걸린 노인들이 있더군요. 노인의 문제가 해결되지 않으면 사회 곳곳에서 또 다른 문제가 발생할 수 있어요.”

성운 스님은 1978년 삼천사 주지 소임을 맡았다. 그 당시 지역구인 은평구는 무허가 판자촌인 오두막집 한 칸에 7~8명이 생활하는 사람들을 비롯하여 철거민들과 부랑자, 상이군인 등이 많고 해서 주변 환경이 참으로 열악하였다. 그때 스님은 백만 명에게 부처님 법을 전할 것이며, 백만 명의 사람들이 좀 더 안락한 삶을 누릴 수 있도록 해야겠다고 원을 세웠다. 지역민들에게 다가가는 사찰이 되기 위해 노력한 것이다. 그리고 복지에 전념하기 위해 대학에서 ‘사회복지사 1급 자격증’을 취득할 정도로 열정을 지니고 시작하였다. 철거민과 상이군인들에게 우선은 밥과 김치를 해다 날랐다. 그리고 소년소녀 가장들의 부모노릇을 자처했으며, 독거노인들에게는 자식노릇을 자처하여 다양한 봉사를 벌였다. 다양한 활동 속에서 복지시설 건립을 발원하여 10년간의 준비 끝에 1994년 사회복지 법인 인덕원을 설립했다.

복지법인 인덕원은 당초 영유아보육법과 노인복지사업법에 의해 영유아들의 보육과 교육을 원조하고 노인복지사업을 통해 복지증진에 이바지하고자 마련됐다. 이는 곧 가정복지 사업이며 지역복지 사업의 일환으로 추진되고 있다. 인덕원은 보육시설 운영에 이어 노인복지회관의 설치 운영과 노인전문요양원의 운영, 지역사회복지사업까지 벌이고 있다.

성운 스님의 노인 사랑은 너무나 지극하여 일일이 다 열거하자면 책 한 권으로도 모자랄 지경이니 간략하게 몇 가지만 언급하고자 한다. 은평구의 관내 병원과 연계하여 1997년부터 이백 명에 이르는 노인들에게 무료로 틀니를 해 드렸는데, 그동안의 진료비가 6억 원 정도라고 한다. 그리고 노인전문인력은행의 도움을 받아 육백 명이 넘는 어르신들에게 일자리를 제공하여 일하는 기쁨을 맛보게 했다. 2004년부터는 재활기기를 완비한 45인승 버스를 구입하여 거동이 불편한 노인들을 찾아다니면서 진료를 해 주고 있다. 노인들에게 틀니를 해 드린 것만 보아도 얼마나 세심하게 정성을 기울이고 있는지를 알 수 있다. 성운 스님은 어떻게 하면 노인들에게 기쁨과 행복과 즐거움을 줄 수 있을지를 화두처럼 생각하는 것이다.

"몸과 마음의 고통을 받고 있는 사람들에게는 그 고통을 해결해 주어야 한다고 생각해요. 종교가 지역 사회에 기여하지 않으면 교리가 아무리 좋아도 소용없지요. 불교의 목표는 깨달음에 있는 것이 아니라 무연자비에 있어요. 이고득락離苦得樂이라, 부처님께서는 중생들이 고통을 여의고 낙을 누릴 수 있도록 중생복지를 위해 이 세상에 왔습니다."

대승불교의 출발은 보시에서 비롯되었고, 보시란 세상을 향해 이타행利他行을 실천하라는 가르침이란다. 보시를 어떻게 해야 될 지 모른다면 "처음에는 인연 있는 사람에게 보시하는 유연有緣보시에서 시작하여 점차 인연이 없는 사람에게도 보시하는 무연無緣보시를 행하는 것이 좋다"고 했다.

현재는 사회복지 법인 인덕원에만 250여 명의 종사자가 근무하고 있으며 지난 한 해 시설 이용 인원만도 530여만 명에 이른다. 성운 스님은 "앞으로 현재의 인덕원 건물 좌우 부지 1,100여 평에 연건평 3,500여 평 지하 2층 지상 5층 규모의 건물을 세워 승려를 위한 요양시설 등 종합노인복지

타운을 건립해 노인복지의 새로운 모델을 만들겠다”고 밝혔다.

“불자 모두가 수행자가 돼야 합니다. 개인 수행은 소승불교의 것을 따르되 외부의 대상을 향한 수행은 육바라밀이 바탕이 된 보시 실천을 의무화해야 합니다. 예를 들어 자신의 수입의 0.1%를 복지시설에 보시하는 것도 수행 실천의 한 방법입니다. 하지만 보시의 액수가 많고 적은 것은 문제가 되지 않습니다. 중요한 것은 보시하겠다는 원력의 질입니다.”

성운 스님은 북한의 핵실험보다 더 큰 재앙이 저출산과 고령화 문제라고 한다. “정부도 노인수발보장법 등으로 대비해나가고 있지만 불교도 사찰 부지를 활용해 불자들의 노후에 대한 준비를 해야 합니다. 그들이 편안한 죽음을 맞을 수 있도록 노력해야 할 때입니다.” 불자 중 노인인구가 많은데도 노인복지에 소홀한 불교계의 현실을 안타까워하면서 “불심으로 지역·세대·종교·각 계층 간의 갈등을 나눔 운동, 복지실천으로 소외된 이웃과 빈곤에 노출된 사람들에게 자비 실천의 마음을 내야 할 때”라고 조언했다.

해운 비구가 “보리심을 낸다는 것은 고통 받는 중생들을 건져 내는 것이니 불쌍히 여기는 마음을 내는 것이요, 모든 중생들에게 평등하게 복을 주려 하므로 사랑하는 마음을 내는 것이요, 또 중생들의 고통을 없애려 하므로 안락하게 하는 마음을 내어야 한다”고 했듯이 성운 스님은 “상대방을 유익하게 하는 보시바라밀을 실천하면 내 업장은 소멸되고, 불보살과 내가 둘이 아닌 경지를 이루게 된다”는 가르침을 펴고 있다. 망망대해에서 갈 길 몰라 헤매는 중생들과 육신과 영혼의 아픔으로 고통 받는 중생들을 위하여 30년 넘게 복지사업을 벌어 온 성운 스님은 이 시대의 해운 비구임에 틀림없다.

북한산 계곡의 물소리를 등 뒤에 남겨두고 산을 내려왔다. "보시를 실천하겠다고 원력을 세웠으면 지켜야겠다는 지계바라밀이 필요하고, 보시에 따른 대가를 바라지 않고 참고 기다리는 인욕바라밀이 필요합니다. 보시·지계·인욕바라밀을 수행하면 선정은 이루어집니다"라고 간곡히 당부하시는 성운 스님의 말씀이 북한산 골짜기를 메우고 온 나라를 떠돌면서 사람들에게 지침이 되었으면 좋겠다.

성운 스님

법주사에서 월탄 스님을 은사로 득도. 동국대학교 대학원에서 복지행정 전공.

1994년 사회복지 법인 인덕원을 설립하여 10여 개의 시설 운영.

조계종 총무원장 표창장, 대통령 표창장 수상.

지금은 조계종 삼천사 주지이며, 사회복지 법인 인덕원 대표이사.

서암정사 회주
원응 스님

# 04

# 시간을 헤아리려 하지 말라

## 묘 주 비 구

선재는 능가로 가는 길옆에 있는 해안 동리에 이르렀다. 거기서 사방으로 살피면서 묘주 비구를 두루 찾다가 그 비구가 허공중에서 거닐고 있는 것을 보았다.

선재는 묘주 비구가 허공에서 자재하게 거니는데 이러한 공양이 허공에 가득함을 보고, 기뻐 뛰면서 어쩔 줄을 모르고 오체를 땅에 대어 일심으로 예배하고 한참 있다가 일어나 합장하고 말하였다.

"저는 이미 위없는 보리심을 발했지만, 보살이 어떻게 해야 불법을 수행하며, 보살이 어떻게 하면 항상 지혜로써 부처님들의 법을 증득하고 물러나지 않겠나이까? 보살이 어떻게 하면 큰 서원으로 중생을 이익되게 하고 물러나지 않겠습니까?"

묘주 비구는 선재에게 이렇게 말하였다.

"선남자여, 나는 널리 두루 하여 빠르고 용맹하고 공하지 않게 부처님께 공양하고 중생을 성숙시키는 보살의 해탈문을 얻었고, 항상 이 문에서 다니고 앉고 익히고 생각하며 혹 들어가고 나오면서 관찰하고 즉시에 지혜의 광명을 얻었다. 이러한 지혜의 광명을 얻었으므로 모든 중생의 가지가지 마음과 행동을 알아 막힘이 없으며, 모든 중생의 갖가지 죽고 나는 것을 알아 막힘이 없으며 모든 중생의 이 세상일을 알아 막힘이 없다. 이 몸으로 시방 세계에 두루 다니지만 막힘이 없다. 왜냐하면 머무름이 없고 지음이 없고 행함이 없는 신통의 힘을 얻은 까닭이니라."

풀 베고 돌져다 나르는 일에 평생을 바친 원응 스님의 손은 거칠고 굳은 살이 덕지덕지 박혀있다. 원응 스님의 손이 바로 부처님의 손이라는 생각이 들었다. 원응 스님은 독립 운동에 참여했던 선친의 권유로 고등학교 때부터 여러 경전을 읽고 아버지로부터 화두를 받아 참선을 하였다. 그러다 건강이 좋지 않아 잠시 절에서 머물게 되었는데 평소 부친과 교류가 있던 석암 스님을 은사로 모시게 되었다.

스님은 어떤 큰 원력을 세웠기에 방대한 『화엄경』을 15년에 걸쳐서 두 번이나 사경할 수 있었으며, 수십 년의 세월동안 힘들다 생각하지 않고 오직 혼자만의 힘으로 굴법당을 완성할 수 있었는지 궁금하였다.

1961년, 스물여섯의 나이로 지리산 칠선계곡에 들어왔을 때는 마지막 빨치산이 토벌된 지 4년 밖에 지나지 않은 때라 전쟁의 참화가 그대로 남아있었다. 법당은 비가 줄줄 새는 것이 폐허나 다름없었다. 당장 먹을 양식도 없었기에 스님은 곶감을 내다 팔아 양식을 구하였다. 어느 날 칠선계곡을 거닐다가 바위지대를 발견하여 그곳에서 참선을 하였다. 얼마 후 굴속에서 참선하는 중 비몽사몽 간에 뒤쪽의 바위에 불 보살상들이 나투는 것을 보게 되었다.

지난 88년부터 석굴 불사가 본격적으로 시작되었다. 원웅 스님은 그림을 한 번도 배워 본 적도 없었지만, 스님의 손으로 암벽마다 일일이 부처님과 보살들 그리고 그 권속들을 먹으로 그렸다. 그러면 석공 홍덕희 씨가 일일이 손으로 쪼아서 불상을 새겼다. 가장 공력을 들인 것이 본존불인 아미타불이란다. 공사기간만 36년인데 너무 힘이 들어서 거쳐 간 석공이 한 둘이 아니다. 36년의 세월이란 바로 원웅 스님이 쉬지 않고 일한 노동의 세월이었다. 무거운 돌을 져다 나른 것은 말할 필요도 없고 풀 한 포기 나무 한 그루 다 스님의 손을 거친 것들이다.

원웅 스님은 밤낮없이 부처님 조성하는 일을 하면서도 수행다운 수행을 하고 싶었다. 그래서 시작한 것이 『대방광불 화엄경』 사경이다. 1985년 먼저 화엄경 먹墨사경부터 시작했는데, 여러 화엄경전을 비교하여 오자와 탈자를 바로 잡아가면서 쓰다 보니 십 년의 세월이 걸렸다. 먹사경을 마치고 나서 화엄경 금니사경을 했는데, 이번에는 5년의 시간이 소요되었다. 사용된 금의 양은 4킬로그램이요, 닳아서 버린 붓이 육십 자루가 되었다. 『대방광불 화엄경』의 총 글자 수는 60만자인데 하루에 100자씩을 써도 16년이 걸린다고 하는데, 스님은 15년에 걸쳐서 두 번이나 사경하였다.

하루 3백자씩 계속 쓰다보니 실명이 우려될 정도로 시력이 떨어지고 팔이 마비되어 중도에서 포기할 위기도 여러 차례 맞았으나 "그저 죽을 각오로 한 글자 한 글자 옮겨 쓰다 보니 화엄경 사경을 완성하게 되었다"고 회고하였다. 원웅 스님께서 남들이 쉽게 행할 수 없는 일들을 능히 해내시는 것은 시간을 헤아리지 않으며 몸과 목숨을 아끼지 않고 죽을 각오로 덤벼

들기 때문에 가능하였다는 생각이 든다.

"사람들은 '마음만 깨달으면 부처'라고 쉽게 말하는데 그것 깨닫기가 얼마나 어렵습니까? 나는 하심下心 하는 것이 불교 전체의 뜻이라고 생각해요."

하심은 자기 자신을 낮추는 일이며 또 나를 버리는 것이다. 왕후장상이 되었다 하더라도 초심으로 돌아가서 남을 받들고 봉사할 수 있는 마음을 가져야 그것이 바른 길이란다. 원응 스님은 말을 앞세우기 보다는 무엇이든 몸소 실천하는 것을 우선으로 삼는다.

올 3월(2008년) 대만 타이베이 국부國父기념관에서 원응 스님의 '화엄경 금니사경' 초대전시가 있었다. 약 10일의 전시 기간 동안 참관한 인원이 3만 명이 넘을 정도로 성황을 이루었다고 한다. 전시된 작품은 일체 판매를 하지 않았지만, 전시 기간 동안 사람들로부터 보시 받은 금액이 1억 2천만 원 정도 되었다. 대만 전시의 모토는 '세계평화' 였기에 원응 스님은 보시금 전액을 대만의 12개 단체에 후원금으로 내 놓았다.

"보시를 함에 있어서는 국경도 인종도 종교도 없습니다. 우리 모두는 인드라망처럼 서로 연결되어 있어요. 남의 아픔이 언젠가는 나의 고통으로, 아픔으로 돌아올 수 있음을 우리는 자각해야 합니다."

원응 스님은 출가 전부터 부친으로부터 '이뭣고' 화두를 받아 참선을 하였다. 행자 때는 '시심마' 행자라는 별명이 붙기도 하였다. 하지만 스님은 일을 하지 않고 가만히 앉아만 있는 선禪은 죽은 선이라고 한다. 노동선勞動禪을 주장하시는 것이다.

묘주 비구가 "널리 두루 하여 부처님께 공양하고 중생을 성숙시키는 보살의 해탈문을 얻었다"고 하듯이, 원응 스님께서 '석굴을 조성하신 이력이나 화엄경 사경을 하신 것은 부처님께 공양하고 중생을 성숙시키는 일' 임에 틀림없다. 또 묘주 비구가 "모든 시간의 찰나와 분分과 시時와 밤과 낮과 해와 겁의 오래고 짧은 시간이 서로서로 넘나듦을 알아 막힘이 없다"고 하듯이 원응 스님은 '어떤 일을 진행함에 있어 시간에 대해 길고 짧다는 견해를 가지지 않고 살아왔으니 이미 시간을 초월해버린 경지에 이른 것' 이다.

평생을 한 시도 쉬지 않고 노동과 정진을 해오신 스님은 '산중에서 공부도 안 하고 허송세월만 보냈다' 고 한탄하였다. 스님의 말씀이 타성에 젖어 안일하게 살아가는 우리들에게 오히려 경책이 되어 한 대 내리치는 것만 같았다.

원응 스님
부산 선암사에서 석암 스님을 은사로 득도. 그 후 전국의 제방에서 참선 공부에 매진.
1961년 지리산 '벽송사' 에 들어가 도량을 중창하고 '서암정사' 를 창건.
1985년부터 15년에 걸쳐 『대방광불화엄경』 사경. 『화엄경 금니사경』 전시회를
한국과 대만에서 여러 차례 열었다. 지금은 서암정사에 주석하고 있다.

스탑크랙다운 리더싱어
미누

# 05

# 슬픔을 노래할 때
# 희망이 메아리친다

## 미 가 대 사

선재는 달라비타국에 이르러 금강충金剛層이라는 성城에 들어가서 미가 대사를 두루두루 찾다가 저잣거리에서 만났다. 대사는 높은 사자좌에 앉아 많은 사람들에게 호위되어 윤輪자 장엄법문을 하고 있었다. 선재는 앞에 나아가 발에 절하고 수없이 오른쪽으로 돌고 공경하며 합장하고 이렇게 말했다.

"저는 이미 아뇩다라삼먁삼보리심을 발했습니다. 어떻게 해야 여러 세상을 유전하면서도 항상 보리심을 잊지 않으며, 평등한 뜻을 얻어 견고해져 흔들리지 않으며, 대비력을 내어 항상 고달프지 않으며, 다라니에 들어가 두루 청정함을 얻을 수 있는지 알지 못합니다. 그리고 어떻게 해야 지혜의 힘을 얻어 온갖 차별된 법륜을 기억하며, 지혜의 힘을 얻어 모든 법에 그 이치를 결정하고 분별하는지 알지 못합니다."

"선남자여, 나는 이미 묘음妙音다라니 광명 법문을 성취하였으므로 여러 중생들의 생각과 여러 가지 욕망의 차별과 비밀을 모두 안다. 또 삼세 부처님들이 중생을 위하여 온갖 법문을 연설하는 가지가지 말과 뜻과 비밀을 모두 분명히 안다."

네팔에서 온 이주 노동자 미누 목탄(Minod Moktan) 씨는 이주 노동자로 구성된 5인조밴드 '스탑크랙다운(Stop Crackdown)'을 이끌어 가고 있다. '단속중지'를 뜻하는 스탑크랙다운은 2003년 11월 서울 성공회 성당에서 정부의 외국인 노동자 강제추방이 실시된 것에 반대하는 시위를 하면서 결성되었다. 보컬 미누(네팔)·기타 소모뚜(미얀마)·베이스 소띠하(미얀마)·드럼 꼬네이(미얀마)·키보드 해리(인도네시아)로 구성된 다국적 5인조 밴드가 그 자리에서 결성된 것이다. 미누 씨는 2003년 밴드를 조직하기 전에 이미 KBS 외국인노래자랑에서 대상을, 민가협에서 주최하는 시민가요제에서 대상을 받기도 했다.

스탑크랙다운은 직장인 밴드로 연습이나 공연을 하는 주말을 제외하면 주중에는 대부분 전기부품·종이·철판 공장 등에서 고된 일을 한다. 밴드들의 국적은 각기 달라도 밴드들의 공통어는 한국어이다. 미누 씨를 비롯한 그 일원들은 우리말을 아주 능통하게 잘 했다. 미누 씨는 자신의 고향이 부처님이 태어나신 룸비니라면서, 자신의 출생지를 굉장히 자랑스러워했다.

정부에서 송출회사를 통해 3D업종에 종사할 사람들을 뽑아서 왔으면 끝까지 책임을 져야 하는데 그렇지 못한 것이 현실이란다. 그들은 연수생으로 입국하게 되는데, 막상 한국에 와 보면 근로 조건이 계약과는 다른 경우가 많다고 한다. 근로조건이 너무 열악해 계약한 공장에서 이탈하게 되면 그때부터 불법체류자가 되어 버린다. 지금은 불법체류자 대신 '미등록자'라고 부르고 있지만 같은 의미이다. 한국에 온지 15년이 넘는 미누 씨는 하고 싶은 말이 참으로 많다.

"한국 정부의 외국인 노동자 강제추방은 아직도 계속되고 있으며, 언론에 발표되지는 않지만 강제추방으로 인해 여러 사람이 죽었어요. 그저 일하러 한국을 찾은 저임금 노동자라는 시각으로만 본다면 우린 철저히 이방인으로 헛돌 수밖에 없어요. 행복한 삶을 위해 한국을 찾은 서민이고, 지금 한국사회를 구성하고 있는 평범한 노동자로 봐주면 좋겠어요."

한국인 중에는 자신들의 일자리를 빼앗는다고 생각하는 사람들도 있지만, 막상 한국인들은 공장에 와서 한 달도 채 버티지 못하고 힘들어서 그만두는 사례가 많단다.

스탑크랙다운은 투쟁의 방식 중 하나로 노래를 부르고 연주하는 문화 활동을 선택했다. 처음엔 답답하고 마음에 어떤 울분 같은 것이 많아 시작했지만, 누구를 미워한다든가 그런 마음은 없다고 한다. 15년 넘게 한국 생활을 하다 보니 미운정 고운정이 들어 한국을 사랑하게 되었다.

박노해 시인의 시집『노동의 새벽』이 출간 20주년을 맞아 헌정음반을 만들 때 신대철·한대수·싸이 등 여러 가수들이 참여했는데, 그때 스탑크랙다운도 함께 참여했다. 박노해 시인의 '손무덤'이라는 시詩는 7, 80년대 근로자들을 위해서 지은 것인데 지금은 이주노동자들의 노래가 되어버렸다면서 씁쓸해 하였다.

"우리들이 이 정도의 활동을 할 수 있게 된 것은 우리들이 노력한 것도 있지만, 한국 사람들이 보내 준 뜨거운 호응과 격려가 있었기 때문에 가능한 일입니다."

스탑크랙다운을 결성하여 왕성하게 활동하고 있는 이들은 주말에는 연습하랴 공연하랴 정신이 없을 정도다. 2006년 '가야세계문화축전 외국인 노동자 문화한마당' 에 초청받아 공연하였고, 2006년에는 서울 대학로 소극장 정림마당에서 인권 콘서트를 열었고, 2007년 11월에는 '버마의 평화를 위한 기도' 콘서트를 펼치는 등 다양한 공연을 하고 있다. '친구여 잘 가시오', '희망' 등 8곡을 담은 제1집 음반을 발표한 것을 비롯하여 벌써 4장의 앨범을 내놓았다.

미누 씨는 노래로 내일 또 다시 일어날 수 있는 희망을 줄 수만 있다면, 아픈 마음을 잠시라도 치유해 줄 수만 있다면 언제까지라도 활동할 것이라 한다. 이주 노동자에 불과한 스탑크랙다운도 스스로의 노력으로 여기까지 왔다는 것을 보여 주고싶어 힘이 들더라도 끝까지 연주하고 싶은 것이다. 슬픔을 노래할 때 희망이 메아리친다고 했던가?

안치환의 '사람이 꽃보다 아름다워'를 가장 좋아한다는 미누 씨는 "문화는 보이지 않는 힘이며 사람을 움직일 수 있는 에너지입니다. '노래로 아름다운 세상을 만들어 가자' 이것이 밴드들의 희망"이라면서 그 희망을 실현시키고 싶다고 했다.

한국의 이주노동자 수는 약 38만 명에 달하고 있으며 점점 늘어가는 추세다. 또한 국제결혼도 늘어나고 있으며 다민족·다문화 사회로 전환되고 있다. 미누 씨는 한국인들에게 네팔문화에 관한 강의와 다문화에 관련된 강의 요청이 들어오면 기꺼이 응해준다. 미누 씨는 이런 현상에 대해 "한국사회도 이제는 그들을 받아들이고 제도적 개선에도 적극적으로 나서야 한다”면서 우려를 표했다. 얼마 전까지도 봉제공장에서 일을 하다 최근 이주노동자의 방송(MWTV)에서 영상관련 일을 하고 있다. 미누 씨는 한국의 이주 노동자들을 위한 뉴스프로그램을 만들어서 내보내고 있다. 이주노동자들을 낯선 한국 사회에 적응시키는 일 또한 자신의 몫이라 생각하기 때문에 열심히 하고 있다.

미가 대사가 “보살이 세상에 나면 모든 중생에게 큰 이익이 된다. 왜냐하면 가물 때의 비와 같이 선한 싹을 자라게 하기 때문이며, 나룻배와 같이 중생들을 실어서 저 언덕에 건너가게 하는 까닭이라”고 말했듯이 미누 씨의 노래는 많은 사람들을 잠시라도 고통에서 벗어나게 해주며, 마음의 평온을 가져오게 만든다.

미누 목탄
네팔 룸비니에서 출생. 1992년 고용허가제를 통해 한국에 들어 옴.
2003년 5인조 밴드 ‘스탑크랙다운’을 결성하여 리드싱어로 활동시작.
2006년 소수자를 위한 인권 콘서트 참여. 2007년 ‘버마의 평화를 위한 기도’ 콘서트 외에 많은 공연.
지금은 스탑크랙다운 리드싱어이며, 이주 노동자 방송국(MWTV) 대표이다.

(주) 케레스타 대표이사

# 배관성

# #06
# 습관이 바뀌면
# 자신의 운명이 바뀐다



선재는 여러 해 동안을 가다가 주림성住林城에 이르러 해탈 장자를 찾았다. 여러 방도로 찾다가 해탈 장자를 만나게 되자, 반가운 마음에 오체투지를 하였다.

"거룩하신 이여, 모든 부처님의 뜻을 알기 위하여, 모든 부처님의 법을 증득하여 깨닫기 위하여, 모든 부처님의 수행을 두루 닦기 위하여, 모든 부처님의 지혜를 증득하기 위하여, 모든 보살의 큰 서원 바다에 들어가기 위하여, 모든 보살의 자비광을 얻어 중생을 교화하여 모두 끝끝내 저 언덕에 도달하기 위하여 선지식 계신 곳을 찾아왔습니다. 어떻게 보살도를 닦아 빨리 청정해지고 분명해지는지 저에게 말씀해 주십시오."

이때 해탈 장자는 과거 선근의 힘과 부처님의 위신력과 문수 보살의 생각하는 힘으로 곧 보살의 삼매문에 들어갔다. 이 삼매의 이름은 모든 부처님 세계를 거두어들이는 선다라니이다.

"선남자여, 이렇게 알아라. 보살이 불법을 닦아 불세계를 청정하게 하고, 미묘한 행을 삼아 중생을 조복하며, 큰 서원을 발해 온갖 지혜에 들어가 자재하게 노닐고, 불가사의한 해탈문으로 부처님의 보리지혜로 여러 겁에 널리 들어가는 것들이 다 자기 마음으로 인한 것이다.

그러므로 선남자여, 마땅히 착한 법으로 자기 마음을 붙들고, 법의 물로 자기 마음을 적시고, 모든 환경에서 자기 마음을 깨끗이 다스리고, 정진으로써 자기 마음을 굳게 하라. 인욕으로써 자기 마음을 평온하게 하고, 지혜의 증득으로 자기 마음을 결백하게 하고, 지혜로써 자기 마음을 밝게 하고, 부처님의 자재함으로써 자기 마음을 계발하고, 부처님의 평등으로써 자기마음을 너그럽게 하고, 부처님의 열 가지 힘으로써 자기 마음을 비추고 살펴야 한다.”

커다란 짐꾸러미를 실은 오토바이가 쌩쌩 달리고 바쁜 걸음으로 오고가는 사람들로 붐비는 동대문은 활기로 가득 찼다. 배관성 씨는 쇼핑몰 ‘케레스타’의 대표이사이며 동대문 관광특구 대표를 맡고 있다. 98년 건물소유주였던 거평그룹이 부도를 맞으면서 거평 프레야에 입주했던 오천여 명의 상인들과 임차인들도 위기를 맞았다. 이때 상인들과 임차인들을 대표해 배관성 씨가 프레야타운 대표이사로 취임하게 되었다. 배 이사는 부도로 쓰러져 가던 사업체를 정상화시켜 새로운 쇼핑몰로 거듭나게 만든 뚝심 경영인으로 널리 알려져 있다. 배 이사는 최근 ‘청대문’을 리모델링하여 백화점식 쇼핑몰 ‘케레스타’로 새롭게 변신하여 재계의 이목을 집중시키고 있다. 배 이사는 조금이라도 이윤을 남기려고 아우성치는 이런 시장 바닥에 있는 사람이 무슨 도道를 말할 수 있겠느냐고 하였다. 하지만 이 말은 겸손에 불과하다.

배 이사는 새벽 3시면 어김없이 일어나 집에서 가까운 거리에 있는 능인 선원에서 예불을 드린 지도 10년이 넘었다. 새벽 3시에 108배와 참선을 하다 보면 마음이 맑아지면서 풀리지 않는 일들의 매듭이 풀리기도 하고, 용서하지 못할 것 같던 일도 용서가 된단다. 출장지에 가서도 가까운 절을 찾아 새벽예불을 올린다고 하니, 그의 굳건한 신심을 엿볼 수 있다.

사훈社訓을 '바른 경영' 이라고 정할 만큼 팔정도八正道는 배 이사에게 있어 정신적인 지주이며 삶의 지침서이며 경영이념이다. 팔정도(정견, 정사유, 정어, 정업, 정명, 정정진, 정념, 정정)의 정신으로 살아간다면 세상의 어떠한 고난도 다 이겨낼 수 있다는 확고한 신념을 지니고 있다.

"상대방으로부터 어떤 배신감을 느꼈다거나 혹은 상대방이 나에게 불이익을 주었다면 내가 상대방의 마음에 어떤 그늘을 남겼기 때문에 그것이 불이익의 배신으로 표출되어진 것이 아닌가 하고 참회를 합니다."

돈은 생명처럼 소중한 것이기는 하지만, 정명正命에 어긋난다면 행하지 않는단다. 남을 이롭게 해 주면서 자신도 돈을 벌어야지 수단과 방법을 가리지 않고 돈을 벌겠다고 하면 결국 자신도 파멸에 이른다고 하였다. 몇 년 전 건물 10층에 나이트클럽을 입점시켜 달라고 회유와 협박을 받기도 했지만, 술을 파는 일은 부처님의 가르침인 정명에 어긋나기 때문에 결국 영화관으로 결정했다. 돈을 벌되 사람들에게 희망을 줄 수 있어야 한다는 철학을 가지고 있다. 배 이사는 "이해가 복잡하게 엇갈리는 사람들을 하나로 묶는 데는 부처님이 정해 주신 기준, 팔정도보다 더 좋은 것은 없다"고 생각한다.

‘케레스타’ 의 상인들은 배 이사가 추진하는 일이라면 무조건 믿고 따를 정도이다. 이익창출이 목적인 상가에서 자발적으로 사회복지기관에 지속적으로 옷을 보내주거나, 산불이나 수해로 피해를 입은 곳이 있으면 현장으로 달려가 봉사하기도 한다. ‘복의 종자를 심지 않으면 복을 받을 수 없다’ 는 배 이사의 한 마디 말이 많은 상인들의 동참을 이끌어낸 것이다. 그리고 그들 또한 남에게 베풀다 보니 마음이 넉넉해지고 행복감을 맛보았기에 지속적으로 동참하는 것이다.

세간 속에서 사람들을 지도하며 범부도 되고 성자도 되어 온갖 경계에 몸소 들어가 사람들을 눈뜨게 하는 것이 방편의 완성이라 했다. 배 이사는 누구나 다 행복하게 살 수 있는 불국토를 염원하고 있기에 만나는 사람들마다 내 옆에 있는 사람이 행복해야 나도 행복하며, 보시행이 남을 위한 것 같지만 결국은 자신을 위하는 것임을 강조한다.

“『금강경』의 일체의 유위법은 꿈과 같고, 환상과 같고, 물거품과 같고, 그림자와 같으며, 이슬과 같고 또한 번개와도 같다는 이 구절은 경영자들이 꼭 명심해야만 합니다. 지금 이 자리가 영원할 것 같지만, 세상의 이치는 절대로 그렇지 않지요. 언젠가는 내려와야 할 자리이기에 탐진치를 버리고 지혜와 자비로서 경영해야 합니다.”

배 이사는 하루 종일이라도 부처님 이야기를 할 수 있으며 불교 이야기 할 때가 제일 행복하단다. 배 이사는 불교가 너무나 좋아 동국대학교 불교대학원에서 불교사회복지학과를 전공하였고 내친김에 불교학과 박사학위까지 받았다. 그 바쁜 일정에도 불구하고 결석 한 번 하지 않았다고 하니 어떤 일이든 열과 성을 다하는 그의 면면을 엿볼 수 있다. 2004년에는 우수한 경영자에게 주어지는 '자랑스런 한국인 대상' 서민경제부문 수상자로 선정되기도 하였다.

해탈 장자는 "모든 것이 자기 마음으로 인한 것이므로 정진으로써 자기 마음을 굳게 할 것이며, 인욕으로써 자기 마음을 평온하게 할 것이며, 지혜의 증득으로 자기 마음을 결백하게 하고, 지혜로써 자기 마음을 밝게 하고, 부처님의 열 가지 힘으로써 자기 마음을 비추고 살펴야 한다"고 하였다.

배 이사 또한 '생각이 바뀌면 행동과 습관이 바뀌고 습관이 바뀌면 자신의 운명이 바뀔 수 있음'을 자신이 몸소 체험하였기에 사람들에게 자신의 마음을 잘 다스리는 것이 얼마나 중요한가를 강조한다.

청계천을 흐르는 물살은 잔잔했고, 봄 햇살을 받아 수정처럼 반짝였다. 부처님의 가르침을 그대로 실천 수행하는 사람들이 있기에 이 혼탁한 세상에도 맑음이 존재하는 것이리라.

배관성
1995년 성진흥업 대표이사로 취임.
1998년 부도난 거평 프레야 타운 대표이사로 취임.
동국대 불교대학원 불교사회복지학과 박사학위 받음.
2002년 『서울 시민상』 수상, 2003년 『제 1회 한국교육산업대상 디자인 부문』 대상 수상.
지금은 연꽃마을 이사이며, 쇼핑몰 케레스타 대표이사.

해당비구

전 동국대 불교문화대학 학장
법혜 스님

# 07

# 시퍼렇게 살아있는
# 위법망구 정신 엿볼 수 있어

## 해당 비구

선재는 변무구마을의 경행림經行林에서 해당 비구를 발견하였다. 해당 비구는 단정한 몸으로 결가부좌하고 있었다. 선재는 일심으로 해당 비구를 관찰하면서 간절한 마음으로 삼매의 해탈을 생각하였다. 이로부터 해당 비구는 여섯 달 엿새를 지낸 뒤에야 삼매에서 일어났다.

선재가 찬탄하였다.

"거룩한 이여, 이와 같은 삼매는 가장 깊고 가장 광대합니다. 나를 고집하는 이에게는 내가 없다고 말하고, 항상하다고 고집하는 이에게는 모든 것이 무상無常하다고 말하고, 성내는 일이 많은 이에게는 자비를 관찰하라 말하고, 어리석은 행동이 많은 이에게는 인연법을 관찰하라 하고, 탐욕이 많은 이는 넉넉함을 알게 하며, 가난하고 고통 받는 중생들에게는 항상 보시를 행하게 합니다. 이 삼매의 이름은 무엇입니까?"

해당 비구가 말했다.

"선남자여, 이 삼매의 이름은 반야바라밀다 경계의 깨끗한 광명이며, 평등하게 널리 장엄하는 청정문이다. 나는 반야바라밀을 닦았으므로 이와 같은 장엄한 청정삼매를 얻은 것이다."

선재가 해당 비구에게 청정삼매의 경계를 물었더니 이렇게 답하였다.

"만일 이 삼매를 닦으면 몸과 마음이 고요하여서 삼매에 들어갈 적에 시방의 모든 세계를 분명히 아는데 걸림이 없으며, 시방의 모든 세계에 나아가는데 걸림이 없으며, 시방의 모든 세계를 깨끗이 하는데 걸림이 없으며, 모든 부처님의 큰 공덕 바다에 들어가는데 걸림이 없다."

한 걸음 한 걸음 떼는 것조차 힘겨워 하시는 법혜 스님은 불가와 인연 맺은 것에 대한 감사로 말문을 열었다. 스님의 눈은 예지로 빛났고 자세는 한 치의 흐트러짐이 없었다.

"지금 생각해도 정말 출가하기를 잘 했다는 생각이 듭니다. 금생에 부처님 법을 만나지 못했더라면 얼마나 또 많은 생을 윤회하면서 돌아다닐까 생각하면 뼛속 깊이 감사한 마음 뿐입니다."

법혜 스님의 주위에는 계율을 연구하는 사람들이 많았다. 은사이신 도원 스님은 율사였기에 평소에도 계율에 관해서 많이 듣게 되었으며, 대학에서도 자연스럽게 계율에 관심을 가지게 되었다.

"교단을 유지하는 데는 계율이 수명이라고 했어요. 계율이 전승되지 않고 전수되지 못하면 교단이 존재할 수 없으며, 교단이 존재를 못하면 불법이 단절된다는 이야기입니다. 아무리 불법이 중요하고 부처님의 가르침이 훌륭하다 하더라도 이 가르침을 이어받을 교단이 있어야 하는데 즉 승보가 있어야 합니다. 승보를 지탱하는 것은 계율인데 계율이 해이해져 자체적으로 타락해 버린다면 그 교단은 무너지게 됩니다. 스님들이 계율을 잘 지킨다면 승가의 화합은 저절로 이루어지게 됩니다.”

법혜 스님은 속가 나이로 17살 때 해인사에서 행자생활을 했다. 법혜 스님은 부처님 법이 좋고 불교공부를 하고 싶어 열일곱의 나이에 출가를 했을 정도로 공부에 대한 욕심이 많은 분이다. 대입 검정을 거쳐 동국대 불교학과에 입학하여 대학원 과정까지 끝냈다. 체질적으로 병약했던 법혜 스님은 동국대 석사학위를 마치고는 공부에 대한 생각을 접었다. 그리고는 치료를 겸해서 대구에 대각사를 지어 쉬고 있었다.

그런데 일본 교토대학원에서 유학하고 있던 보광 스님이 계속해서 공부하기를 권했다. 법혜 스님은 “이런 몸으로 공부하기도 힘들지만, 공부하기에 너무 늦었다”고 고집을 피웠다. 하지만 보광 스님은 대각사 신도들을 설득하여 법혜 스님을 일본 유학의 길로 나서게 만들었다.

대정대학에서 『능엄경』을 연구하여 『돈황본 능엄경 연구』라는 박사논문을 썼다. 『능엄경』에 대한 방대한 자료를 모아서 컴퓨터 작업을 하는 등 몸을 무리해가면서 연구를 했더니, 그만 다리가 마비되는 병을 얻게 되었다. 그래도 스님의 연구는 헛되지 않아 『능엄경』 연구로 ‘한일불교문화교류회’로부터 학술상을 받았다.

일본에서 학위를 받고 돌아와 1988년부터 동국대 경주 캠퍼스에서 『계율』과 『불교윤리』를 후학들에게 가르쳤다. 이십 년 동안 강단에서 후학들을 가르치다가 건강이 극도로 나빠져 정년을 서너 해 남겨두고 2008년 1학기를 끝으로 명예퇴직을 하였다. 법혜 스님은 경주 캠퍼스 정각원 원장을 여섯 번이나 연임하였을 정도로 신임이 두터웠다.

올 팔월에는 『칙수백장청규 역주』라는 책을 펴냈는데 몸이 따라주지 않아서 많은 고생을 했다. 이런 법혜 스님을 두고 주변에서는 건강을 망쳐가면서 책을 쓴다고 비난 아닌 비난을 했다.

"건강을 지킨다고 한들 백년을 살겠어요, 얼마나 살겠습니까? 내가 이제 살 날이 얼마 남지 않았구나 생각하니 보탬이 되는 일을 해야 한다는 생각이 더욱 간절했고 방일해서는 안 된다고 자신을 몰아붙였지요. 건강했다면 오히려 망상을 피웠을지도 모르지요."

법혜 스님은 "이미 오래 전에 몸에 대한 무상함을 깨달았기 때문에 육신과 생生에 대한 집착이 없다"면서 조금의 후회도 없다고 한다. 시퍼렇게 살아있는 위법망구의 정신을 엿볼 수 있으며, 몸과 물질로부터 벗어난 자유인의 면모를 느낄 수 있었다.

해당 비구가 "나를 고집하는 이에게는 내가 없다고 말하고, 영원하다고 고집하는 이에게는 모든 것이 무상無常하다"고 말해 주듯이, 법혜 스님은 몸에 대한 애착과 물질에 대한 집착이 덧없고 무상하다는 것을 일깨워 주어 사람들이 바른 신심을 가질 수 있도록 이끌어 주고 있다.

스님이 역주한 『고려판 선원청규 역주』와 『칙수백장청규 역주』 두 권의 책이 후배들에게 '청규'에 관한 연구를 할 수 있는 초석이 되었으니 다행한 일이라면서 웃으신다.

『칙수백장청규 역주』 등 청규에 관한 책을 펴낸 것은 '선종을 표방하고 있는 조계종단의 지율청풍持律淸風을 발원하면서 작업한 것'이라 한다.

"부처님께서 팔만사천법문을 설하셨는데 그것을 요약하면 계정혜 삼학입니다. 우리의 목표가 지혜의 완성인데, 지혜 완성의 첫 시작이 계율을 지키는 것입니다. 참선을 하려면 계율을 소중하게 생각하고 계율부터 실천해야 올바른 참선이 됩니다. 계율이 지켜지지 않으면 선정이 생기지 않아요. 교육이 계정혜 삼학 순서를 지켜서 행하여야 지혜가 완성된다고 생각합니다. 부처님 법을 보급해서 세상이 변하는 것은 좋은데 불교를 세속화해서는 안 됩니다."

법혜 스님은 '계율은 부처님의 행동'이니 승가는 비구계를, 재가자들은 오계를 지켜나가는 것이 한국불교의 발전을 위하는 길임을 깨우쳐 주었다.

법혜 스님
1957년 해인사에서 진제 도원 스님을 은사로 득도.
동국대학교 불교학과, 동국대학교 대학원 졸업.
일본 대정대학 불교학 박사학위 취득.
동국대 경주 캠퍼스 불교문화대학 학장 및 정각원장 역임. 지금은 대구 대각사에 주석.
저서로는 『고려판 선원청규 역주』, 『칙수백장청규 역주』가 있다.

이 사 나 우 바 이

전 국군간호사관학교장
윤종필

# 08

# 베푸는 삶 살다보면
# 저절로 행복해져

**이 사 나 우 바 이**

선재는 점점 남쪽으로 가다가 원만광성의 동쪽에 이르러 보장엄 동산을 보았다. 보배로 쌓은 야트막한 담이 있고 모든 보배로 된 가로수가 줄지어 장엄하였으니, 그 광채는 화려하게 빛났다. 음악나무에서는 미묘한 악기를 내어 바람이 부는 대로 화평한 소리로 풍악을 잡히는 것이 하늘 풍류보다 더 아름다웠다. 보배나무 숲 속에는 여덟 가지 공덕을 가진 물이 밤낮으로 흘러내렸다.

시방에서 모여 온 중생들이 이사나 우바이를 보기만 하면 몸의 병이 사라지고, 마음의 병과 여러 가지로 얽힌 나쁜 소견이 소멸되었다. 그리고 중생들의 고집과 장애로 생긴 번뇌와 고통까지도 소멸되어 걸림 없는 청정한 경계에 들어가게 되었다.

이때에 선재가 보장엄 동산에 들어가 두루 다니며 살펴보다가 이사나 우바이를 발견하고 그 앞에 나아가 합장하고 이렇게 말하였다.

"저는 이미 발보리심 하였습니다만, 어떻게 보살의 행을 배우며 어떻게 보살의 도를 닦아야 하는지 잘 모릅니다. 거룩하신 이는 저를 위하여 말씀하여 주소서."

"선남자여, 나는 근심을 떠난 편안한 삼매를 얻어 쉴 새 없이 닦아 익혔다. 어떤 중생이든 내 몸을 잠깐 보거나 내 이름을 잠깐 듣거나 혹 내 법을 듣거나, 나와 함께 있거나 가까이 따르는 이는 모두 헛되지 않는다. 어떤 중생이나 나를 보게 되면 모두 아뇩다라삼먁삼보리심에서 물러나지 않는다."


대전 시내를 가로질러 흐르는 갑천에는 몇 마리의 천둥오리가 둥실 떠다니고, 가로수로 심은 벚나무의 꽃잎들은 눈송이처럼 분분히 흩날렸다. 국군간호사관학교장을 맡고 있는 윤종필 준장을 만나러 가는 길은 이렇게 아름다웠다.

윤종필 씨는 간호사관 17기로 임관한 것을 시작으로 오랜 세월을 군병원에서 근무하였고, 간호병과 출신으로 군 역사상 세 번째 여성 장군이 되었다. 지금은 간호사를 배출하는 간호사관학교장을 맡고 있으니, 군에서의 역할은 분명 약사여래이다.

군병원에 입원해 있는 장병들은 가족들의 보살핌을 받을 수 없는 특수한 상황에 처해 있다. 때로는 몸보다 마음이 더 아플 수도 있기에 간호사의 역할이 중요하단다. 윤종필 학교장은 의식이 없는 환자를 마치 의식이 있는 사람처럼 그 옆에서 책도 읽어주고, 기도도 해주는 등 최선을 다하여 간호하였더니 2주일 만에 의식을 되찾은 일이 있었다는 이야기를 들려주었다. 그러면서 '간호는 하나의 종합예술'이라 하였다.

"간호사관학교를 졸업하고 소위로 임관해서 병원에 근무하면서 '어디서든지 사람들에게 희망을 주고 활력을 주는 사람이 되어야 한다'고 자신과 약속하였는데, 그것은 지금도 변함이 없습니다. 특히 많은 환자들을 대하면서 환희심을 줄 수 있는 사람이 되어야겠다고 다짐했기에, 출근하기전에 거울 앞에서 웃는 연습을 하는 등 그때는 여러 가지로 노력했지요."

그래서인지 시종일관 미소를 잃지 않았으며, 웃는 얼굴은 환하게 빛이 났다. 일 년에 약 100여 명 가까이 되는 간호장교들을 배출하는 학교장으로서 윤종필 학교장은 생도들에게 강조하는 것은 여러 가지가 있겠지만, 첫째는 베푸는 삶을 강조한다. 내가 먼저 베풀다 보면 자신이 생각지도 못했던 좋은 결과를 가져올 수 있으며, 베푸는 삶을 살다보면 따로 행복을 추구하지 않아도 저절로 행복해진다고 하였다.

그리고 생도들에게 자신에 대한 존중심을 가질 것을 당부한다. 자신을 사랑하고 소중히 여기는 사람은 다른 사람의 생명까지도 귀히 여기기에 간호사에게는 꼭 필요한 덕목이란다.

새벽에 일어나 108배 하고, 『금강경』 독송을 하는 것으로 하루를 시작한다. 날마다 『금강경』 독송을 하는 것은 우리 생명의 유한성을 자각하기 위함이다. 그리고 유한하기 때문에 더욱 더 많은 사람들을 위해 봉사하고 희생해야 한다는 그런 생각을 공고히 하게 된다고 하였다.

윤종필 학교장의 이러한 원대한 사상은 '플로렌스 나이팅게일 기장'을 수상하게 만들었다. '플로렌스 나이팅게일 기장The Florence Nightingale Medal'은 국제적십자위원회에서 수여하는 상으로 전 세계 모든 간호사가 꿈꾸는 최고의 영예로운 상이라고 하니 더욱 찬탄할 일이다.

선재가 이사나 우바이에게 물었다.

"거룩하신 이여, 언제 아뇩다라삼먁삼보리를 얻게 되는 것입니까?"

"선남자여, 보살은 여러 가지 방편행을 위하여 보리심을 내는 것이다. 보살의 행은 온갖 지혜를 증득하기 위한 것이며, 가지가지 세계에 들어가서 깨끗이 장엄하기 위한 것이다. 그러므로 선남자여, 모든 세계를 깨끗이 장엄하여야 나의 서원이 끝날 것이며 시방 중생들을 고통의 바다에서 건져내어 마쳐야 나의 서원이 끝날 것이다."

아직도 지구 곳곳에는 기아와 질병으로 고통 받는 사람들이 너무나 많다. 평화유지군으로 간호장병들이 아프가니스탄 · 이라크 · 서부사하라 등지에 파병되는 것은 현지인들에게 의료봉사를 하기 위한 것이다. 이사나 우바이의 서원이 모든 중생들을 병고에서 구해주는 것이듯, 윤종필 학교장의 서원 또한 이사나 우바이처럼 원대하다. 우리의 간호병들이 일하고 있는 그곳 사람들이 질병의 고통으로부터 벗어나는 것은 물론이거니와 그들의 잃어버린 희망까지도 되찾기를 발원하는 것이다.

윤종필
1976년 제 17기 국군간호사관학교 졸업.
2005년 국군의무사령부 의료관리실 실장 역임.
2005년 11월부터 2007년 11월까지 제20대 국군간호사관학교 교장 역임.
2007년 제41회 '플로렌스 나이팅게일 기장' 수상.

티베트문화 연구가, 수리재 주인

# 김규현

# 09

# 어린 고기
# 달빛과 어울려 노는 물가의 집

## 대 위 맹 성 신 선

선재는 보살의 가르침을 마음에 새기면서 나라소邢羅素국에 도착했다. 대위 맹성大威猛聲을 찾아 여기저기를 헤매다가 아승지 나무로 장엄한 숲 속에서 여러 신선들에게 둘러싸여 있는 대위맹성 신선을 발견하였다. 선재는 대위맹성 신선 앞으로 나아가 이렇게 말하였다.

"제가 이제야 참 선지식을 만났습니다. 선지식은 온갖 지혜에 나아가는 문이니 저를 진실한 도에 들게 하기 때문이며, 선지식은 지혜로 나아가는 등불이니 평탄하고 험한 길을 가려 보게 하기 때문이며, 선지식은 지혜로 나아가는 다리이니 위험한 곳을 건네주기 때문이며, 선지식은 지혜로 나아가는 밀물이니 제게 대비수를 가득 채워주기 때문입니다."

선재의 말을 들은 신선은 이렇게 말하였다.

"선남자여, 나는 보살의 무승당해탈無勝幢解脫을 얻었노라. 만일 아뇩다라삼먁삼보리 마음을 내는 이가 있으면 반드시 용맹하게 보살의 행을 행하며, 반드시 온갖 지혜의 도를 성취할 것이며, 모든 부처님의 공덕 자리를 깨끗이 하리라."

홍천강 어디메쯤 초가집 수리재水里齋를 짓고 황금물고기를 화두로 삼아 정진하고 있다는 다정茶汀 거사를 만난다고 생각하니 가슴 설레었다. 수리재로 가기 위해 팔당댐을 지나 고개를 넘고 산을 넘었다. 온 산에 진달래가 만발하여 보는 이의 마음속에도 진달래꽃이 활짝 피어버렸다. 잠시 동안 마음 밖의 혹은 마음 안의 꽃에 흠뻑 취해 버렸다. 몇 굽이를 돌아 겨우 수리재를 찾았다.

집 입구에는 티베트에서 온 듯한 금빛 만트라 두 개가 놓여 있고 '어린 고기 달빛과 어울려 노는 물가의 집'이라는 현판이 걸려 있다. 다정 거사 김규현 씨는 작업실에서 나무로 조각한 물고기에 색을 입히고 있었다. 김규현 씨는 한 마디로 무어라 말하기 힘든 사람이다. 화가이자 티베트 문화 연구가이다. 또 수리재에 묻혀 사는 은둔자이기도 하며, 티베트의 설산고원을 열다섯 차례 그리고 신라의 혜초 스님이 여행했던 경로를 따라 몇 번이고 여행이 아닌 방랑을 일삼은 이 시대의 자유인이기도 하다.

그는 "어느 정도 티베트학의 초석을 놓는데 미력이나마 일조를 하였다"고 말하고 있지만, 김규현 씨는 티베트 문화에 관한한 우리나라 최고의 권위자이다. 그가 티베트 문화를 소개함으로써 온 국민의 정신세계가 한 단계 업그레이드 되었으며, 불교문화에 대한 인식의 폭이 그만큼 넓어졌다. 그동안 다정 거사가 쏟아낸 책들을 보면 『티베트의 신비와 명상』·『티베트 역사 산책』·『티베트 문화 산책』 등이 있으며, 『차마고도를 따라서』가 출간 준비 중이다. 그에게 있어 은둔이란 세상의 부질없는 시시비비에 대해서는 관여하지 않겠다는 강한 거부의 몸짓이며, 방랑은 세상과의 소통을 위한 것인 동시에 자신을 억압하고 있는 무언가를 발산하는 행위가 아닐까 싶다. 열려 있으면서도 닫혀 있는 자, 닫혀 있으면서도 열려 있는 자, 그런 이중성을 지닌 다정 거사가 들려주는 이야기는 그야말로 신비체험이었다.

다정 거사는 젊은 시절의 이야기를 슬쩍 풀어놓았다. 성균관대 화공과를 다니다 설악산 구경을 나선 것이 그의 인생길을 바꾼 전환점이다. 권금성과 백담사를 오가며 절밥을 얻어먹는 낭인생활 끝에 그는 출가를 결심했고 해인사에 입산했다. 4년 동안 해인 강원에서 불교를 공부하면서 한문에 통달했다. 강원에서 읽은 유·불·선에 관한 서적들이 다정 거사의 정신세계를 떠받치는 지주가 되었다. 출가한지 4년 만에 승려생활을 접고 비승비속非僧非俗으로 살아왔다. 우리나라에서는 이미 명맥이 끊어진 전통 목판화기법을 배우기 위해 1993년 중국북경 중앙미술대학에서 2년 동안 목판화를 공부했다. 우리의 옛 목판화기법을 살려내었다. 이곳 북경 기숙사에서 티베트 출신 화가를 만나면서 영적 세계에 대한 그의 관심은 고조되었고, 마침내 구도자의 마음으로 티베트를 오가게 되었다.

다정 거사의 작업실은 티베트 냄새가 물씬 났다. 오색五色 천에 경전이 프린트 된 타르초가 창문에 걸려 있고, 티베트의 8가지 보물 중 하나인 쌍금어雙金魚 문양이 걸려있다. 해인불교전문강원에 잠시 머물렀던 이력을 가지고 있는 다정 거사는 황금물고기를 화두로 삼고 있다. '이 뭣고', '차나 한 잔 마시게' 등 그런 많은 화두를 두고서 하필 황금물고기를 화두로 들고 있는지 궁금했다.

　10여 년 동안 열다섯 번이나 티베트를 드나들며 티베트의 역사와 불교문화 예술에 매혹되었다. 5,000m가 넘는 히말라야산을 넘고서 가 닿은 카일라스산은 갠지스강·인더스강을 비롯한 4대 강의 발원지이며 힌두교·불교 등 4대종교의 본산이다. 다정 거사는 카일라스산에서 불전에 나오는 수미산의 모습을 발견하였다. 그는 티베트의 카일라스산이 경전에서 말하는 수미산일 것이라는 가설을 내세웠다. 여러 문헌들을 토대로 하여 자료를 제시함으로써 이제는 정설로 굳어진 상태이다.

　카일라스산을 보면 경전에 묘사된 것과 거의 일치한단다. 팔상도의 도솔래의상兜率來儀相에 의하면 마야부인이 붓다를 잉태한 곳도 카일라스이다. '산 아래에는 4천왕이 지키고 있으며, 산의 정상에는 금은 보석이나 칠보로 만들어진 33천궁이 있어 제석천이 상주하고 있다'는 대목만 보아도 카일라스산은 거대한 피라미드처럼 생겼으며, 사면의 입구가 선명하게 드러나기에 마치 천왕이 지키는 것과 같은 착각을 일으키기에 충분하단다. 또 눈과 얼음과 바위로 만들어진 산이기에 햇빛에 반사되는 모습을 보면 찬란한 보석처럼 보이며 산 정상에 거미줄처럼 수많은 크렉이 있는데 그것을 33천궁이라 표현한 것으로 보인다고 하였다.

　다정 거사는 "수미산은 단순한 신화가 아니라, 우리 중생들을 천국으로 인도하는 영혼의 세계를 향한 '스카이 코드'인 것이며, 나아가 신비스런 우주와 텔레파시를 주고받는 지구별, 곧 사바세계의 중심 안테나"라고 하였다.

　처음으로 티베트에 갔을 때 세계의 배꼽이라는 카일라스 산 밑 마나사로 바 호숫가에 앉아 3일 동안 꼼짝 않고 명상에 빠져들었다. 그때 호수의 많은 물고기들이 헤엄치는 것을 보았다. 1984년에 초가집을 지으면서 1080 마리의 물고기를 틀에서 찍어 그것을 집벽에 넣고 만들었는데, 홍수로 집이 떠내려 가버렸다고 한다. 홍수 때 떠내려 간 물고기들이 수미산의 호수에서 노니는 고기들이 아닌가 하는 생각이 들었다. 다정 거사는 그때 한 소식 했다고 믿고 있다. 그 많은 물고기들 중 몇 마리를 가슴에 담아와 홍천강에 풀어놓았단다. 그 고기들이 또 다시 꼬리를 흔들면서 넓은 곳으로 가듯이 우리들의 삶 또한 그렇게 회향되어야 한다고 했다.

"우리가 이 땅에 온 것은 좀 더 나은 유전자의 발전을 위해서라고 생각합니다. 현생에서 정진을 통하여 자신을 한층 업그레이드 시켜서 다음 생에는 좀 더 나은 삶을 살 수 있기 위한 과정이라고 할 수 있지요. 황금물고기는 윤회의 바다에서 벗어나 열반에 이르는 진리를 상징합니다. 제가 황금물고기를 화두로 삼고 있는 것은 이제까지 살아 온 삶을 좀 더 잘 회향하자는 뜻이 담겨 있습니다."

자연 속에 묻혀 자유롭게 사는 그 모습이 참으로 부럽다고 하였더니 웃으면서 말하였다.

"누가 그렇게 살라고 강요하였습니까? 아무도 속박하지 않는데 사람들은 스스로를 결박하고서는 괴로워하고 있습니다. 세상 사람들은 돈과 명예를 비롯한 많은 것을 쫓아서 살고 있지만 나는 오로지 자유·평온 이런 것을 추구할 뿐이지요. 저는 자유롭게 사는 것을 최고의 행복으로 알기에 내 방식대로 살 뿐입니다."

다정 거사는 요즈음의 또 다른 화두는 티베트 문화의 에센스인 지구상의 낙원 샴발라 왕국이다. 늙은 현자에게 샴발라를 물었더니 "샴발라는 그대 마음속에 있는데 무슨 샴발라를 찾는가?"라고 하더란다.

문득 밤이면 어린 고기가 달빛과 어울려 노는 물가의 집 수리재가 바로 샴발라가 아닐까 하는 생각을 해 보았다.

김규현

성균관 대학교와 해인불교전문강원을 거쳐 중국의 중앙미술대학 졸업.

티베트 대학에서 수인목판화와 탕카를 연구. 1997년 홍천강 수리재에 『한국 티베트문화연구소』 설립.

저서로는 『바람의 땅 티베트 1, 2』 · 『티베트 역사 산책』

『티베트 문화산책』 · 『혜초따라 5만리』 등 다수가 있다.

다일공동체 목사

# 최일도

# 이 땅에 밥 굶는 사람이 없을 때까지



# 10

## 승 열 바 라 문

선재는 이사나마을에 이르러 승열 바라문이 닦고 있는 여러 가지 고행을 보았다. 선재는 그곳에 나아가 발에 절하고 합장하고는 가르침을 청하였다. 그때 범천들이 허공중에서 이렇게 말하였다.

"선남자여, 우리 범천들이 나쁜 소견을 고집하여 스스로 '나는 마음대로 하며, 나는 온갖 것을 만드는 이며, 나는 세간에서 가장 훌륭하다'고 생각하였다. 그런데 승열 바라문의 수행의 힘으로 우리의 나쁜 소견을 끊게 하였고, 모든 세간 중생들을 위하여 불쌍히 여기는 일을 행하게 하였으며, 넓고 큰마음을 일으켜 보리심을 내었고, 견고한 서원에 머물러 해탈을 구하였다."

그리고 제석천왕은 선재에게 이렇게 말하였다.

"선남자여, 이 바라문이 다섯 가지 뜨거움으로 몸을 구울 적에 그 빛이 우리 궁전에 비치길래, 이곳에 왔더이다. 마침 바라문이 우리에게 말하기를, 모든 물건은 모두 늘 있는 것이 아니어서 변천하고 달라지고 부서지고 없어지는 것이라 하여 우리들로 하여금 교만하고 방일한 마음을 버리고 위없는 보리를 사랑하게 하였소."

청량리에 위치한 무료급식소 ‘밥퍼 식당’ 앞에는 오전 10시쯤 되자 각지에서 몰려 온 사람들이 줄을 서기 시작했다. 정확히 11시가 되자 배식이 시작되었고, 최일도 목사님은 자원봉사자들 틈에서 밥 푸는 일을 하였다. 매일 1,200~1,500명 정도가 ‘밥퍼 식당’을 이용하고 있다. 최 목사는 “이 땅에 밥 굶는 사람이 하나도 없을 때까지 밥퍼 나눔 운동을 계속할 것”이라는 원력을 세운 분이다.

1988년 청량리역에서 무의탁노인 함경도 할아버지를 만난 인연으로 지금의 ‘밥퍼 식당’이 열리게 되었다. 청량리역 주변에 밥 굶는 이웃들이 많다는 것을 알게 된 최 목사는 등산용 버너와 코펠을 들고 행려자와 알코올 중독자 그리고 경동시장·청량리시장의 구석구석에 누워있는 무의탁 노인들에게 라면 끓여드리는 일을 시작했다.

“그들에게 라면보다는 밥을 대접하고 싶었기에 처음에는 쓰레기 더미 위에서 밥을 대접했습니다. 하지만 다음 날 또 밥을 대접한다는 그런 기약은 할 수가 없었어요. 그런데 속칭 ‘588’ 주변의 영세 상인들이 팔던 무·배추·생선을 가져오고 쌀을 사다 주기 시작했습니다. 밥을 퍼주는 일이 두 달 동안 계속되고 입에서 입으로 소문이 나니까 영락교회를 위시한 몇몇 대형 교회들이 ‘이건 우리가 해야 하는 일’이라면서 동참하기 시작했지요. 지금은 수백 개의 교회·단체·은행·기업들이 힘을 모으고 있습니다.”

그들의 옷이 더러우면 세탁을 해주기도 하고 목욕을 시켜주기도 한다. 더럽지 않느냐고 물었더니 “자신으로부터 편견이 사라지고 나면 더럽다,

깨끗하다, 높다, 낮다 그런 차별심과 분별심이 없어진다"고 한다. 남녀노소·빈부격차를 넘어서 모든 사람들이 서로 의지하고 존경하며, 차별과 갈등과 힘겨루기와 키 재기가 없는 그런 세상을 만들어가는 것이 다일多一 공동체의 정신이란다.

"교파·종파·교리가 다르다고 해서 틀린 건 아니지요. 그저 다른 것일 뿐입니다. 진정으로 사랑한다면 나와 다른 부분들, 그 다양성을 기뻐하고 존중할 줄 알아야 합니다. 나는 세상의 모든 종교 분쟁도 편견에서 비롯됐다고 생각해요. 참된 종교인이라면, 제대로 믿는 사람들이라면 갈수록 싫은 게 없어지고 미운 게 없어져야 마땅하다고 생각합니다. 내 종교는 내 종교고, 다른 사람의 종교는 또한 그 사람의 것입니다. 있는 그대로 인정하고 제대로 믿는다면 타종교를 박해하거나 배척할 이유가 없어요. 만약 우리 시대에 예수님과 부처님이 함께 계신다면 그분들이 서로 배척하고 등을 돌렸을까요? 사랑과 자비를 설파한 분들이 과연 서로를 원수나 마귀로 보았을까? 절대로 아닐 것입니다. 두 분은 세상에 둘도 없는 친구가 되었을 것입니다."

최일도 목사님은 다일공동체 '나눔의 집'을 열면서부터 무료진료를 시작하였다. 매주 토요일이면 의대생과 의사가 직접 나와서 무료로 치료해 주었다. 무료진료를 받는 사람들도 영세 좌판상부터 달동네의 어린이들·무의탁노인·588의 윤락여성들까지 다양하였다. 평일에 뜻하지 않은 다급한 환자가 생기면 미아리 성가복지병원이나 신림동 성요셉 병원에서 무료진료를 받기도 하였지만 편하지가 않았다. 이런 어려움을 알게 된 청량리 588번지 윤락여성과 포주 아주머니들이 성금 47만 5천원을 모아서 "우리도 무료병원 지읍시다" 하면서 전해주었다. 47만 5천원이 무료병원 건립을 위한 최초의 기금이 되었다.

큰 교회, 많은 예배당 다 두고 보증금 1천만 원에 월세 20만 원짜리 사글세로 신세지던 다일공동체가 무료병원을 짓겠다고 나서게 된 것이다. 무료병원 건립을 위한 기부금 액수를 동전 100원에서 백만 원 이하로 한정하였다. 일명 천사(1004)후원 운동을 통한 모금운동은 급속히 진행되었다. 지상 6층짜리 다일천사병원 건물을 완공하였고, 2002년 10월 개원하였다.

"다일천사 병원은 의료보험이 없는 사람들만 이용할 수 있습니다. 무의탁 노인·노숙자·제3세계 노동자 등 누구도 돌아보지 않고 아무에게도 삶을 의지할 수 없는 사람들을 위해서 건립되었기 때문입니다. 입원부터 퇴원 때까지 완전히 무료입니다."

다일천사병원은 순전히 후원금으로만 유지되고 있다. 몇몇 상주 인원을 제외하곤 의사·간호사도 자원봉사자들로 구성되어 있다. 사회복지법인으로 등록한다면 적지 않은 예산을 배정받을 수도 있지만 아예 신청조차 하지 않았다. 최 목사님은 "정부의 지원을 받게 되면 아마도 몇 년 안 가서 시립병원, 국립병원으로 될지도 모릅니다. 그러면 돈의 논리에 휘둘리기 시작할 테고, 진료를 거부한다거나 돈이 없는 환자들을 돌려보낸다거나 그런 일들이 이곳에서도 일어날 수 있어요. 박대당하고 거절당한 사람들이 이용하는 곳이 바로 다일천사병원입니다. 아직도 돈이 없어서 병원을 가지 못하는 사람들이 많습니다."

최 목사님이 매춘여성과 부랑자들의 거리인 청량리 쌍굴다리 아래에서 밥을 퍼주고 그들을 위해 기도할 수 있었던 원동력 중의 하나는 그들을 사랑해야 할 하나의 우주로 생각한 것임을 알 수 있었다.

승열 바라문이 나쁜 소견을 끊게 하고, 모든 세간 중생들을 위하여 불쌍히 여기는 일을 행하게 하였으며, 넓고 큰 마음을 일으켜 보리심을 내게 하였듯이 최일도 목사님의 원력과 실천행은 종교와 종파를 초월하여 많은 사람들에게 '나눔은 나부터, 작은 것부터, 할 수 있는 것부터 나누어야 한다'는 가르침을 주었다. 그리고 편견과 차별심을 버린다면 더 많은 것을 품어 안을 수 있음을 보여주었다. '사랑은 가난한 사람들에게 먹을 것을 주기 위해 자신이 굶는 것이고 ……. 자기를 제일 심하게 박해한 그 사람에게 먼저 인사하는 것'이라는 말을 가슴에 새기면서 청량리 골목길을 걸었다.

최일도
장로회신학대학, 신학대학원 졸업. 1989년 다일공동체를 설립.
지금은 다일교회 담임목사이며 다일천사병원 이사장이다.
2002년을 빛낸 한국인(MBC), 한국의 얼굴 55인(경향신문 창간 55주년 기념)에 선정됨.
저서로는 『밥짓는 시인, 퍼주는 사랑』 · 『이 밥 먹고 밥이 되어』 등 다수가 있다.

아나운서
# 최은경

# 11

# 하소연하고 싶은 마음 알기에
# 애정으로 읽는다

## 자 행 아 가 씨

선재는 바른 생각으로 관찰하면서 남쪽으로 가다가 사자빈신성에 이르러 자행 아가씨의 소식을 물었다. 사람들로부터 자행 아가씨는 임금의 딸로서 왕궁에 살고 있다는 말을 들은 선재는 대궐 문밖에서 그녀를 만나려 하였다. 바로 그때에 많은 사람들이 궁궐로 들어가는 것을 보고, 선재도 사람들을 따라 왕궁으로 들어갔다.

자행 아가씨는 몸이 금빛이요, 눈과 머리카락은 검푸르고 용모는 단정하며, 맑은 목소리로 법문을 설하고 있었다. 선재는 합장 공경하고 한 곁에 서서 말하였다.

"거룩하신 이여, 어떻게 보살의 행을 배우며 어떻게 보살의 도를 닦을 수 있는지 말씀해 주소서."

"선남자여, 이것은 보장엄문普莊嚴門이라는 반야바라밀인데, 이 법을 구하고 싶어 많은 부처님들을 찾아 다녔다. 저 부처님들이 제각기 다른 방편으로써 나를 보장엄문에 들게 했으며, 한 부처님이 연설하신 것을 다른 부처님이 거듭해서 말하지 않았다. 내가 이 반야바라밀다 보장엄문에 들어가 나아가면서 생각하고 관찰하고 기억하고 분별할 때 보문다라니를 얻으니 백만 아승지 다라니문이 모두 내 앞에 나타났다. 이른바 불세계다라니문, 법다라니문, 지혜다라니문, 복덕다라니문, 중생의 성품을 아는 다라니문, 중생의 욕망을 아는 다라니문, 모든 법을 보는 다라니문, 행을 원만하게 하는 다라니문, 방편과 방편 아닌 다라니문 등 셀 수 없이 많은 다라니문이 앞에 나타났다."

오전 10시, 방송국 스튜디오에 '방송 중'이라는 빨간 불이 들어오자 잔잔한 시그널 음악이 흐른다. 그리고 사람들의 마음을 편안하게 해주는 최은경 아나운서의 오프닝 멘트가 흘러나온다.

"처음엔 지다가 나중에는 이기는 역전승은 운동 경기에만 있는 것이 아니라, 인생에도 있습니다. 역전승이란 갑자기 운이 닿아서 이루어진 것이 아니라, 끝까지 포기하지 않고 노력했을 때 가능한 것입니다. 지금 하고 있는 일이 잘 되지 않는다고 노력의 끈을 놓아버린다면 내 인생의 역전승은 결코 오지 않습니다 ……."

최은경 아나운서의 이 한 마디에 사람들은 힘찬 하루를 시작할 수 있을 것만 같다. 여러 계층의 사람들로부터 전화와 메일을 받고 그것에 관해 상담을 해주는 '신행상담실'은 마음의 병을 치유해주는 병원의 역할까지도 하고 있다는 생각이 들었다.

여러 계층의 사람들로부터 전화와 메일을 받고 그에 대해 상담을 해주는 '신행상담실'이야말로, 오늘날 우리 사회의 단면을 엿볼 수 있는 곳이 아닌가.

부처님께서 팔만사천 가지 법문을 하신 것은 사람들의 근기가 저마다 다르기에 그에 맞는 대기설법을 하신 것이다. 이처럼 신행상담실의 문을 두드리는 사람들마다 각기 다른 고통과 걱정거리와 번뇌를 풀어놓기에 그에 맞는 상담이 필요하다.

최은경 씨는 방송을 맡아 진행하면서 불교는 바로 '인간학'이라는 생각을 하게 되었다고 한다. 신행상담실의 문을 두드릴 때는 이미 자신의 고민이 머리를 가득 채우고 있기 때문에 어디든 하소연하고 싶은 마음으로 하는 것임을 알기에, 한 사람마다의 사연을 읽을 때면 그 사람에 대한 애정을 가지고 읽게 된다. 자신의 가슴 아픈 사연에 누군가가 귀 기울여 주고, 같이 공감하면서 읽어주어 약간의 위안이라도 된다면 그것보다 좋은 일이 어디 있겠느냐고 하였다.

우리네 인생살이란 것이 대동소이하겠지만 그래도 궁금하여 주로 어떤 고민을 상담해오는지 물어보았다.

"가족 간의 종교 갈등이 생각보다 많아요. 서로의 신앙생활이 갈등의 원인이 된다는 것이 안타깝기만 합니다. 그리고 사람들이 영가에 대한 상담을 많이 합니다. 꿈에 영가靈駕를 보았는데 어떻게 해야 하나요? 집에 우환이 있는데 천도재를 지내야 할까요? 홀수와 짝수시간 중 어느 시간에 기도를 하면 좋을까요? 등등해서 아주 작고 사소한 것에 끄달려 불안해 하는 상담전화를 받을 때면 한편으로는 답답하기도 합니다."

인간에게 있어 '불안'이라는 것은 가장 극복하기 힘든 불치병이라고 했던가. 현장에서 많은 사람들의 고통과 고민을 접하고 있는 최은경 씨는 불안에 대해 이런 말을 하였다.

"사람들이 자기 자신 안에 불성이 있음을 굳게 믿는다면 그렇게 불안하지 않을 텐데, 불성을 믿지 않기에 조그만 바람에도 흔들리고 불안해하지 않을까 라는 생각을 해 봅니다. 그리고 사람들은 머리로는 알고 있지만, 그것이 내 문제가 되면 달라지더라고요. 자신의 문제도 때로는 좀 떨어져서 객관적으로 냉철하게 보는 안목이 필요하다고 생각합니다. 신앙생활이 체화體化되지 않았기 때문에 자신을 불신하는 것이 아닐까 싶습니다."

나를 사랑할 수 있어야 불성이 있음을 믿는데, 자신의 존귀함을 안다면 스스로에 대한 믿음은 저절로 생기는 것이다.

사람들은 불교를 가까이 하고싶어도 너무 어려워서 쉽게 다가갈 수 없다고 많이들 이야기 한단다. 부처도 많고 보살도 많고 경전도 많고 수행 방법도 여러 가지이다 보니 사람들이 불교를 어렵게만 생각할지도 모른다. 최은경 아나운서는 이에 대해 아주 속 시원한 말을 하였다.

"과거 일곱 분의 부처님이 말씀하였다는 칠불통계게七佛通戒偈에 보면 '모든 악은 저지르지 말고 모든 선을 행하여 스스로 그 마음을 깨끗하게 하라. 이것이 바로 모든 부처님의 가르침이다' 라는 말이 있는데, 이것이 바로 불교의 요체라고 생각합니다. 이것 하나만 제대로 알고 행한다면 불교가 어려울 것이 하나도 없지 않나 싶어요."

신행상담을 하면서 특히 독거노인의 전화를 받을 때면 정말 가슴 아프고 달려가서 무엇이라도 해 주고 싶은 심정이란다. 그래서 희망사항이 있다면 불자들을 직접 만났으면 좋겠다고 한다.

"거동이 불편한 사람들을 직접 찾아가는 방송을 하고 싶어요. 그리고 공개방송을 통해서 사람들과의 벽을 깨고 소통하고 싶은 마음 간절합니다. 청취자들의 신행상담을 듣고 있다 보면 지금 우리 사회가 겪고 있는 문제가 무엇인지, 현대인들의 고통이 무엇인지 피부에 와 닿지요."

자행 아가씨가 사람들에게 보장엄이라는 반야바라밀 법문으로 사람들을 안락의 길로 이끌어 주었듯이, 최은경 아나운서가 진행하는 불교방송 『BBS 신행상담실』을 청취하다 보면 자신의 행위가 정도正道가 아닌 외도外道였음을 그리고 그릇된 신앙생활이 오히려 아집과 탐욕을 부추긴다는 것을 깨닫게 될 것 같다.

최은경 아나운서의 고운 꿈이 하루 빨리 이루어지기를 발원하면서 방송국 문을 나섰다.

최은경
불교방송 공채 6기 아나운서 입사. 2005년 『불교언론문화상』 수상.
『BBS 신행상담실』·『영화음악실』·『사찰순례』 등 다수 프로그램 및 뉴스 진행.
현재는 『음악의 마을』 제작과 진행을 맡고 있다.

불교중앙박물관장
# 범하 스님

# # 12
# 성보 보존의 사명감

## 묘 견 비 구

선재는 삼목국三目國을 찾아 남쪽으로 향하였다. 드디어 삼목국에 이르러 숲 속을 거니는 묘견妙見 비구를 발견하였다. 머리는 일산 같고, 정수리에는 육계가 유난히 단정하고, 눈은 길고 넓은 것이 청련화 잎 같았다.

"거룩하신 이여, 저는 이미 아뇩다라삼먁삼보리 마음을 내었고 다시 보살의 도를 구하려 합니다. 보살이 어떻게 보살의 행을 배우며 어떻게 보살의 도를 닦는지 가르침을 주소서."

"선남자여, 나는 끝없는 등불 해탈문을 얻었다. 나는 나이가 아직 젊지만, 이생에서 38항하 모래처럼 많은 부처님을 가까이 모시고 공양하면서 깨끗한 행을 닦았다. 어떤 부처님으로부터는 1일 1야를 닦았고, 어떤 부처님으로부터는 7일 7야를 닦았고 어떤 부처님으로부터는 한 달도 닦았고, 일 년 · 백년 · 천 년을 닦았다. 또 말할 수 없는 해를 닦는 동안에 부처님을 가까이 모시고 공양하고 깨끗한 행을 닦으면서 법문을 듣고 그대로 행하였다. 보살의 모든 행을 닦아 보살의 깊고 묘한 행과 부처님들의 바라밀다를 알았노라."

‘박물관 포교사’ 라고도 불리는 범하 스님은 87년부터 통도사 박물관장을 맡아왔고, 2007년에는 조계종 초대 불교중앙박물관장 소임을 맡아 바쁜 나날을 보내고 있다. 1999년 통도사 박물관이 문화관광부로부터 ‘우수박물관’ 으로 지정된 바가 있고, 범하 스님은 제 4회 ‘한국 박물관인상’ 을 받아 이미 그 능력을 인정받았다.

“통도사가 제일 처음으로 ‘성보박물관’ 이라는 명칭을 사용하였어요. 성보聖寶를 잘 보존하는 것이 불사 중에서도 으뜸가는 불사이며, 불자라면 성보 보존에 먼저 힘써야 합니다.”

일반 사람들 중에는 사찰박물관이 꼭 필요한지 의문을 품기도 하는데 이것에 대해 범하 스님은 이렇게 말씀하였다.

“사찰은 노천박물관이라 할 수 있습니다만 별도로 성보박물관이 필요한 것은 보존의 한계가 있기 때문입니다. 일반 박물관이 감상의 장이라면, 성보박물관은 법당의 연장선상에 있기에 예배의 장소가 되는 곳입니다. 또한 성보박물관은 시청각포교가 이루어지는 포교당이라고 할 수 있지요. 그래서 성보박물관은 일반인들을 위한 사회교육기능까지도 담당하고 있기에 종단차원에서도 박물관을 육성해야 합니다.”

스님의 이러한 철학을 통하여 성보박물관은 법당의 연장선상에 있기에 예배의 장소가 될 수도 있으며, 나아가서는 시청각 포교당의 역할까지도 담당하고 있음을 불자들이 인식하게 된 것이다.

“일반문화재가 장인이 작품을 만들기 위해서 제작한 것이며 학문적인 것을 내포하고 있다면, 성보란 그 자체가 신앙과 예불의 대상이며 예불과 수행의 한 방편으로 만들어진 것입니다. 성보란 시공간을 초월해서 만든 작품이며 미적인 것까지도 초월해서 만들어진 것이라고 봅니다. 성보란 목적이 뚜렷하고 시 공간적으로 변함이 없으며, 수천 년의 세월이 흘렀지만 여전히 예배의 대상이 됩니다. 그리고 성보란 예불을 받기 때문에 생명력이 있습니다."

불교미술이라고 하면 불상·탱화만이 아니라, 건물·탑 등을 비롯하여 불교와 관련된 모든 의식구儀式具까지도 성보가 된다. 불교문화재가 만들어질 때는 경전과 교리에 입각해서 만들어진 것이기에 학문적인 차원에서 다루게 되면 오류가 발생할 수 있단다. 그래서 성보는 교리적이고 신앙적인 차원에서 다루어져야 하며, 사찰박물관이 더욱 더 확대되고 활성화 되어져야 하는 것이다.

통도사 성보박물관을 '불교회화전문박물관'이라고도 한다. 국립중앙박물관을 제외하고는 국내 박물관으로서는 유일하게 높이 13미터 이상 되는 괘불탱을 걸 수 있게끔 전시대가 중앙홀에 마련되어 있다. 그리고 통도사 박물관은 불화 특별전을 여는 것으로 꽤 정평이 나 있다. 〈영원한 사막의 꽃 - 돈황벽화〉, 〈조선시대의 감로탱화전〉, 〈고려불화전〉 등을 열었다. "박물관은 기획전을 통해 항상 새로운 것을 보여주어야만 하며, 그래야만 관람객들이 몰려오고 사람들이 있어야 박물관은 생명력이 있는 것"이라는 말씀을 하였다.

범하 스님이 이루어 낸 일들은 그 어느 것도 소홀히 평가되어서는 안 되는 것이지만, 그중에서도 특히 『한국의 불화』 도판집 40권을 펴낸 것은 불교

출판 사상 최대 업적으로 자리매김 되고 있다. 불화의 보존기간이 짧고 보존에 한계가 있음을 알게 된 범하 스님은 1989년 불화조사단을 구성하여 2007년에 이르기까지 전국에 흩어져 있는 자료를 수집하였다. 지난 20년간 140개 이상의 사찰과, 거기서 3천 점 이상의 불화를 촬영해서 40권의 불화집으로 출간했는데, 실제로 답사한 사찰은 1,000여 개에 이른다고 한다.

"한국의 불화는 감상 위주의 일반회화와는 달리 장엄한 불국토가 그려진 종교화입니다. 전국에 산재해 있는 불화를 총망라해 도록으로 편찬함으로써 불자들의 신앙심은 물론 학자들의 연구에도 도움을 주고자 간행했습니다. 귀중한 불교문화재로서 불화가 더 이상 훼손되고 유실되는 것을 막는 데에도 유용하게 사용될 수 있을 것이라 생각합니다."

『한국의 불화』를 출판한 공로를 인정받아 2007년 석정 스님은 '문화포장 보관훈장'을, 범하 스님은 '옥관훈장'을 수상하였다. 범하 스님은 『한국의 불화』에 대하여 말씀하실 때는 꼭 우리나라 최고의 불화장인 석정 스님이 기획하신 일에 같이 동참했을 뿐이라면서 겸손해 하신다.

범하 스님은 불교중앙박물관장 소임을 맡아서 여러 기획전을 가졌다. 개관특별전은 불법승 삼보 중 부처님을 주제로 하여 '불佛(붓다)전'을 개최하였다. 불국사 석가탑에서 출토 된 사리기舍利器를 비롯해 동경국립박물관이 소장하고 있는 '금동비로자나 불입상'이 국내 최초로 전시되었다. 개관특별전을 통해 붓다의 생애를 돌아보게 하는 것과 동시에 불교문화의 소중함을 일깨워 주었다. 2008년, 개관 1주년을 기념해서는 법法을 주제로 한 '법보전法寶展'을 열었다. 법보전에는 황룡사에서 출토된 부처님 진신사리


선재야 선재야

를 비롯하여 국보 제126호 '무구정광대다라니경' 등 아주 귀한 성보들을 전시하여 불자들의 뜨거운 호응을 얻었다. 이러한 전시를 통해 범하 스님은 다시 한 번 탁월한 '전시 기획력'을 인정받았다.

범하 스님은 오전에 출근하여 먼저 진열된 유물을 비롯하여 수장고에 있는 유물들이 밤새 잘 있었는지 꼼꼼히 둘러보면서, 나름대로 느낀 것을 메모하기도 해서 좀 더 나은 방향으로 수정해 나간다.

묘견 비구가 '중생을 교화하고 성숙시키는데 게으르지 않고, 깊고 넓고 원만한 자비로 교화하고 지도하는데 전력투구한다'고 하듯이 범하 스님 또한 불법을 수호하고 중생들을 교화하기 위한 방편의 하나로 열과 성을 다 쏟아 불교 유물을 보존하고 그 가치를 세상에 알리고 있다. 똑같은 유물들을 날마다 보는 것이 지겹지 않느냐는 질문에 스님은 빙그레 웃었다.

"오래도록 두고 봐도 질리지 않는 것이 명품입니다. 명품이 아닌 것은 몇 번만 보아도 질리지요. 이런 명품들을 날마다 볼 수 있다는 것이 얼마나 좋습니까? 사람도 언제나 두고 보아도 질리지 않는 명품이 되어야 합니다."

범하 스님의 목소리에서 자신의 일에 대하여 자신감과 자부심을 가진 사람만이 가질 수 있는 어떤 에너지가 느껴졌다.

범하 스님
1961년 통도사에서 벽안 스님을 은사로 득도. 총무원 총무부장, 불교TV 이사 등을 역임.
제4회 자랑스런 박물관인상, 제11회 홍법대상, 국민훈장 목련장.
옥관문화훈장 수상. 『한국의 불화』 40권 출간.
지금은 불교중앙박물관장과 통도사성보박물관장을 맡고 있다.

선재학교 교장, 법사

# 유지선

# 13

# 자연 속, 유희 삼매를 가르치다

## 근 자 재 주 동 자

선재는 원만다문圓滿多聞나라에 도착하여 묘문성으로 들어갔다. 강가에서 여러 동자들과 함께 모래를 모아 장난하고 있는 근자재주 동자를 만날 수 있었다. 선재가 가르침을 청하자, 근자재주 동자는 이렇게 말하였다.

"선남자여, 나는 옛적에 문수사리 동자로부터 산수와 결인結印하는 법을 배워서 공교하고 신통한 지혜의 법문을 얻었다. 나는 이 법문으로 말미암아 세상의 글씨·산수·결인·십팔계·십이처 등의 법을 알았다. 또 성읍·촌락·동산·누각·궁전·가옥들을 세우기도 하고, 갖가지 선약을 만들기도 하고, 논밭의 농사와 장사하는 온갖 직업을 경영하기도 하였다. 취하고 버리고 나아가고 물러감에 모두 알맞게 했다. 또 모든 고요한 대중의 위의와 법식과 먹을 때와 안 먹을 때와 할 일과 안 할 일을 알고, 스스로 영양을 섭취하여 목숨을 늘이며 또 세속의 살림하는 법과 재산을 경리하는 법을 얻었다. 또 성문의 법을 얻을 사람과 연각의 법을 얻을 사람과 온갖 지혜에 들어갈 사람들을 다 잘 알며 아울러 중생들에게 이런 법을 배우게 하여 마침내 그들을 청정하게 했다."

충주 앙성면에 위치한 선재학교를 찾아갔다. 두 개의 장승과 장승의 발 밑에 얌전하게 핀 보랏빛 벌개미취 꽃이 먼저 객을 맞아준다. 선재학교는 주변의 자연과 문화적인 환경을 바탕으로 깨침과 나눔의 교육을 위한 대안학교라고 할 수 있다. 또한 이곳에서는 부모와 교사, 어린이 지도자들을 위한 연수가 열리기도 한다. 학교 마당에서 풀을 뽑고 있는 선재학교의 교장인 유지선 법사를 만났다. 폐교를 임대해 선재학교로 사용하고 있으며, 작은 교사校舍 하나를 개조해 법당으로 꾸며 놓았다. '선재마을'이라는 현판이 붙여져 있는 초가집은 수련회를 위한 건물이다. 유지선 법사는 고등학교 1학년 때부터 어린이 포교를 하였으며, 군에 입대해서도 어린이 법회와 학생법회를 만들었다. 세월이 흘러 서울에서 청소년법당을 만들어서 운영하기도 하였다. 하지만 공부에 쫓기는 아이들에게 무언가 마음의 쉼터를 마련해주고 싶었기에 서울을 떠나 이곳에 자리를 잡았다. 청소년들을 위한 잡지 『선재들의 속삭임』을 매달 발행하여 무가지로 나누어주었는데, 자금난으로 5년 만에 휴간에 들어갔다. 유지선 법사가 청소년들에게 쏟는 관심과 애정은 이루 말할 수 없다.

"선재마을을 다녀가는 사람이면 누구나 다 고향집 같고 외갓집 같은 푸근함과 편안함을 가졌으면 좋겠다는 것이 저의 바램입니다. 그런 의미에서 선재학교는 사원이요 사찰이며 마음의 쉼터요, 수련원이며 학교이기에 한 가지로 규정짓고 싶지 않아요."

선재학교에서는 〈자연을 닮은 놀이학교〉, 요가 명상 프로그램인 〈마음 한 조각 바람 한 조각〉 등의 캠프가 매달 열리고 있다. 그런데 이곳 수련회


선재야 선재야

나 캠프의 특징은 뚜렷한 주제는 있지만 프로그램 없는 프로그램을 진행한다는 것이다.

　"오늘날 학교 교육의 문제점 중 하나가 틀에 짜여진 교육이라고 생각합니다. 그래서 이곳에서 여는 캠프만이라도 타이트하게 짜여진 프로그램을 지향하지 않고 시간에 쫓기지 않으면서 자율적으로 참여할 수 있도록 합니다. 의도한 바대로 자연스럽게 유도하는 것이지요. 이곳에서 무엇을 배운다기 보다는 마음의 자유로움을 느끼고 자연을 느끼는 것에 비중을 둡니다."

　유지선 법사는 해마다 청소년들을 인솔하여 1개월 정도의 여정으로 인도여행 프로그램을 진행하고 있다. 이 여행의 특징은 인도에 도착하면 스스로가 숙소를 잡고 식사를 해결해야만 한다. 무엇을 보고 어디를 갈 것인지 조차 스스로가 계획하여야 하니 타율적인 생활을 해 온 아이들은 처음에 매우 난감하단다. 하지만 며칠만 지나면 잘 적응하여 여행을 즐기게 된다면서 부모들의 지나친 걱정과 염려가 아이들을 나약하게 만든다고 꼬집었다. 배낭여행을 통하여 홀로 서기를 배우게 하는 것이다.

　선재학교는 철따라 열리는 행사가 다르다. 봄이나 가을에는 들꽃차회를 열기도 하며, 가을에 메주를 쑬 때는 한바탕 잔치를 벌인다. 또 봄에는 나물을 캐서 밥을 하기도 하고, 감자를 심고 캐기, 장작 패어 아궁이에 불을 때게 한다든가, 또 장작불에 고구마나 감자를 구워 먹게 하는 등. 아이들이 자연을 알고 또 노동의 즐거움을 알게 해주는 것이 이곳에서 열리는 캠프의 목적 중 하나이다.

　"선재학교는 깨침과 나눔에 중점을 두고 있습니다. 깨침이란 일방적인 교육을 통해서가 아니라 줄탁동시啐啄同時가 되어야 합니다. 아이들은 살아가는 것 자체가 교육이기에 한 가지 한 가지씩 알고 깨우쳐 가면서 성장하고 성숙해 갑니다. 아이가 필요할 때 바깥으로 나가고 싶어 할 때 도와주는 것이 부모의 몫이요 교사의 몫이라고 생각합니다.”

요즈음 아이들은 패스트푸드·고속 인터넷·시공간에 구애받지 않고 어디든 쉽게 통화 가능한 핸드폰 등을 비롯하여 모든 것이 숨 가쁘게 돌아가는 세상에 몸담고 있다 보니 느리게 진행되는 것을 참지 못한다. 그런데 선재학교에 오면 모든 것이 느리게 진행되는 그 자체이다. 장작불을 때서 방을 덥히는데 2시간이 소요되고, 반찬 하나 만들려면 직접 밭에 가서 고추·오이·호박을 따야 하고, 감자나 고구마도 직접 캐어서 밥을 지어야 한다. 그야말로 슬로우 슬로우 그 자체이다.

처음엔 텔레비전·컴퓨터도 없는 공간에서 모든 것이 느리게 진행되는 것을 못 견뎌하는 아이들도 한 번 오고 두어 번 오면서 그 느림에 적응하게 된단다. 선재학교에서는 컴퓨터 게임에 중독되다시피 한 아이들에게 우리의 전통놀이를 보여준다.

“놀이에는 은근함과 스스로 할 수 있는 자율성이 있으며 놀이 속에서 타협과 사회성을 배울 수 있어요. 『불종성경』에 보면 ‘부처님 법이 놀이처럼 즐겁게 그렇게 전달되었다’는 구절이 있습니다. 부처님 법이 지금처럼 어렵게 전달되는 것이 아니라, 아이들이 놀이를 즐기듯 그렇게 전달되어져야 한다고 생각합니다. 그냥 아이들이 시간에 얽매이지 않고 자연 속에서 유희삼매에 빠져들 수 있도록 해 주는 것도 중요하지요. 우리 문화는 느림의

문화이기에 아이들의 심성을 다스리는데 아주 좋다고 생각합니다.”

선재학교에서는 학부모와 교사들을 위한 〈마음 살핌 : 내 마음 바라보기〉 수련회가 열리며, 전통놀이와 우리 문화를 비롯하여 생태체험 등을 아이들에게 지도할 수 있도록 교사연수를 실시하기도 한다. 왜냐하면 어른은 아이들의 거울이기 때문에 어른들이 먼저 모범이 되어야만 아이들 또한 그렇게 배우기 때문이란다.

근자재주 동자가 사람들에게 세상의 글씨나 십이처 등을 가르쳐 주는가 하면 갖가지 약을 만드는 방법이라든가 농사짓는 법 등 생활에 필요한 많은 것을 가르쳐 주듯이, 유지선 법사 또한 숨가쁘게 돌아가는 일상에서 한 번쯤 멈추고 자신을 뒤돌아 볼 수 있고 자연을 느낄 수 있도록 가르침을 주는 것이다. 청소년을 비롯한 어른들에게도 생활 속에서 자연을 가르치고 사람들과 더불어 살아갈 수 있는 방법을 가르쳐 준다.

패랭이꽃 한 송이를 살짝 띄운 차를 권했다. 패랭이꽃을 띄운 차를 마시는 그 순간, 꽃이 가진 생명력이 내 안에 전이되는 느낌이었다. 이렇게 차 한 잔으로도 사람의 마음을 차분하게 다스릴 수 있음을 말없는 말 속에서 가르쳐 주는 선재학교 교장 유지선 법사의 교육 방침이 어떤 효과를 주는지 짐작할 수 있었다.

유지선
1993년 전법계를 받아 법사가 되었고 1996년 ‘선재연구모임’ 창립.
2006년 ‘제1회 대한민국캠프’ 대상에 선정.
현재는 충주 앙성 ‘선재마을’ 지도법사이며, ‘선재학교’ 교장이다.
10년째 ‘선재랑 떠나는 인도여행’ 을 이끌어 오고 있다.

삼거리 커피숍 주인
이은주

# 14

# 주변으로 눈 돌리면
# 내가 할 수 있는 일들 뿐

## 구 족 우 바 이

선재는 남쪽으로 가다가 해별주성海別住城에 이르러 구족 우바이를 찾았다. 구족 우바이의 집은 엄청나게 넓고 여러 가지로 장엄하였으며, 방안에는 다른 도구가 없고 평상 앞에 조그마한 그릇 하나가 놓였을 뿐이었다. 구족 우바이는 많은 상좌를 두었는데 그들의 몸에서 미묘한 향기가 풍겨 나왔다. 이 향기를 맡은 이는 성내는 마음이 없고 원망하는 마음이 없으며, 교만한 마음이 모두 없어지고 평등한 마음에 머물러 자비심을 일으켰다.

선재는 구족 우바이에게 예를 올리고 나서 가르침을 청하였다.

"선남자여, 나는 보살의 그지없는 복덕으로 장엄한 해탈문을 얻었으므로 이 조그만 그릇 속에서 모든 중생의 가지가지 욕망을 따라 온갖 달고 맛난 훌륭한 음식을 내는데 빛깔이나 향기나 맛이나 촉각이 구족하였다. 이 조그만 그릇에서 나오는 음식은 백 중생·천 중생, 말할 수 없이 많은 중생이라도 모두 그 욕망을 따라 배부르게 먹으면 기갈이 소멸되고 몸과 마음이 안락하며 지혜가 더욱 자란다. 그래도 이 음식은 없어지지 아니하며 적어지지도 않는다."

상왕십리에 위치한 삼거리 커피숍은 이은주 씨가 자비와 자선을 베푸는 공간이다. 삼거리 커피숍에 들어서면 한쪽엔 쌀 포대와 부식들이 놓여있고, 한쪽엔 가난한 나라로 보낼 옷가지들이 쌓여있는가 하면 주방은 대형 냉장고가 2대나 있어 식당을 방불케 한다. 분위기가 여느 커피숍과는 다르다 보니 처음 오는 손님들은 "어, 무슨 커피숍이 이래?"하고 조금은 의아해한단다.

남편과 다섯 남매를 둔 아내이자 엄마인 이은주 씨는 커피숍 일만 해도 벅찰 텐데 그가 지금까지 돌봐 온 노인은 17명, 아이들은 19명이다. 지금도 노인 아홉 분과 유치원생을 비롯하여 초·중등학교를 다니는 아이들 열한 명을 돌보고 있다. 이 많은 대식구들 밥해 먹이랴, 빨래하랴, 거동이 불편한 노인들 돌보랴, 열 사람이 함께 해도 부족할 터인데 이은주 씨 혼자서 다 해 내는 것이다. 국가로부터 보조금 한 푼 받지 않고 순전히 자신이 번 돈으로만 지탱해 나가고 있다.

게다가 이웃의 움직일 수 없는 독거노인들을 위해서는 날마다 도시락 열 개를 준비하여 집집마다 배달한다. 하루에 50인 분의 밥을 해낸다고 한다. 카운터에는 연두색 돼지저금통이 12개가 있다. 한 테이블에서 나오는 찻값 중 천원은 어김없이 돼지저금통으로 들어간다. 이렇게 해서 일 년 동안 모은 돈으로 쌀 수십 포대와 여러 가지 물품을 준비해서 양로원과 고아원을 방문한다.

"내 작은 나눔이 누군가에게 힘이 되고, 한 사람의 생을 절망에서 희망으로 바꾸어 놓을 때 기쁨을 느낍니다. 그러나 몸과 마음이 너무 힘들어 주저 앉아 남 몰래 울 때도 많았습니다."

내가 배불리 먹고 나머지를 주는 것, 내가 다 쓰고 남은 것을 남에게 주는 것은 쉽게 할 수 있는 일이다. 하지만 내가 먹을 것을 먹지 않고 내가 누릴 것을 누리지 않고 남에게 준다는 것은 정말 귀하고 귀한 일이 아닐 수 없다.

"주변으로 눈을 돌리면 온통 내가 할 수 있는 일들뿐입니다. 가진 것 때문에 두려워하고 가진 것 때문에 불편하다면 그것은 불행한 삶이라고 생각해요."

노인들 중에는 자식으로부터 버림받은 사람들도 있었으며, 연고가 없는 다섯 분의 노인은 직접 장례식까지 치러드렸다. 이은주 씨는 직접 장례식을 치루어준 사람은 삼 년 동안 제사를 지내준다.

'당신이 가신 날을 생각하면 자꾸 눈시울이 젖어옵니다. 가신 그곳은 춥지는 않은지 또 덥지는 않은지 걱정이 됩니다. 다음엔 좋은 세상 태어나서 행복하게 사세요.'

이은주 씨의 지난 일기의 한 구절이다. 자식들로부터 버림받은 노인들을 마지막까지 내 손으로 묻어드렸건만 그래도 마음에 아쉬움이 남아 때로는 눈물을 흘린다고 한다.

이은주 씨의 자선은 30년 전으로 거슬러 올라간다. 그때 이은주 씨는 신부전증으로 시한부 삶을 살고 있었다. 어디든 매달리고 싶은 마음에 열심히 절에 다녔다. 절에서 홀로 사는 할머니를 만났는데, 할머니의 아들은 교도소에 있었다. 이은주 씨는 아들 면회를 갈 때면 길을 잘 몰라 힘들어하는 할머니를 모시고 함께 갔다. 이러다 정이 들어 할머니를 모시고 함께 살았다. 이 일을 계기로 이웃에게 관심을 가지게 되었고, 불쌍한 사람들이 눈에 들어왔다.

자식으로부터 버림받고 밥을 비는 노인들, 버림받은 아이들, 알코올중독 자 등등해서 가슴 아픈 사연을 안고 있는 사람들이 많았다. 이때부터 자신의 손길을 필요로 하는 사람들이 있다면 자신의 능력껏 도우기 시작했다. 이들을 돕는데 정신과 시간을 쏟다보니 이은주 씨의 신부전증도 거짓말처럼 나아버렸다. 이은주 씨는 "지금의 내 삶은 덤으로 사는 것"이라 했다.

이은주 씨의 5남매는 모두 출가하여 가정을 이루고 있다. 처음에는 아이들이 엄마의 자선을 이해하지 못했고 불만도 많았다. 하지만 지금은 엄마를 이해하고 도와주고 있다. 알 수 없는 인연으로 자기와 맺어진 아이들 모두 고등학교를 졸업시켰듯이, 이은주 씨는 5남매도 고등학교만 졸업시켰다. 데려온 아이들을 차별하지 않기 때문이란다.

이은주 씨가 키워 낸 아이들은 고등학교를 졸업하고 지금 사회에서 당당히 자기 몫을 해내고 있다. 아이들이 행여나 술·담배를 배울까봐 커피숍에서 술은 일체 팔지 않는다. 교복은 항상 깨끗이 빨고 다려서 입혔다. 이들이 어디 가서 '부모 없는 자식'이라는 소리를 듣지 않도록 잘못했을 때는 혹독하게 꾸짖는단다.

이은주 씨는 결혼을 앞둔 8명의 아이들을 위해 특별한 선물을 준비하고 있다. 데려온 날부터 매달 부어온 적금과 결혼할 때 건네 줄 금팔찌와 반지 등의 패물이다. 그리고 자신의 성장사가 고스란히 담긴 앨범이다. 아이들의 운동회·입학식·졸업식마다 따라 다니느라고 힘들었다고 한다.

"어려운 이웃이나 노인들을 보면 내 몸이 아픈 것처럼 마음이 그렇게 아
플 수가 없어요.  모든 사람을 아기처럼 사랑해 주고 안아줘야 마음이 편해
요. 우리 이 몸은 죽으면 흙이 될 텐데 아껴도 아무 소용없어요."

지금까지 다른 사람의 큰 도움 없이 혼자서 봉사와 자선을 해왔지만 지
금은 몸도 아프고 하니 힘에 부친다고 한다. 하지만 아직도 세상을 바라보
면 자신의 할 일이 많기만 하니 건강이 허락되는 한 남을 도우면서 살겠다
는 것이 이은주 씨의 서원이다.

구족 우바이가 "이 조그만 그릇에서 나오는 음식은 백 중생·천 중생, 말
할 수 없이 많은 중생이라도 모두 그 욕망을 따라 배부르게 먹으면 기갈이
소멸되고 몸과 마음이 안락하며 지혜가 더욱 자란다. 그래도 이 음식은 없
어지지 아니하며 적어지지도 않는다"고 하였듯이 이은주 씨 혼자서 많은
사람들에게 공양을 올리고 있지만 그 음식은 생명공양이기에 없어지지도
적어지지도 않는다.

위빠사나 수행자
김열권

# 각성으로 탐진치 들여다보면
# 봄날의 눈처럼 사라져

#15

## 지 혜 구 족 거 사

선재는 끊임없이 선지식을 생각하고 사모하는 마음을 지닌 채 대유성大有城을 향하였다. 선재는 대유성에서 칠보로 단장한 정자에 앉은 지혜구족 거사를 보았다. 선재는 앞으로 나아가 예를 올리고 가르침을 청했다.

"거룩하신 이여, 저는 중생들을 이롭게 하고 즐겁게 하기 위하여 아뇩다라삼먁삼보리심을 내었습니다. 중생의 고통 근심을 소멸하기 위하여, 모든 중생들이 자비심을 가지도록 하기 위해, 모든 중생들이 부처님의 지혜를 구하게 하기 위하여 보리심을 내었습니다. 어떻게 하면 보살의 행을 배우고 닦을 수 있는지를 가르쳐 주소서."

"선남자여, 나는 뜻을 따라 만들어 내는 복덕광 해탈문을 얻어 모든 중생의 필요한 대로 소원이 이루어지게 한다. 밥을 요구하는 이에겐 밥을 주고, 마실 것을 요구하는 이에게는 마실 것을 주며, 이와 같이 가지가지 의복과 영락과 사르는 향과 금·은·진주 신기한 보배와 일산·집 등을 보시한다. 잘 사는 이·가난뱅이·귀한 이·천한 이·잘난 이·못난이를 가리지 않고, 오는 이의 뜻을 따라 보시하고 또한 묘한 법문을 말하여 그들로 하여금 닦아 증득하여 끝내는 깨달음에 이르게 하는 것이다."

그때 한량없는 중생들이 지혜구족 거사에게 몰려들었다. 지혜구족 거사는 아름답고 맛나는 것을 받은 이에게는 여러 가지 복덕을 닦는 문과 가난을 여의는 행과 감로와 재물이 넉넉하여 행과 선정에 맛들이는 행과 마군을 항복받는 행에 대하여 법문하였다. 여러 가지 배와 수레와 말을 얻은 사람에게는 세간에서 벗어나는 법을 말하여 나고 죽는 바다를 건너서 가장 훌륭한 대승법을 얻게 하였다. 또 모든 의복을 얻은 이에게는 깨끗하고 부끄러워하는 옷을 얻게 하며 부처님의 청정하고 미묘한 금빛 몸을 얻게 하였다. 이처럼 지혜구족 거사는 온갖 도구를 마음대로 보시하여 만족시켜주었으며, 그리고 나서는 여러 중생의 자격에 맞추어 법문을 말하여 자기에게 적당한 대로 위없고 깨끗한 지혜법문을 깨닫게 하였다.


김열권 씨는 우리나라에 위빠사나를 뿌리내리게 한 대표적인 수행자이다. 그는 1979년 간화선에 입문하여 선사들의 지도를 받으면서 10여 년간 선수행을 하였다. 그러다 1990년에 미얀마 마하시 위빠사나 선원으로 출가하였고, 한국인으로는 최초로 미얀마에서 비구계를 받았다. 그 후에도 태국·미얀마·말레이시아·일본 등의 위빠사나 선원에서 수행을 하였다.

위빠사나는 붓다가 스스로 보리수 밑에서 12연기를 관찰하면서 생사를 해탈하고 궁극의 깨달음을 얻은 수행법이다. 초기 경전에 보면 깨달음으로 가는 모든 수행법은 팔정도의 핵심인 반야지혜를 바탕으로 하고 있다.

우문愚問인 줄 알면서도 왜 수행을 해야 하는지 물었다.

"영원한 행복을 찾기 위해서입니다. 행복은 느낌입니다. 느낌은 의식과 함께 일어났다가 대상과 함께 변합니다. 변하는 것은 고통이고 실체가 없는 무아입니다. 그런데 어리석은 범부는 느낌과 의식을 나로 보게 되지요. 위빠사나를 수행하게 되면 몸·느낌·의식 등이 변하고 괴롭고 실체가 없음을 알고 무명의식 너머의 영원한 행복인 열반을 깨닫게 됩니다."

탐욕·증오·명상·두려움 등을 정면으로 마주해서 주시와 분명한 알아차림과 지혜로써 그 실체를 직접 보게 되면 모든 고통의 원인인 집착과 어리석음이 뿌리 뽑히게 된다. 보는 것·듣는 것·냄새 맡는 것·맛보는 것·접촉하는 것·생각하는 것 등, 살면서 부딪치는 온갖 경계에서 그 본성인 무상·고苦·무아를 꿰뚫어 보아 실체를 있는 그대로 알아차릴 때 내면의 평화와 자유를 발견하게 된단다.

"부처님은 '오온五蘊을 즐기는 것은 괴로움을 즐기는 것이다. 괴로움을 즐기면 괴로움에서 벗어나지 못한다'라고 하였습니다. 부귀영화, 오욕락이 범부들에겐 행복이지만 깨달은 성자에겐 고통입니다. 욕망과 어리석음이 없는 지혜와 자비의 실천만이 진정한 행복입니다."

어떤 수행법이 좋다고 주장하는 것에 대해 김열권 씨는 '불교의 어떤 수행법도 그 목표는 반야와 자비를 완성하는데 있는 것. 화두나 염불로 깨쳤다면 그 경지에서는 반야와 지혜의 완성인 위빠사나는 저절로 이루어져 있어야 한다. 달을 손가락으로 가리키든 연꽃으로 가리키든 달만 보면 되는 것'이라 하였다.

'생활 속의 수행'을 중시하는 김열권 씨는 평상시 일상생활에서 알아차림을 놓치지 않는 것, 이것이야말로 위빠사나 수행의 핵심이라고 말한다.

"일상생활에서 화가 나거나 스트레스가 생길 때 즉시 관찰해 보십시오. 그 순간이 바로 깨달을 수 있는 절호의 기회입니다. 생각이 사라지지 않으면 '나'라는 주관적인 의식의 작용과 객관적인 대상을 나누어서 관찰해 보십시오. 그러면 쉽게 사라집니다. 우리의 의식은 욕망과 분별심으로 가득 찬 분별의식과 열반으로 가는 관찰하는 반야관 2가지로 나눌 수 있는데, 그 관찰이 깊어지면 대상 이전으로 깊이 들어갈 수 있습니다. 부처님은 '깨치고 나서도 위빠사나, 『아미타경』에서는 극락에 가서도 위빠사나'라고 말씀하실 정도로 24시간 가장 완벽하게 깨어 있는 관을 하신 분입니다. 생활 속에서 위빠사나인 반야관과 선행을 티끌 모으듯이 계속 쌓다보면 물방울이 바위를 뚫듯 언젠가는 깨달음에 이를 수 있습니다."

김열권 씨는 위빠사나 수행이 어렵게 느껴지는 사람들에게는 염불위빠사나 수행을 권하기도 한다. 염불위빠사나를 가리켜 불수념佛隨念이라 하는데, 이때 내 마음이 부처라는 '붓도(Buddho)'나 '석가모니불', '관세음보살' 등을 염송하는 것이다.

붓도는 3가지 의미를 포함하고 있는데 첫째는 석가여래처럼 깨달음을 얻은 인격적인 붓다라는 의미이고 둘째는 벽지불과 아라한과 같이 깨달음을 얻은 성자, 셋째는 탐진치가 없는 청정하고 무량한 지혜와 자비로 가득 찬 본래 마음자리인 자성불自性佛이다.

"물질 문명 속에 길들여진 현대인들은 일반적으로 집중력이 약한데 염불위빠사나는 집중력이 약한 수행자나 바쁜 생활인들에게 결정적 도움을 줄 것입니다. 염불 위빠사나는 자신의 성향에 맞춰 '붓도'를 염송하는데 그 방법은 여러 가지가 있어요. 호흡관찰 등의 사념처관과 연계시켜 수행하거나, 염송 없이 순수하게 위빠사나만 수행하거나, 붓다의 공덕을 기리며 붓도 염송만 행해도 됩니다."

'붓도'를 지속적으로 염송하다 보면 자신도 모르게 붓다를 경배하면서 동시에 자신도 붓다가 될 수 있는 무한한 가능성을 지니고 있음을 확신하게 되어 자신의 수행을 향상시켜 나갈 수 있으며, 타인들도 붓다처럼 불성을 지닌 미래의 붓다로서 공경하게 된다고 하였다. 그리고 삶의 지혜는 물론이고 역경에 대처할 수 있는 인내심이 키워진다고 하니 현대인들에게 꼭 필요한 수행법이 아닌가 싶다.

마음공부를 함에 있어서는 스승이 참으로 중요하다면서 혼자 공부해서는 곤란하다고 하였다. 미얀마의 선원에서 공부를 하면 지도법사가 하루에 한 번 정도 인터뷰를 통해서 점검하고 바로 잡아주기 때문에 공부의 진척이 빠르단다.

집에서도 쉽게 할 수 있는 선체조를 물었더니 '절을 하라'고 조언했다.

"절은 마음과 감각과 호흡과 오온을 동시에 관찰할 수 있는 좋은 수행이며, 근기에 따라 사마타와 위빠사나가 되기도 합니다."

지혜구족 거사가 "나고 죽는 바다를 건너서 가장 훌륭한 대승법을 얻게 하였으며, 또 온갖 것을 마음대로 보시하여 사람들을 행복하게 해주었으며, 여러 중생의 근기에 맞추어 법문을 하여 위없고 깨끗한 지혜법문을 깨닫게 해 주었다"고 하듯이 김열권 씨 또한 위빠사나 수행법을 통하여 물질로 인한 만족은 끝이 없음을 깨닫게 해주어 물질에 대한 집착을 여의게 만든다. 탐진치가 견고한 성채같기도 하지만, 각성으로 들여다 보면 봄날의 눈처럼 사라지는 그런 속성이 있음을 알았다.

김열권 씨는 "법이 곧 붓다이므로 누구든지 몸과 마음 안에서 법을 보는 순간, 살아있는 붓다를 친견하게 된다."는 말을 들려주었다. 우리가 진정으로 해야 할 일은 내 안에서 살아 숨쉬는 살아있는 붓다를 친견하는 것이 아닌가.

김열권

1979년부터 10년간 선사들 지도하에 화두 참구. 1990년 미안마 마하시 선원으로 출가.
그 후 태국·말레이시아·인도 등의 위빠사나 선원에서 수행.
『붓다의 호흡법- 아나빠나삿띠』·『보면 사라진다』 등이 있다.
지금은 위빠사나붓다선원, 인터넷유나방송 등에서 '위빠사나 수행'을 지도하고 있다.

지혜경영연구소 대표이사

# 손기원

# #16 자기경영에 탁월한 지혜인

## 보 계 장 자

선재는 복덕문을 깨달으면서 점점 남쪽으로 내려가다가 사자궁성師子宮城에 이르렀다. 저자거리에서 보계 장자를 만났다. 장자는 선재의 손을 잡고 자신의 집으로 데려갔다. 선재는 보계 장자에게 가르침을 청하였다.

"선남자여, 내가 생각하니 옛적에 그 나라 임금은 이름이 법자재이고, 부처님이 임금의 청을 받고 마니당장엄동산으로 들어갈 때였다. 내가 길거리에서 아름다운 음악을 타고 향 한 개를 사르어 공양하였다. 저 부처님과 보살들이 나의 공양을 받았으며, 그 향의 연기로 큰 향구름을 일으키어 그늘 일산日傘이 되었다. 또 음악은 가지가지 아름다운 음성을 내어 부처님의 헤아릴 수 없는 넓고 큰 지혜를 노래하였고, 듣는 이로 하여금 온갖 번뇌의 업장을 소멸하고 온갖 진실한 선근을 자라게 하였다.

나는 그때에 이렇게 공양한 선근으로 세 곳에 회향하였다. 하나는 빈궁하고 곤란한 것을 영원히 여의려는 것이요, 둘째는 모든 부처님과 보살들을 항상 만나려는 것이요, 셋째는 부처님들의 바른 법문을 들으려는 것이었다. 이러한 인연으로 이 과보를 받았다. 하지만 선남자여, 나는 다만 이 보살의 걸림

없는 서원으로 두루 장엄한 복덕광 해탈문을 아는 것 뿐이다."

지식사회가 저물고 지혜의 시대가 도래할 것을 예견한 손기원 씨는 남들이 부러워하는 회계법인 대표직을 내려놓고 '지혜경영연구소'를 설립하였다. 지혜경영연구소는 개인과 기업이 경영을 잘 할 수 있도록 도움을 주는 곳으로 그 바탕에는 부처님의 지혜를 현실과 접목하는 일을 하고 있다. 지혜와 성취를 함께 이루고자 하는 사람들의 모임인 '지혜사회 공동체'도 운영하고 있다.

그는 수많은 기업의 경영현장에서 컨설팅을 하면서 틈틈이 서울대, 성균관대, 경희대 등 여러 곳에서 다양한 장르를 공부하였다. 경영학과는 어울리지 않을 것 같은 자연과학·동양사상·한방음악·역사·종교·미래학·명상수련 등을 섭렵하였다.

손기원 씨는 신용불량자의 양산, 자살하는 사람의 증가 등 이러한 현실에 있어서 가장 절실한 대안은 바로 지혜를 추구하는 것이라 한다. 지식은 나 혼자만 잘 살려고 하는 마음을 채우는 도구이고 지혜는 모두를 살리려는 마음 그 자체이며, 서양의 가치가 경쟁에서 이기기 위한 지식에 있다면 동양의 가치는 조화롭게 살기 위한 지혜에 있다고 할 수 있단다.

어떤 사람을 지혜인이라고 하는지 궁금하여 물었다.

"지혜인이란 지식과 지혜를 겸비한 자기경영에 탁월한 사람을 뜻하지요. 자기경영의 대가는 깨달은 사람, 욕심이 적은 사람이라고 보아도 좋습니다. 또 남의 입장과 나의 입장을 대등하게 이해하고 실천하는 사람들입니다. 지혜사회는 이미 이루어 놓은 물질적인 성과를 버리는 것이 아니라, 정신적인 측면과 물질적인 것이 조화를 이루는 사회를 의미합니다. 그것은 불교의 가르침인 중도를 실천하는 것이지요. 만약 식당을 운영하고 있는데 손님들이 많이 오지 않는다면 그들에게 행복을 주지 못하고 있다는 증거라고 할 수 있습니다. 그것은 그들을 내 가족처럼 대하지 않았거나 내 이익만을 챙기려 하였기 때문이지요."

'지금 자신을 행복하게 해 주는 직장을 비롯하여 자신의 강점과 지식 등이 과연 5년이 지나고 10년이 지나도 자신의 버팀목이 될 수 있을까?' 라는 질문을 던졌다. 자신의 버팀목이 언젠가는 자신을 떠나게 될 것이기에 자신을 변화시켜 나가야만 하는 것이다. 패러다임이 바뀌면 생존의 법칙이 바뀌게 되고 기업경영과 개인의 삶은 크게 변화되기에 우리는 그것을 함께 준비해야 한단다.

"자기 경영을 잘 하는 사람이 지혜인입니다. 지혜인이 되기 위해서는 세상을 자기의 고정관념으로 보는 것이 아니라 있는 그대로 보는 것이 중요합니다. 그리고 이 세상은 인드라망의 그물처럼 서로가 서로에게 도움을 주고 도움을 받으면서 살아가고 있기에 세상만물에 항상 감사하는 마음을 가져야겠지요. 자기 경영에서 핵심적인 것은 바로 명상인데, 지혜란 것은 명상을 통해서만이 얻을 수 있는 것입니다. 과거의 나와 만나는 것이 아니라 날마다 변화하고 있는 새로운 자신을 만나야 할 것이며, 그러기 위해서는 실천이 중요합니다. 일상에서 변화를 일으키기 위해서는 시간관리도 빼놓을 수 없습니다."

앞으로 생활양식에 있어서 가장 큰 변화는 명상이나 참선 호흡법과 같은 수행프로그램이 보편화 될 것이며, 명상을 중심으로 한 불교적 수행법은 정신혁명의 중요한 수단이 될 것이라고 그는 전망하고 있다. 손기원 씨는 명상을 통해서 자신이 어떻게 변화했는지를 들려주었다.

"위빠사나명상을 한 3개월 정도 하고 나니 내 삶의 모습이 눈에 보이더군요. 언제까지 다람쥐 쳇바퀴 도는 것과 같은 생활을 계속해야 하는가 라는 회의가 생겼고, 회계사로 살아가는 것보다는 지혜인으로 사는 것이 바람직한 삶이라는 생각이 들었습니다. 자기 인생을 잘 경영하는 것이 가장 비전있는 사람이라는 생각을 하게 되었고 그래서 연구소를 설립하게 되었어요."

또한 앞으로 기업의 나아가야 할 방향과 바람직한 경영을 위해 '불교적 경영 패러다임'을 제시하고 있다.

"부처님은 일체무상이라 하여 모든 것은 끊임없이 변한다고 하였습니다. 이러한 변화 속에서 고객의 마음이 변하는 것은 당연한 일이며, 따라서 경영자와 기업은 그 변화를 수용하고 나아가 변화를 선도하지 않으면 생존할 수 없습니다. 또 모든 것은 서로 의존하는 관계를 맺고 있습니다. 회사가 생존하려면 세상을 위해 뭔가 가치 있는 것을 제공해야 하고 세상의 행복을 위해 뭔가 공헌해야 한다는 진리도 쉽게 깨닫게 되는 것이지요. 부처님은 양극단으로 치우치지 말라고 하였습니다. 우리가 하는 일이 뜻대로 되지 않을 때 그 원인의 대부분이 어떤 극단에 치우쳐 있기 때문이라고 봐도 거의 틀림없습니다. 우리는 지금 물질과 정신 가운데 물질에 치우쳐 있으며, 자기의 입장과 타인의 입장 가운데 자기 입장에 기울어져 있습니다. 물질과 정신의 조화와 균형, 나의 입장과 너의 입장을 대등한 위치에 두는 태도는 삶과 경영을 모두 훌륭하게 변화시키는 지름길이라고 생각합니다."

자녀에게 재산을 상속하는 것이 반드시 나쁘다고 할 수는 없지만, 그래도 지혜를 물려주는 것이 바람직하다는 것이 그의 신념 중 하나이다.

보계 장자가 자신의 선근을 모든 사람에게 회향될 수 있도록 발원한 것처럼 손기원 씨 또한 부처님의 가르침인 지혜를 현대에 맞게 재단하여 많은 사람들과 기업에 전파하고 있으니, 현대 사회가 요구하는 선지식임에 틀림없다.

모든 것이 빠르게 변화해 가는 시대에 도태되지 않고 진보하면서 살아남는다는 것이 우리에게 있어 화두 중 화두가 아닐까 싶다. 살아남기 위해서는 자기경영 즉 자기관리를 해야만 하고, 그 방법론의 핵심은 바로 명상이라는 말이 가뭄 끝의 단비처럼 그렇게 반가울 수가 없었다.

손기원

한양대 경영학과, 한양대 대학원 경영학과 졸업.
17년간 '인솔회계법인' 대표이사 역임. 한양대 겸임교수 역임.
2004년 지혜경영연구소 설립, 지금은 지혜경영연구소 대표이사이다.
저서 『정신혁명-행복방정식이 바뀐다』· 『이젠 지혜경영이다』 등이 있다.

의사
# 김동일

# 17

# 삶의 희망 꿈꾸는 진료실

## 보 안 장 자

선재는 등근藤根나라의 보변문성에 이르러 보안普眼장자를 찾았다. 사람들이 성안에서 향과 약을 파는 곳에 있다고 하기에 찾아갔다. 선재는 예를 올리고 나서 가르침을 구하였다.

"선남자여, 나는 예전에 문수사리동자로부터 병이 생기는 근본과 훌륭한 약방문과 여러 가지 향을 만드는 법을 배워 익혔기 때문에, 모든 중생의 여러 가지 병이 생기는 원인을 분명하게 알고 치료하는 것이다. 여러 가지 질환이 있겠지마는 나는 잠깐 동안에 여러 가지 약으로 치료하여 모두 씻은 듯이 낫게 하여 편안하게 해준다. 이런 좋은 법문을 그대도 배워라."

"거룩하신 이여, 저는 보살이 닦을 묘한 행을 물었습니다. 그런데 어찌하여 세속의 약방문을 배우라 하십니까?"

"보살이 처음 발심하고 보리를 배우려면 병이 가장 큰 장애가 되는 줄을 알아야 한다. 그러므로 보살이 보리를 닦으려면 먼저 몸에 있는 병을 치료하여야 하는 것이다. 여기에는 언제나 시방세계의 병 있는 중생들이 모여와서 치료받기를 원한다. 나는 지혜로서 그 원인을 살펴보고 병에 따라 약을 주어 평

등하게 치료해 준다. 그런 후에는 법을 말하여 그들의 번뇌병까지도 영원히
끊게 하노라."

일산 신도시에 위치한 동국대학교 일산 한방병원에 들어서자, 병원이라
고 느낄 수 없을 정도로 실내장식이 세련되고 신선함이 느껴졌다. 김동일
박사는 이곳 한방병원 여성의학과를 담당하고 있다. 고교시절, 앞에 나서
지 않고도 조용히 남을 도우면서 소박한 삶을 살 수 있는 직업을 고르다 보
니 한의사가 되었다는 김동일 씨는 자신의 진료실을 두고 '꿈꾸는 진료실'
이라고 부른다. 아픔의 고통으로 일그러진 환자들에게 꿈과 희망을 주겠
다는 그의 의지를 느낄 수 있었다.

김동일 씨는 진정한 건강이란 '심신이 아프지 않고 활력을 가지고 있으
면서 신체적 · 정신적 · 사회적으로 별 문제없이 조화롭게 살아가는 것' 이
라고 하였다. 사회가 건강하고 가정이 건강해야 그 속에 포함된 나까지도
건강해진다는 말을 덧붙였다.

현대인의 질병은 외적으로는 환경이나 기후의 영향과 과식 등 음식물로
인해 생기는가 하면, 내적으로는 과로와 스트레스에 의해서 발생하기도
한단다. 또 욕심 · 탐심 · 노여움 등으로 인해 갖가지 질병이 생긴다는 것
을 간과해서는 안 된다는 말을 하였다.

"몸은 마음을 담는 그릇인 동시에 마음이란 몸이 있어야만 존재할 수 있
는 그런 유기적 관계에 있어요. 몸과 마음을 이어주는 교량이 있는데, 그것
은 자율신경입니다. 가령 화를 내면 자율신경의 균형이 깨어지면서 몸의

균형까지도 깨어지기 십상이지요. 세숫대야가 찌그러져 있으면 담겨진 물의 형태 또한 찌그러져 있듯이, 심신질환은 마치 세숫대야와 세숫대야에 담긴 물과 같은 관계에 있습니다.”

얼마 전에 불교 수행자와 재가 불자들을 위한 『수행과 건강』이란 책을 펴냈다. 책을 펴낸 동기는 건강한 신행활동도 건강한 몸에서 나오는 것이기에 스스로 건강관리를 하는데 도움을 주기 위함이고, 질병이 생겼을 때 진단과 치료에 대한 안내를 받을 수 있는 지침서를 만들 필요성을 느꼈기 때문이다. 또 한 가지는 수행자의 건강문제를 불교계에 널리 알려 종단 차원에서 의료복지와 관련된 교정이 수립되기를 바라는 마음에서 책을 펴냈다.

“의사의 역할에 대해 사람들은 진단과 치료 정도로 생각합니다. 그러나 의사의 역할은 진단하고 치료하는 것은 물론이거니와, 교육과 지지支持와 동반까지 그 폭이 넓습니다. 여기서 교육은 건강증진과 질병치료와 관련된 내용을 폭넓게 이해할 수 있도록 교육하여 스스로 건강을 지킬 수 있게 하는 것이지요. 지지와 동반은 심리적으로 힘든 것을 해소하여 함께 투병할 수 있도록 믿음을 갖게 하고 그것을 실천하는 것입니다. 궁극적으로 의사의 역할이란 삶의 지향점을 되찾아주고, 삶에 대한 희망을 가지도록 하는 것까지도 포함됩니다.”

김동일 씨는 진료를 할 때면 환자의 입장이 되어 자신을 한 번씩 그 자리에 놓아 보곤 한다. 같은 질병을 앓고 있다 하더라도 환자의 심리상태와 가정환경에 따라 치료법이 달라져야 한다는 것이 그의 생각이다. 김동일 씨가 개개인에 맞는 최적最適의 치료법을 찾아 맞춤치료를 하는 것, 이것이 바로 보안 장자가 말하는 평등한 치료법이 아닌가 싶다.

건강을 유지할 수 있는 비결을 물었다.

"계정혜戒定慧 삼학은 불교 수행자들이 갖추어야 할 수행의 세 가지 측면인데, 자신의 몸과 마음을 조율할 수 있는 방편으로 삼아도 좋다고 생각합니다. 먼저 계를 지킴으로 해서 해야 할 일과 하지 말아야 할 일을 판단하고 분별하게 해줍니다. 그리고 선정을 통해 마음을 안정시키고 맑히다 보면 지혜가 드러납니다. 혜를 통해서 자신의 마음을 조율하고 통제하다 보면 굳이 웰빙을 추구하지 않아도 자연스럽게 건강한 삶을 영위하게 되는 것이 아닐까 싶습니다."

몸에 병이 있으면 마음이 불안하여 사실은 그 무엇도 할 수 없는데 우리는 병을 얻고 나서야 건강이 얼마나 소중한지 느끼게 된다. 그리고 지수화풍 4대가 화합하여 만들어진 우리의 몸은 필경에는 부서져 흩어지고야 마는 것이지만, 그 안에 불성을 담고 있기에 육신을 하찮게 여겨서는 안 되는 것이다.

금방이라도 푸른 물이 뚝뚝 떨어질 것처럼 맑고 싱그러운 김동일 박사의 미소를 뒤로 하고 '꿈꾸는 진료실'을 나왔다.

김동일
1993년 동국대 한의대 졸업. 1998년 동국대 대학원 한의학박사.
1996년 2월 한방부인과 전공의수료. 동국대학교 한의과대학 교수, 강남한방병원 부인과 과장 역임.
현재는 동국대학교 한방여성의학과장 및 진료부장으로 있다.

강원도지사
김진선

# 18

# 도민들과 함께
# 도정을 이끌어가다

## 감 로 화 임 금

선재는 감로화 임금을 찾아가면서 이렇게 생각했다.

"선지식은 훌륭한 방편으로 나를 거두어 주고 소중한 마음으로 나를 수호하며 나로 하여금 아뇩다라삼먁삼보리에서 물러나지 않게 하는구나."

선재는 다라당多羅幢성의 감로화甘露火 임금을 찾아 남쪽으로 걸었다. 그러다 지식이 풍부한 사람들이 네거리에서 세상 일을 이야기하는 것을 보았다. 선재는 그 사람들에게 감로화 임금을 만날 수 있는지 물었다. 그러자 사람들은 감로화 임금을 칭송하였다.

"우리 임금께서는 여러 가지 방편으로 중생을 지도하면서 소송하는 일을 잘 판결하며, 어리고 연약한 이를 어루만지고 외롭고 곤궁한 이를 구호하여 훌륭한 행을 성취시키며, 열 가지 나쁜 짓을 끊어 버리고, 열 가지 선한 일을 행하게 하는 것이 마치 전륜성왕과 같습니다."

선재는 감로화 임금을 만나 예를 올리고 나서 가르침을 청하였다.

"선남자여, 나는 보살의 환술 같은 해탈을 얻었노라. 나는 여러 가지 방편을 써서 중생들로 하여금 나쁜 짓을 끊어 버리고 선한 일을 행하게 한다. 그래

강원도지사 김진선 씨는 전국 유일의 3선 단체장이다. 사람들이 감로화 임금을 두고 "우리 임금은 온갖 것이 헛된 것인 줄 알고 내 몸을 잊어버리고 남을 위하며, 중생들을 바른 길로 교화하시니 성군聖君이란 좋은 소문이 사방에 가득하다네"라고 칭송했듯이, 강원도민들 역시 김진선 도지사에게 이런 칭송을 아끼지 않았기에 3선 단체장이 가능했으리라.

김진선 도지사는 1975년 행정고등고시에 합격하여 강원도 영월 군수를 시작으로 공직에 발을 들여놓았다. 1998년 초대 지사 시절 강원도에 변화의 바람을 불러일으키겠다는 각오로 '변화의 새바람, 강원도 세상' 이라는 도정 구호를 들고 나왔다. 김진선 도지사가 추구한 것은 강원도가 삶의 질에서도 일등이요, 경제에서도 앞서가는 도를 만들겠다는 포부로 가득 찼다. 그리고 동계올림픽 유치를 위해 강원도를 변모 발전시켜나갔다. 2006년 3대 대선에서도 자리를 굳건히 할 수 있었던 것은 김 지사의 끊임없이 창출해 내는 새로운 패러다임과 열정과 성실을 도민들이 낱낱이 알고 있었기에 가능한 일이었다.

천혜의 타고난 자연경관으로 인해 강원도는 관광의 도시이기도 하지만, 김 지사는 자연이 주는 혜택만을 기다리지 않았다. 발로 뛰어다니면서 기업들을 강원도로 유치하는데 전력을 기울였다. 도민들의 삶의 질을 높이기 위해서는 우선 경제력이 바탕이 되어야 한다는 철학을 가지고 있기 때문이다. 지난 3년간 기업유치 실적에서 강원도가 전국 1위를 차지했다. 2000년 이후 수도권에서 강원도로 이전한 기업만 956개에 이르며, 이를 통해 21,466개의 일자리를 만들었다. 강원도는 10년 전부터 '삼각 테크노파크 전략'이란 이름으로 각 지역을 특성화해 발전시키고 있다. 춘천은 바이오와 IT사업, 그리고 애니메이션을 육성하고 있으며 원주는 의료기기, 강릉권은 세라믹 신소재와 해양산업을 집중 육성하고 있다.

김 지사라고 하면 사람들이 제일 먼저 떠올리는 것이 아마도 '평창 동계올림픽'이 아닐까 싶다. 김 지사는 평창 동계올림픽 유치를 위해 지구의 10바퀴를 날아다녔다. 국내는 물론이고 국외에서도 '올림픽 도지사'라는 애칭을 얻었을 정도이다. 평창은 2010년 동계올림픽 유치 경쟁에서 2위에 머물렀지만 국제스포츠계로부터 개최 능력만큼은 인정받았다. 김 지사는 2014년 동계올림픽 유치를 위해 재도전에 나섰지만 아쉽게도 쾌거를 올리지 못했다. 하지만 김 지사는 도민들의 뜻을 받들어 2018년 동계올림픽 평창 유치를 위해 삼수에 도전하였다. 평창 동계올림픽을 유치함으로써 국가의 위상이 올라가는 것은 물론이거니와, 세계 유일의 분단 상징지역에서 평화 올림픽을 개최함으로서 한반도와 세계의 평화에 기여하게 되는 등 그 파급효과는 엄청날 것이라 한다.

강원도는 지형상 수재나 화재가 자주 발생할 수 있는 여건을 지니고 있다. 자연재해를 당할 때마다 잘 대처해나가고 잘 해결하는 도지사이기에 그에게는 '행정의 달인'이라는 닉네임도 따라 다닌다. 산불이나 수해가 일어났을 때 헬기가 뜰 수 없을 정도로 기상조건이 나쁜데도 김진선 도지사는 헬기를 타고 재난 지역을 다 돌았다. 최악의 기상조건인데도 헬기를 타고 재난의 현장을 가 본다는 것은 자신의 생명까지도 던져 도민들을 돌보겠다는 일념이 아니면 도저히 할 수 없는 일이다.

"헬기를 탔을 때 내가 위험하다는 생각보다는 피해를 입은 도민들이 두려움과 불안과 참담함 속에 있을 그 생각만 하였지요. 도지사인 내가 재난의 현장으로 가는 것으로도 사람들은 작은 위안과 희망을 가지게 됩니다. 허탈감 속에 있을 그들의 희망을 저버릴 수가 없었던 것이지요."

김 지사의 행정 철학 중 한 가지는 "현장에 문제가 있고, 바로 그 현장에 답이 있다"는 것이다. 오랜 공직생활을 통해서 몸소 현장에 뛰어들었을 때 진정성이 있는 정책과 행정을 펼칠 수 있다는 교훈을 얻었다.

오랜 공직생활을 하였고, 전국 시도지사협의회 회장으로도 일하고 있는 김 지사에게 공직자의 덕목을 물었다.

"성실·청렴·공평·책임 이 네 가지를 공직자가 갖추어야 할 덕목이라고 생각합니다. 공직자는 주민의 공복公僕으로서 주민을 최우선에 두고 주민에게 질 높은 공적서비스를 제공할 수 있도록 최선을 다해야 한다는 것이 저의 철학입니다. 어떠한 어려움이 있더라도 세태의 변화 등 시류에 흔들리지 않으면서 본분에 충실하자는 것을 기본으로 하고 있지요."

대학 다닐 때 탄허 스님의 참선특강을 들었는데 "생각이 있는 자리에서 생각이 없는 자리로 돌아가는 것이 참선이다"는 말씀이 화두 아닌 화두가 되었다. 예전에는 『금강경』을 독송하였는데, 요즈음은 시간 나는 대로 『화엄경』을 독송하고 있다면서 좋아하는 한 구절을 들려주었다.

"진지위세항적정<sub>進止威勢恒寂靜</sub>, 나아갈 때나 머무를 때나 항시 고요 속에 있으라는 이 구절을 마음에 새기고 있습니다. 저는 이 말을 대할 때마다 조금만 이익을 보면 좋아하고 조금만 손해를 보면 분해서 참지 못하는 요사이의 세태를 생각해 봅니다."

김 지사의 말 한 마디 한 마디에서 자기 자신의 고유영역을 갖고 있는 사람만이 가지는 자신의 직업에 대한 자부심과 자신감 그리고 당당함이 느껴졌다. 도민들과 함께 울고 웃으면서 그들이 원하는 것이 무엇이며, 필요로 하는 것이 무엇인지 알고 도정을 이끌어 가고 있는 김 지사야말로 이 시대를 리드하는 진정한 지도자요, 선지식임에 틀림없다.

서울로 돌아오는 길, 석양이 내려앉은 산과 들판이 자아내는 풍광은 금실로 짠 그물을 던져 놓은 듯 눈부시게 빛났다. 나무 한 그루, 풀 한 포기도 강원도의 재산이라는 김 지사의 말을 기억하고 있기에 나 또한 차창을 스치는 그 모든 것들이 귀하게만 느껴졌다.

김진선
동해시에서 출생. 제15회 행정고등고시 합격. 제32, 33대 강원도 도지사 역임.
환경운동연합의 '2000환경인상', 한국관광학회가 수여하는 '2005년 관광진흥 대상'을 수상.
현재는 34대 강원도지사를 맡고 있다.
저서로는 『새 농어촌 건설운동』·『지방의 비전과 도전』 등이 있다.

전 관세청장

# 성윤갑

# 19

# 일이 곧 수행이요
# 수행이 곧 일이다

## 대 광 임 금

선재는 대광 임금이 계시는 묘광성妙光城에 도착하자 가슴이 뛰면서 마음이 깨끗하여졌다.

선재는 묘광성에 들어가서 대광 임금을 찾아뵙고 나서 가르침을 청하였다.

"선남자여, 나는 보살의 큰 자비행을 깨끗하게 닦는 해탈문을 얻어 청정하고 만족하였다. 나는 한량없는 부처님 처소에서 이 법을 묻고 생각하고 관찰하고 닦아서 장엄하였다. 나는 이 해탈문으로 왕이 되었고, 나는 이 해탈문으로 정사政事를 행하고, 나는 이 해탈문으로 중생을 교화하고, 나는 이 해탈문으로 중생들에게 큰 자비심을 내게 한다. 그리하여 중생들로 하여금 덩굴처럼 무성하게 나고 죽는 마음을 영원히 끊게 하며, 번뇌와 습기의 마음을 끊게 하며, 중생들이 법의 성품인 고요한 마음에 머물게 하려는 것이며, 중생들이 나고 죽는 흐름을 끊고서는 법의 흐름에 들게 하려 함이다."

"선남자여, 나는 올바른 법으로 세간 사람을 교화하기 때문에 나라 안 모든 중생은 나에게 공포심을 품지 않는다. 만일 헐벗고 굶주린 중생들이 나에게 와서 의복을 구하고 음식을 구한다면 나는 고방을 열어 보이면서 이렇게 말한다. '너희들이 지나간 옛적부터 이런 재물을 위하여 열 가지 착하지 못한 업과 가지가지 나쁜 업을 지었으므로 오늘날에 가난하고 곤궁하고 헐벗고 굶주리게 된 것이니라. 내가 지금 너희에게 보시할 테니 마음대로 가져가라. 이 물건으로 의식을 넉넉하게 하고, 힘을 따라 행을 닦으며, 나쁜 짓을 하지 말고, 중생을 해치지 말고 잘못된 소견을 일으키지 말고, 고집을 내지 말라'고.

선남자여, 이 나라에 사는 모든 중생이 오탁악세에서 익히던 버릇을 따라 나쁜 짓 하기를 좋아하므로 내가 어여삐 여기는 생각으로 저들의 마음을 거두어서 구호하려고 보살의 큰 사랑하는 마음으로 으뜸을 삼고 세간을 따르는 큰 삼매에 들어간다. 내가 이 삼매에 들어갈 때에는 저 중생들이 가지고 있는 두려워 하는 마음, 남을 해치려는 마음, 원수로 대적하는 마음, 다투는 마음이 저절로 소멸된다. 그것은 보살의 큰 자비가 으뜸이 되어 세상을 따라주는 삼매에 들어가면 으레 그렇게 되기 때문이다."


서울 논현동 세관 집무실에서 관세청장 성윤갑 씨를 만났다. 30여 년을 관세청에 근무한 성윤갑 청장은 세계적 허브 수준으로 통관·물류 체계를 혁신하고 기업하기 좋은 납세환경을 조성하는 등 관세행정 전문가로 통하고 있다.

최근 세계관세기구 WCO 169개 회원국 중 '지적재산권 보호' 최우수국으로 선정되어 'WCO 트로피 2006'을 수상하였다. 세계관세기구 WCO가 2년마다 모범적인 활동을 한 국가에 주는 상으로 금년에 신설된 제도이다.

'짝퉁 수출국'으로 지적재산권 분야에서 감시 대상국 수준에 머물러 있는 우리나라가 최우수국으로 선정되었으니 대내외적으로 화제가 되는 것은 당연하다. 하지만 이 밑바탕에는 지적재산권 관련 일선업무를 담당할 때부터 오랜 시간 준비해 온 성 청장이 있었기에 가능한 일이었다.

"앞으로도 짝퉁 근절을 위해서 더욱 노력할 것입니다. 짝퉁의 대상은 점점 넓어져 의약품, 담배, 자동차, 항공기 부품까지 확대되고 있어요. 아프리카에서는 가짜 백신으로 수많은 사상자를 낸 일이 있는가 하면, 노르웨이에서는 가짜 비행기 부품으로 인해 비행기가 추락해 탑승자 전원이 사망한 일이 있습니다. 짝퉁 피해는 단순히 소비자와 기업에게만 한정된 것이 아니라, 이처럼 국민의 안전과 건강까지도 위협하고 있기에 국가차원에서 대응해야 하는 것입니다. 또한 국제사회에 한국이 가짜 상품 단속에 적극적이고 감시 시스템이 확실하다는 인식을 심어주어야 합니다."

관세청은 세계 최고의 관세행정을 실현하기 위하여 '2010 세관선진화 5개년 계획'을 수립하여 추진 중이다. 이미 우리나라의 전자통관시스템은 많은 나라에서 벤치마킹하는 등 우수성을 입증 받고 있다. 또한 전자통관시스템을 브랜드화해서 도미니카, 카자흐스탄, 몽골 등 여러 나라에 수출하고 있다고 하니 그저 놀랍기만 하다. 이러한 일련의 일들을 통해서 항상 도전하고 새롭게 혁신해 나가는 성 청장의 행정철학이 크게 작용하였음을 알 수 있다.

"관세청에서 줄곧 공직생활을 하면서 직원들이 진정 자기 조직을 사랑할 때 세관을 찾아오는 민원인에게 친절을 베풀 수 있음을 알기에 고객과 동료를 가족처럼 존중하고 신뢰하는 '동반자 정신'을 최고의 덕목으로 삼고 있습니다. 그리고 자신의 일에 대해 자긍심을 가지고 열린 마음과 유연한 사고로 '변화혁신'을 하자는 것이 제 소신이기도 합니다."

성 청장은 공직자로서 그 능력을 인정받았을 뿐만 아니라, 신행에 관해서도 으뜸이다. 그 바쁜 와중에도 금강경 풀이집인 『강을 건넜으면 뗏목을 버려야지 왜 메고 가나』와 세친의 유식삼십송 풀이집인『행복한 삶을 위한 유식삼십송』등 불교서적 두 권을 출판하였다. 어렵다고 하는 '유식唯識'을 어떻게 이해하면 좋을지를 물었더니 간략하게 답해 주었다.

"유식삼십송은 우리가 서있는 현실을 주제로 하고 있습니다. 왜냐하면 현실의 삶은 무수한 관계로 이루어져 있으며, 이러한 관계는 마음의 상호작용이며 결국은 '한 생각'에 귀결됩니다. 그 한 생각을 제대로 이해할 때 삶의 진정한 본래 모습을 자각할 수 있기 때문입니다. 유식삼십송의 뜻을 제대로 알고 실천하기 위해서는 얽히고 설킨 삶의 무수한 관계 속에서 일어났다가 사라지는 마음을 항상 관찰하고 이해해야 합니다."

대광 임금이 선재에게 "이 묘광성에 있는 중생들은 대승의 행을 행하면서 중생에게 자비한 마음을 내어 청정하지마는 보는 것이 모두 같지 않다. 어떤 이는 이 성이 대단히 좁은 것으로, 어떤 이는 이 성이 대단히 넓은 것으로 본다. 또 어떤 이는 성이 칠보로 단장한 것처럼 아름답게 보이는가 하면 어떤 이는 폐허처럼 보이기도 한다"고 말한 구절을 떠올리면서 마음이 우리를 어떻게 지배하는지 물어보았다. 그러자 성 청장은 청원 유신 선사의 오도송을 예로 들어 그림을 그려가면서 마음의 실체를 설명해 주었다.

"우리 마음이 스스로 투영한 자신과 대상에 대하여 대립, 투쟁하고 갈등을 일으키며 살아가고 있는 것이 우리의 모습입니다. 좋은 것은 구하려 하고 싫은 것은 피하려고 합니다. 하지만 좋은 것과 싫은 것도 우리 자신이 스스로 지어낸 것이 아닙니까? 마음이라는 것도 인연소생의 결과로 마음의 실체라는 것은 없습니다. 마음공부를 함에 있어 1단계는 일체는 없다唯識無境는 철리를 깨닫는 것이요, 2단계는 마음의 실체라는 것이 없음唯性無識을 깨닫는 것입니다. 종교는 체험을 근본으로 하는 것이기에 이론을 앞세워서도 안 됩니다."

성 청장은 짝퉁 수출국이라는 오명을 벗기 위해 끊임없이 행정혁신을 도모해 왔듯이, 가아假我는 내려놓고 진아眞我를 보기 위해 마음 심心자를 화두로 삼아 수십 년간 수행하고 있다. 그의 직무와 신행이 일맥상통하는 느낌이다. 성청장에게 있어 일과 수행은 둘이 아니라, 일이 곧 수행이요 수행이 곧 일인 것이다.

"차안과 피안이 따로 있는 것이 아니라 공을 실천하는 그 자리가 바로 피안입니다. 하루에 단 몇 분이라도 스쳐가는 마음을 붙잡는 연습과 몰입하여 참모습을 바라보려는 수행을 하는 것이 좋다고 생각합니다."

성윤갑

동국대학교 대학원 교육철학과 졸업. 건국대학교 대학원 졸업 (경제학 박사).
제17회 행정고등고시 합격. 22대 관세청장 역임. 지금은 한국전자통관진흥원 이사장으로 재직.
저서 『江을 건넜으면 뗏목은 버려야지 왜 메고 가나』 · 『행복을 위한 유식삼십송』 등이 있다.

중요무형문화재
제 48호 단청장 후보

# 박정자

# 20

# 최초의 여류금어가 되다

## 부 동 우 바 이

선재는 안주安住에 살고 있는 부동 우바이를 만나자 "깨끗한 계행을 항상 행하고 보살의 밝은 지혜를 두루 닦으며, 견고하게 나아가는 것이 금강과 같으며, 뛰어나신 묘한 과보 비길 이 없습니다"라고 찬탄하였다. 그러자 부동 우바이는 이렇게 말하였다.

"선남자여, 나는 굴복할 수 없는 보살의 지혜장 해탈문을 얻고, 보살의 온갖 법을 구하는 데 고달픈 줄을 모르는 장엄 삼매문을 얻고, 보살의 굳게 받아 지니는 원행문을 얻고, 보살의 모든 법에 평등한 다라니문을 얻고, 보살의 온갖 법을 구하는데 고달픈 줄을 모르는 장엄삼매문을 얻었다."

"거룩하신 이여, 굴복할 수 없는 보살의 지혜장 해탈문과 내지 법을 구하는 데 고달픈 줄을 모르는 장엄 삼매문의 경계가 어떠합니까?'

"그렇게 오랜 겁 동안에 여러 부처님에게서 들은 법문에 대하여 한 마디 한 구절에도 의심하지 않고, 두 가지 생각을 내지 않았다. 높다 낮다, 귀하고 천하다, 좋다 싫다 라는 분별을 하지 않았다. 선남자여, 그때부터 뵙게 되는 부처님은 항상 가까이 모시고 한 번도 잊지 않았으며, 항상 보살을 뵙고는 한 번도 잊지 않았으며, 선지식을 뵙고는 한 번도 잊지 않았다. 그리고 모든 중생을 위하는 좋은 방편으로서 여러 곳에서 미묘한 음성으로 묘한 법문을 말하여 모두를 기쁘게 한다.”

　나주로 가는 길은 아름다웠다. 들녘은 온통 황금빛이었고, 가지가 휘어지도록 빨갛게 익은 감과 보랏빛 구절초 꽃이 피어있어 가을의 정취를 만끽할 수 있었다. 중요무형문화재 제 48호 단청장 후보로 지정되어 있는 만하卍霞 박정자 씨는 여성금기의 두터운 불가 전통의 벽을 깨고 우리나라 최초의 여류금어金魚가 되었다. 35년이 넘는 장구한 세월을 온통 불화그리기에 바친 그의 불심은 움직일 수 없는 태산과도 같으며, 불화로 부처님의 미묘한 법문을 전하기에 그가 바로 이 시대의 부동 우바이임에 틀림없다.

　그의 작업실에 들어서자, 화엄경의 설법 장면을 그린 ‘비로자나불 탱화’가 눈에 들어왔다. 보현 보살과 문수사리보살을 비롯하여 수많은 보살과 오백의 성문들과 세간의 임금들이 모여와서 설법을 듣는 장면은 보는 이로 하여금 신심 나게 하였다. 1971년 만봉 스님의 탱화를 보고 감동을 넘어 ‘내가 할 수밖에 없는 일’ 이라는 생각을 하게 되었고, 그 길로 만봉 스님을 찾아갔다. 만봉 스님의 문하생이 되어 불화에 입문하게 된 그때 이미 박정자 씨의 나이는 서른 살이요, 3남 1녀를 둔 주부의 몸이었다. 하지만 이런 이유들이 불화를 그리고 싶다는 그의 열망을 꺾을 수는 없었다. 십수 년을 비가 오나 눈이 오나 하루같이 신촌 봉원사를 오르내리면서 불화 그리기에 전념하였다. 그 각고의 노력 끝에 1986년 전승공예대전에서 ‘금니부모은중경병풍’ 을 그려 대통령상을 수상하였다. 그리고 1987년에 중요무형


선재야 선재야

문화재 단청장 후보(준인간문화재)로 지정된 것이다.

사람들은 박정자 씨를 두고 '이 시대가 낳은 불화의 포교사'라고 부른다. 여러 부처님과 수많은 보살들과 우리를 옹호하는 신장들을 알게 되면 불교의 기본적인 교리를 알게 될 것이기에, 초심자들에게 불교를 설명하는데 불화만큼 좋은 것이 없다는 것이 그의 생각이다.

"부처님은 꽃을 좋아하셨어요. 한 송이 연꽃을 들어 보이시고 가섭 존자의 미소를 본 후 모든 법을 아낌없이 물려주었습니다. 그래서 불화를 삼라만상을 모두 포함한 만다라 라고 합니다. 불화는 그리고 싶다고 해서 그려지는 것이 아니고 또 그리고 싶지 않다고 해서 그려지지 않는 것이 아닙니다. 형언할 수 없는 어떤 힘에 끌려서 그려지는 것이지요. 내가 그려 모신 탱화이지만, 탱화 속 부처님의 미소를 대하면 법열을 느끼게 됩니다. 매일 아침 새벽이면 부처님께 예불을 올리고 탱화를 그리기 전에 반드시 불단에 예를 올린 후 붓을 잡습니다."

불화는 눈으로 보는 그림이 아니라 소리 없는 법문을 듣고 몸으로 붙은 佛恩을 새기게 되는 것이라 하였다. 불화는 그림 자체가 신앙의 대상으로 승화되기 때문에 손끝의 기교나 머리로 그리는 것이 아니라 마음으로, 가슴으로 그려야 한단다. 특히 순금가루를 민어의 부레풀에 개서 그리는 금니金泥탱화는 머리칼처럼 가는 세필로 그려야 하기 때문에 단전호흡으로 몸과 마음을 다스리면서 그린다고 하였다. 35년이 넘는 세월동안 불화를 그려온 그 시간들은 부처님의 큰 뜻을 깨닫고자 하는 수행과 구도의 시간이었음을 알 수 있다. 지금까지 박정자 씨가 그린 불화는 국보 사찰 중 하나인 전남 장흥의 보림사를 비롯하여 여러 사찰에 소장되어 있고 민속박물관과 전통 공예관에도 보존되어 있다. 1991년 경복궁에서 첫 개인전을 연 것을 시작으로 일본·벨기에·네덜란드 등 여러 나라에서 불화 전시를 하였으며, 2004년에는 프랑스 파리에서 한불수교 100주년 EXPO기념전에 참석했다. 1988년에는 이태리 라이우너 TV에서 한국 불화장 대표로 그녀의 작품세계를 전국에 방영하기도 하였다. 박정자 씨는 특히 관세음보살 그리기를 좋아한다. 『법화경』의 「관세음보살 보문품」을 그림으로 승화시킨 '금니관세음보살보문품' 20폭 병풍은 국내에서도 유일한 것이다.

"관세음보살은 여러 모습으로 여러 곳에 나타나 중생을 구제하고 어려움을 보살피시는 대자대비의 발원을 세우신 분입니다. 관세음보살을 그릴 때는 고통 받는 모든 사람들이 고통에서 벗어나기를 바라는 저의 염원을 담아서 그립니다. 부처님의 얼굴 모습은 그리는 사람마다 다르게 나타납니다. 자칫 잘못하면 인간의 탐진치가 부처의 모습에 그대로 반영될 수도 있어요. 진정한 불화장이 되기 위해서는 먼저 분노·질투·이기심·탐욕에서 벗어나 스스로 부처가 되어야 합니다."

박정자 씨의 탱화는 부처님이나 보살의 상호가 원만하여 보는 이로 하여금 환희심을 일으킬 뿐 아니라 그 앞에 엎드려 절하고 싶어진다. 그래서인지 사찰이 소장한 탱화를 빼놓고서도 개인적으로 그의 그림을 소장하고 있는 사람도 꽤 많다. 아름다워서 그냥 작품의 의미로 소장한 사람도 있고 원불로 모셔간 사람들도 있다. 그가 밖으로 내보낸 작품은 어림잡아 2,000여 점 정도 된다. 뼈를 깎는 고행 끝에 태어나는 작품들이지만 좋은 일을 위해서는 자신의 작품을 선뜻 내놓기도 한다. 나환자촌 건립을 비롯하여 장애자 올림픽, 청주 결핵요양원 건립 기금 마련을 위한 전시회 등 여러 전시회에 동참하였다. 10여 년 전에 서울 생활을 접고 고향인 나주로 내려왔다. '박정자 전통불화연구원'을 운영하고 있는 그에게 한 가지 꿈이 있다. 자신이 소장하고 있는 300점이 넘는 그림들을 한 자리에서 볼 수 있는 '탱화박물관'을 건립하는 것이다. 그리고 여성의 감각으로만 소화해낼 수 있는 섬세하고 아름다운 고려불화의 찬란함을 전 세계에 알리고 싶은 것이다.

부동 우바이가 선재에게 '오랜 겁 동안에 여러 부처님에게서 들은 법문에 대하여 한 마디 한 구절에도 의심하지 않고, 두 가지 생각을 내지 않았다. 또 그때부터 뵙게 되는 부처님은 항상 가까이 모시고 한 번도 잊지 않았으며, 항상 보살을 뵙고는 한 번도 잊지 않았다'고 말하였듯이 박정자 씨는 불화를 접하고부터 한 번도 불교·부처님·보살님을 잊은 적이 없다. 정말 꿈속에서조차 불보살들을 친견하였다고 하니 그의 일생은 오롯이 불교를 위하여 바쳐진 것이다. 다음 생에도 불모의 길을 걷고 싶다는 박정자 씨의 얼굴이 그림속의 관세음보살과 닮았다는 생각이 들었다.

박정자
광주교육대 졸업. 1971년 만봉 스님의 문하생으로 입문.
1986년 전승공예대전 대통령상 수상.
1987년 중요무형문화재 제 48호 단청장 후보로 지정.
1994년부터 동국대학교 불교미술학과 출강. 다수의 개인전을 열었다.
지금은 나주에서 '박정자 전통불화연구원'을 열고 있다.

예수회 신부
서명원

# 21

# 종교 그리고
# 함께 이루어야 할 진리

## 변 행 외 도

선재는 도시와 마을을 수없이 지나 도살라都薩羅성에 이르렀다. 성 안에 들어가 출가한 외도인 변행遍行을 찾았다. 산 속을 거니는 변행 외도를 만났고, 그에게 예를 올리고는 가르침을 청했다.

"선남자여, 나는 모든 곳에 이르는 보살행에 편안히 머물러 있다. 세간을 두루 관하는 삼매문을 성취했고, 의지함이 없고 지음이 없는 신통력을 성취했으며 넓은 문 반야바라밀을 성취하였다. 모든 보살의 행을 칭찬하여 부처님 세계를 깨끗하게 하고 중생을 제도하려는 소원을 성취하게 만들었소. 그리고 나쁜 짓을 하면 지옥에서 고통 받는 것에 대해 법문하여 나쁜 짓을 멀리하게 만든다. 또 좋은 일을 하면 지혜의 과보를 얻게 되는 것을 말하여 착한 일을 하는데 즐거운 마음을 내게 한다."


서명원 신부님은 프랑스인으로 본명은 베르나르도 스니칼Bernard Senecal 이다. 프랑스에서 의과대학에 다니던 그는 '존재와 죽음 이후'의 문제에 대해 고뇌하다가 가톨릭 수도회에 입회하였다. 1984년 한국지구에 예수회 소속의 사제자격으로 파견되어 온 것으로 우리나라와 인연을 맺게 되었다.

서명원 신부님은 1984년 여름, 송광사 국제선원에서 수행 중이던 프랑스인 비구니 한 분으로부터 "모든 불자의 최고 소망은 모든 사람이 부처가 되는 것이다"라는 말을 듣고 깜짝 놀랐다. 한 번도 '모든 사람이 부처가 된다' 는 말을 들어본 적이 없었던 터라 충격을 받았고 불교공부를 시작하게 되었다. 이렇게까지 불교학을 깊이 연구하고 가르치게 될 줄은 몰랐다면서 예의 그 환한 웃음을 짓는다.

신부님은 『성철 스님의 생애와 전서全書』라는 논문으로 파리 7대학에서 박사학위를 받았다. 95년부터 본격적으로 불교공부를 시작하고 나서 10년 가까이 진행해 온 연구의 결실이었다. 신부님이 성철 스님에 대해 관심을 가지게 된 것은 전남 송광사 구산 스님의 제자인 '로버트 버스웰' 교수의 책을 읽은 것이 계기가 되었다. 성철 스님의 돈점頓漸 논쟁에 매력을 느꼈고, 전 세계에서 유일하게 성철 스님에 대한 박사 논문을 쓰게 된 것이다.

성철 스님 법어집과 10년에 걸친 씨름 끝에 지난해 '성철 스님의 생애와 전서全書'라는 논문으로 파리 7대학에서 박사학위를 받게 된 것이다. 성철 스님 법어집 중 『선문정로평석禪門正路評釋』과 『육조단경六祖壇經』, 『백일법문百日法門』 등 주요 저작은 누더기가 될 때까지 수십 번 읽었다.

"한국 불교의 중요한 문제인 돈점 논쟁을 알려면 성철 스님을 알아야 했습니다. 그때부터 성철 스님은 제 박사 논문의 주제이자 화두가 됐어요. 성철 스님이 다루신 것은 불교의 본질은 바로 깨달음의 종교라는 것이며,

한국 불교의 발전에 이바지 하였습니다."

신부님께서는 불교의 불성과 그리스도교의 영성을 어떻게 보는지 궁금하여 물었다.

"주·객관이 사라진 무차별의 세계에서는 같다고 할 수 있지만, 차별계로 돌아와서는 분명히 다릅니다. 무차별계에서는 색즉시공色卽是空이요, 공즉시색空卽是色이지만 차별계에서는 공은 공이요, 색은 색일 뿐이니까요. 성철 스님의 '산은 산, 물은 물'이라는 말씀처럼 깨달음을 얻은 뒤에는 다시 현실로 돌아와야 합니다. 결국 부처는 부처요, 예수는 예수인 것입니다."

신부님은 서강대에서 『수양과 명상』, 『불교의 이해』, 『한국 불교 연구』 등의 과목을 가르치고 있다. 학생들이 불교를 깊이 이해하고 사랑할 수 있도록 최선을 다해서 가르칠 뿐이지 결코 불교에 대해 부정적인 이미지를 가지도록 가르치지 않는다는 말을 하였다. 신부님의 말씀을 통하여 그가 얼마나 불교를 사랑하고 있는지 그 진정성이 느껴졌다.

"주위에서 사제司祭가 불교에 관심을 가지는 것에 대해 우려를 나타내기도 하는데, 외국어를 배운다고 해서 모국어를 잊어버릴 필요는 없지 않습니까? 사제로서 불교를 깊이 연구하면서 얻은 성과가 있다면 바로 불교의 깨달음에 대한 개념을 통해서 성서를 재해석하였으며, 새로운 신앙관을 얻었지요. 나의 종교를 알려면 남의 종교를 알아야 한다고 생각합니다.

예수님이 요르단 강에서 세례를 받고 나서 기도하고 있을 때 돌연히 체험했던 것이 바로 불교에서 말하는 돈오돈수라고 생각합니다. 부처님이 보리수 아래서 깨달음을 얻은 후 자신이 깨달은 것을 세상에 전할지 말지를 고민하다가 결국 공적활동을 하였듯이 예수님 역시 광야에서 깨달음을 얻은 후 세상으로 나와서 공적활동을 하였습니다. 예수님이나 부처님 두 분은 깨달음을 얻은 후 완벽한 수행과정으로 들어갔는데 결코 정도를 벗어나지 않았습니다. 불교와 그리스도교가 서로 다른 점도 많지만 유사한 점도 많다는 생각을 하게 됩니다. 저는 불교를 통해서 그리스도교를 더 깊이 깨닫게 되며 저의 신앙심이 더욱 더 굳건해짐을 느끼게 됩니다.”

신부님은 한국 불교를 알기 위해서 한국 불교 고유의 수행법인 간화선을 10년도 넘게 하고 있다. 한국선도회 소속인 신부님은 법경 거사(서강대 물리학과 교수)로부터 간화선을 배웠다. 결코 넓지 않은 연구실인데도 한켠에 명상을 할 수 있는 공간을 마련해 두고 있다.

“수행을 해야 선사들의 어록이나 공안집을 이해할 수 있습니다. 화두라는 것은 이성이나 오성으로 풀 수 있는 것이 아니라 다 놓아버려야만 화두를 풀 수 있습니다. 명상을 통해서 놓아버리는 것을 배웠습니다.”

불자들을 비롯해 어떤 것이 진정한 종교인의 자세인지 물었다.

“미래는 이웃 종교와의 만남이라고 생각합니다. 흔히들 각자의 종교가 미래라고 주장합니다. 내 종교만이 미래라고 한다면 다른 종교는 무엇입니까? 한반도에서 어느 종교만이 존재해야 한다는 것이 아니라 그리스도교 · 불교 · 기독교 · 유교까지도 함께 공존해야 한다고 생각해요. 사람들은 종교와 종교 사이에 벽이 있다고 생각하지만 그렇지 않아요. 눈에 보이지 않지만 서로 영향을 주고받고 있습니다. 나만 진리를 가지고 있다는 생각은 위험합니다. 진리는 함께 이뤄야 하는 것이기 때문에 서로가 만나야 합니다.”

　신부님은 불교의 ‘상구보리 하화중생’ 이라는 말을 좋아한다면서 “보리를 구하느라고 현실을 놓쳐서는 안 됩니다. 사회참여가 곧 깨달음을 향한 것이 되어야 하는 것이지요. 불교의 진리성이랄까 절대성은 그 시대에 맞게 새롭게 해석되어져 적용될 때에 빛을 발할 수 있는 것”이라 하였다.

　변행 외도가 제각기 자기 주장만을 내세우는 도살라성 사람들에게 고집하는 소견을 버리고 진실한 이치를 깨닫게 하였듯이, 신부님 역시 자신의 종교, 자신의 생각만이 옳다고 내세우는 목소리에 대해 그런 아상과 아집과 편견을 버리고 ‘나 아닌 너’ 도 인정할 수 있는 마음을 가질 것을 조용하면서도 단호한 어조로 말해 주고 있다. 이러한 서명원 신부님이야말로 이 시대가 필요로 하는, 또한 미래 사회가 필요로 하는 선지식이다.

　“내 다비식은 서울에서 가까운 벽제에서 할 겁니다. 사리가 나올지 안 나올지 모르겠지만요……”라고 재미있는 위트를 던졌다. 신부님의 깊고도 맑은 푸른 눈을 통해 나는 ‘평화 · 상생 · 찬탄’ 이라는 단어를 떠올렸다.

능인향당 대표

# 이완로

# 22

# 향으로
# 몸과 마음 다스려

## 향 파 는 장 자

선재는 광박廣博국의 광박마을에 이르러 향파는 장자 구족우발라화를 찾았다. 선재는 장자의 주위를 수없이 돌고 나서 예를 올렸다.

"거룩하신 이여, 저는 모든 부처님의 평등한 지혜를 구하고, 모든 부처님의 크고 넓은 지혜 몸을 알고자 하며, 모든 보살의 행을 닦고자 하며, 모든 장애를 없애 버리고 온갖 시방세계로 다니고 싶지만 보살이 어떻게 보살의 행을 배우고 닦아야 하는지 모릅니다."

"선남자여, 아뇩다라삼먁삼보리 마음을 내었구나. 나는 모든 향을 잘 분별한다. 온갖 사르는 향·온갖 바르는 향·온갖 가루 향을 잘 알고 있다. 모든 병을 치료하는 향·모든 나쁜 짓을 끊는 향·근심을 더하는 향·교만과 방탕함을 버리는 향·법문 듣고 기뻐하는 향·마음 내어 염불하는 향·법문을 증득하는 향 등 이와 같은 모든 향과 그 조화하는 법을 잘 알고 있다.

선남자여, 마라야 산에서 나는 전단향의 이름을 우두牛頭라 하는데, 그 향을 몸에 바르면 불구덩이에 들어가도 타지 않는다. 또 아나바달다 못 가에 침향이 나는데 이름을 연화장이라 하며, 삼씨만큼만 살라도 훌륭한 향기가 남섬부주에 두루 풍기어 중생들이 맡으면 모든 죄가 소멸되고 계행이 깨끗해진다. 설산에 향이 있으니 이름이 구족명상具足名相이며, 중생이 이 향기를 맡으면 그 마음이 결정코 나쁜 데 물들지 아니하고 내가 그에게 법을 말하면 모든 때가 벗겨져 원만한 청정 삼매를 얻게 된다. 제석천왕의 선법당善法堂에 향이 있으니 이름이 향성장엄인데, 한 개만 살라도 향기가 하늘 무리에 풍기어 모두 염불하는 마음을 내게 한다."

능인향당 대표인 이완로 씨는 오래 전부터 부처님께 좋은 향, 최고의 향을 공양하겠다는 발원을 하였다. 이십 년간 국악인으로 건달바가 되어 부처님께 소리공양을 올렸으니 이제는 향공양을 올리고 싶어졌던 것이다. 이완로 씨는 불화로 유명한 통도사 사명암 동원 스님을 은사스님으로 모시고 있다. 동원 스님의 영향을 받은 바가 크며, 향공양 발원을 하고부터는 3년 동안은 초기 경전부터 공부하여 문헌상의 근거를 확인하였다. 그리고 좋은 향의 재료를 구하기 위해 인도·태국·베트남·아프리카 등지를 찾아다녔다.

"예불할 때 오분향례五分香禮를 올리는데 계향·정향·혜향·해탈향·해탈지견향이라 하여 다섯 가지입니다. 이때는 향공양을 올리면서 예를 올리는 것인데, 이것을 형상화한 것이 침향·전단향·자단향·백단향·천단향 등 다섯 가지임을 밝혀냈습니다. 불가에서는 이 다섯 가지 향을 오단향이라 하여 으뜸으로 칩니다."

경전에 전단향이 자주 나오는데 그것이 무엇인지 궁금하여 찾아다녔다.

백단은 남인도가 원산지인데 백단향과 전단향은 한 나무에서 생산되는 것이다. 백단나무의 뿌리 쪽은 전단이라 하고 그 나머지를 백단으로 부르는데 향으로도 좋은 원료이지만 위장에 굉장히 좋은 약재로도 쓰이고 있다.

목향·전단·목단·백단 등은 동남아 불교성지에만 있는 향목인데, 원료 구하기가 쉽지 않단다. 백단향은 30년 이상이 되어야 약효가 있으며 정유가 나오기 때문에 어린 나무는 향재로 쓰기에는 적합하지 않단다.

좋은 향을 만들기 위해서는 좋은 원료들이 기본인지라, 인도·태국·베트남·아프리카까지 가서 원료를 구해 온다. 능인향당에서 생산되는 향은 최상급의 침향으로 만든 일천만 원에서 삼천 원짜리 향까지 다양하게 있지만 정성을 들이는 것은 다 똑같다. 한 통에 천만 원 하는 침향을 한 달에 두세 통 정도 만드는데, 까다롭기로 소문난 일본인이 와서 몽땅 사가져 간다고 하니 능인향당의 품질에 대해 인정받은 것이 아닌가 싶다.

"내가 최상의 공양물을 올리기 위해서 준비를 해 놓는 것이지, 비싼 향을 올린다고 해서 꼭 좋다고는 할 수 없어요. 법구경에 보면 '전단의 좋은 향기도 바람을 거슬러선 피우지 못하지만 덕행의 향기는 바람을 거슬러도 모든 방위에 두루 퍼진다'고 하잖아요. 향공양은 정성입니다."

이완로 씨는 지난 해 백단나무를 구하러 베트남 밀림지대에 갔다가 말라리아에 걸렸다. 말라리아가 완치되는 그 과정에서 간경화가 심하게 왔었는데, 병원에서는 치료약이 없고 간 이식이 유일한 방법이라면서 간 이식을 권하였다.

"간 이식은 어려운 일이라 포기하고 침향이 간에 좋다는 것을 알고 있기에 공진단에 침향을 넣어서 환을 만들어 먹어보았어요. 침향이 꽤 효과가 있어서 지금은 거의 다 나았어요."

좋은 향을 만들겠다는 그의 일심과 진심을 읽을 수 있는 대목이다. 침향이란 열대·아열대 우림지대에서 자생하는 침향나무에서 체취하여 만든 향이다. 경전에도 침향과 전단향은 자주 언급되는 향들이다. 석가모니 부처님께서 항상 '침단향'을 지니었기에 부처님은 '침향불'이라는 명호로 불리기도 한다. 또 최초로 불상을 조성한 나무는 전단향나무이다.

능인향당에서는 초파일을 전후하여 관욕의식에 쓰이던 향재를 찾아 그대로 재현하여 '관불수향灌佛水香'을 생산하였다.

"관불수향을 개발하는데 4년 정도 걸렸는데, 아프리카행 비행기를 80여 차례 탔을 정도입니다. 개발비도 나오지 않지만 소명의식을 가지고 만들었지요. 백단·전단향은 기름에 녹는 지용성인데 이것을 수용성으로 바꾸는데 시간이 많이 걸렸어요."

능인향당에서 생산되는 향을 몇 가지 살펴보면 다음과 같다. 미목未牧은 침향과 백단을 주원료로 하여 하수오 등 소화를 촉진하는 약리적인 기능이 추가되어 공양 후에 피우면 더욱 좋다. 음관音觀은 능인향당의 대표적인 향 제품으로 오랜 시간 기도할 때나 수험생의 피로에 좋으며 간경혈에 도움을 준다. 적정寂定은 주로 침향과 전단향으로 되어 있어 선방의 수좌스님들께 공양하기를 권하며, 상기 증세에 도움을 준다. 침향천관은 높은 등급의 침향으로 만들며 정신을 맑게 해 집중력을 키우며 기의 순환을 좋게 하여주는 효능이 있다. 이 외에도 연구개발 끝에 300가지 정도의 향 샘플을 만들어 놓은 상태이다. 옛부터 향은 공양물로도 쓰여졌지만, 병을 치료하는 데에도 쓰여졌기에 이완로 씨 또한 향을 연구개발 할 때 몸과 마음을 함께 다스릴 수 있도록 만전을 기하고 있다.

향을 만드는 데는 따로 교과서가 없기 때문에 자기 나름의 철학을 가지고 만들 수밖에 없다. 향 기술은 크게 접착기술과 원자재기술과 배합비율이라 할 수 있는데, 그중 원자재와 접착물은 둘로 나눌 수 없을 만큼 향을 만드는데 있어 중요하다. 능인향당의 접착기술은 아주 뛰어날 뿐만 아니라 인공 접착제를 사용하지 않기 때문에 일본에서 거금의 돈을 제시하면서 기술을 넘길 것을 종용하지만 응하지 않고 있다.

"부처님께 올리는 공양물에는 어떤 타협도 거짓도 눈속임도 있을 수 없기에 오로지 천연향료만을 사용해야 한다"는 것이 이완로 씨의 향철학이다. 부처님께서 '핍팔라 보리수' 아래에서 깨달음을 얻었다고 하는데, 핍팔라 보리수로 향을 보관하는 곽을 만든다는 것도 능인향당의 자랑거리라 할 수 있다. 이천오백 년 전의 향 파는 장자 '구족우발라화'나 현대의 향 파는 장자 '이완로' 씨가 향에 대하여 사람들에게 들려주는 이야기는 크게 다르지 않다는 것이 재미있다.

이완로
1962년 판소리로 국악 공부 시작.
1982년까지 죽사 한범수, 녹성 김성진 스승 문하에서 수학. 20년간 국악을 지도하며 연주자로 활동.
1986년 문화예술분야의 국악인 · 조각가 · 화가 · 도예가로 구성된 '수류회' 결성.
지금은 능인향당 대표이다.

택시기사

# 한광식

# <sup>#</sup>23 장애우 발이 되어주는<br>또 한사람의 장애우

**바 시 라 뱃 사 공**

선재는 길의 험하고 평탄함, 깨끗함과 더러움, 곧고 굽은 것을 살펴보면서 누각성樓閣城을 향하여 나아갔다. 바시라 뱃사공은 성문 밖 바닷가에서 백천 명의 상인들에게 둘러싸여 바다의 법을 연설하면서 방편으로 부처님의 공덕을 보여주고 있었다. 선재는 가까이 다가가 예를 올리고 가르침을 청하였다.

"선남자여, 나는 바다 언덕의 누각성에 있으면서 보살의 큰 자비행을 닦았다. 나는 남섬부주 안에 있는 가난한 중생들을 관찰하고 그들을 이롭게 하기 위하여 여러 가지 행을 닦고서 그 소원을 이룰 수 있게 해준다. 먼저 세상의 보배와 음식을 주고, 다시 법문을 들려주어 보리심을 닦게 하며, 복덕 행을 닦게 하고 대비심을 내게 한다. 나는 여기 있으면서 이렇게 부지런히 구하고, 이렇게 모든 중생을 편안하게 한다. 나는 큰 자비행을 얻었으므로 어떤 중생이라도 나를 보거나 듣거나 같이 있으면 모든 것이 헛되지 않는다."


겨울비가 오락가락 하는 날, 택시를 운전하는 한광식 씨를 만나기 위해 화성시를 찾았다. 한광식 씨는 난치병인 버거병을 앓고 있는 장애인이면서도 8년째 장애인들의 발이 되어 그들의 외출을 도와주고 있다. 한광식 씨는 매 주 한 차례 화성시 정신보건센터를 찾는다. 여가 활용 프로그램에 참여하는 장애인의 집을 일일이 찾아다니며 센터까지 데려다 주고 데려오는 일을 하는 것이다. 공식적으로는 일주일에 한 번이지만, 근무하는 틈틈이 정신보건센터를 찾아 장애인들의 외출을 도와주는 수고를 아끼지 않는다.

한 씨는 고향인 화성에서 농사를 짓다가 좀 더 쉬운 일을 찾아 택시운전기사로 전업을 하였다. 택시 운전대를 잡은 지 얼마 지나지 않아 팔다리 정맥과 동맥에 염증이 생겨 손가락과 발가락이 썩어 들어가는 버거스씨병이 발병하였다. 그는 5년이 넘는 투병생활을 하면서 손 발가락을 잘라내는 수술을 수차례 받았다.

"여러 차례에 걸쳐 수술을 받으러 서울로 가야했지요. 그리고 통원치료를 받으러 다닐 때 동료들이 번갈아 가면서 서울의 병원까지 기꺼이 나를 태워주었습니다. 주위 사람들의 도움을 받으면서 병이 어느 정도 완치되면 작은 일이라도 사회에 봉사해야겠다는 생각을 했습니다."

한광식 씨는 올봄에도 양쪽 엄지발가락을 잘라내는 수술을 하였다. 지금 양쪽에 각각 두 개의 손가락과 발가락만이 성할 뿐이지 다른 손 발가락은 모두 한 두 마디를 잘라 낸 상태이다. 걸음을 걸을 때면 균형을 잘 잡을 수가 없어 뒤뚱거리면서 걷는 형편이다.

"제가 투병생활을 할 때 거동이 불편해 마음껏 외출할 수 없어 참으로 답답했습니다. 그 고통을 겪어보지 않은 사람은 모를 겁니다. 병이 어느 정도 호전되어 다시 운전대를 잡을 수 있게 되자, 내가 사회에 봉사할 수 있는 일이 있는지 그것부터 찾아보았습니다. 다행히 택시 기사로서 제가 할 수 있는 일이 있더군요.”

그는 불구에 가까운 몸으로 택시를 몰 수 있다는 것도 큰 축복으로 생각하며, 남을 위해 작은 일이라도 할 수 있음에 감사할 뿐이라 하였다. 한광식 씨는 자신의 봉사로만 그친 것이 아니라, 동료 택시기사 29명도 동참할 수 있게 하였다. 8년 동안 변함없이 노력봉사해온 공로를 인정받아 ‘2006년 정신건강’ 대상 부문에서 ‘보건 복지부 장관상’을 받았다.

“일주일에 고작 몇 시간 정도 봉사하는 것은 어려운 일이 아닌데 장애인들에게 큰 도움이 된다고 하니 제가 오히려 고맙기만 합니다. 그들은 센터의 자활시간을 통해서 만든 작은 꽃다발이나 사탕부케 등을 저에게 선물하기도 합니다. 무언가 답례하고 싶은 그들의 따뜻한 마음을 알 수 있지요. 그래서 그들의 작은 선물에 가슴이 찡해 옵니다. 아파 본 사람만이 아픈 사람의 심정을 안다고나 할까요.”

한광식 씨는 어릴 때부터 어머니를 따라 절에 다니다 보니 자연스럽게 불자가 되었다고 한다. 특히 병을 앓고 난 후 몸의 쓰임새에 대해 생각하게 되었다. 자신을 필요로 하는 곳이 있다면 어디든지 달려가 도와주는 것이 손 발가락이 없는 자신의 몸을 고르게 바르게 쓰는 것이라는 생각을 하게 되었다. 그렇게 마음을 다잡기까지 그가 참아내야 했던 고통과 흘린 눈물이 얼마나 되는지 어떻게 알 수 있겠는가 싶다.

“어머니는 농사 지어 수확한 것 중에서 제일 좋은 것을 골라 부처님께 올

리곤 하였지요. 어머니는 남을 위해 작은 일이라도 해야 한다는 말씀을 자
주 하였습니다. 초파일 때 절에 연등을 달기 위해 사람이 필요하다면 달려
가서 공사해 주거나, 장마로 담이 무너졌다고 하면 가서 보수하거나 그러
지요."

바시라 뱃사공이 안전한 배로 사람들을 태우고 편안하게 길을 갈 수 있
도록 하며 사람들로부터 공포심을 없애 주어 그들을 즐겁게 해 주듯이, 한
광식 씨 또한 장애인들이 세상과 소통할 수 있는 자리를 만들어 그들에게
즐거움과 기쁨을 주고 있다.

한광식 씨는 자신의 선행을 이야기하면서 무척이나 쑥스러워 하였다. 거
동의 불편함을 누구보다도 잘 알기 때문에 차를 태워 주는 것뿐이라는 한
광식 씨의 말에서 하늘을 떠도는 구름과 같다는 생각을 하였다. 구름처럼
'짓는다는 생각'도 '받는다는 생각'도 없는 무심無心한 그의 마음을 읽을
수 있었다.

바시라 뱃사공은 선재에게 이렇게 말하였다.

"선지식은 수행을 성취하여 모든 중생을 거두어 주는 지혜의 길의 원인
이며, 선지식은 모든 중생으로 나쁜 꾀를 없애게 하는 길의 원인이며, 선지
식은 수행을 성취하여 모든 중생으로 하여금 교만을 없애게 하는 길의 원
인이며, 선지식은 수행을 성취하여 모든 중생의 나쁜 가시를 빼어 주게 하
는 길의 원인이며, 선지식은 수행을 성취하여 모든 나쁜 소견을 버리게 하
는 길의 원인이며, 선지식은 수행을 성취하여 모든 중생으로 하여금 지혜
성에 이르게 하는 길의 원인이다."

바시라 뱃사공은 선지식에 대하여 다양한 모델을 제시하고 있다. 깨달음을 증득하여 자신만이 행복하다면 그것은 선지식이 아님을 일깨워주고 있다. 자신의 능력을 마음껏 내어서 이웃을 위하여 쓰는 사람이 선지식인 것이다. 한광식 씨는 온전치 못한 몸으로 이웃과 함께 기쁨을 누리고 있으니 그에 대해 어떠한 찬사도 부족하지 않을 것 같다.

날씨가 흐리거나 비가 오는 날이면 잘라낸 손발가락 끝이 그렇게 아플 수가 없다는 한광식 씨의 말을 통해서 그의 고통을 짐작할 수 있었다. 그런 고통 속에서 남의 고통을 헤아리는 한광식 씨에게 절로 고개가 숙여진다. 검보라색으로 변해버린 그의 손을 잡아주고 싶었다.

한광식
화성 출생.
'2006년 정신건강' 대상 부문에서 '보건 복지부 장관상'을 수상.

삼화한양식품 대표이사

# 발 딛고선 그 자리가
# 깨달음의 자리

## 최 승 장 자

선재는 지혜의 햇빛으로 무명의 어둠을 깨뜨리고 방편의 바람으로 지혜의 꽃을 피게 하는 보살의 도를 구하면서 낙영락(樂瓔珞)성에 다다랐다. 성의 동쪽 숲에서 많은 장사꾼과 장자들에게 둘러싸여 그들에게 법문을 하고 있는 최승(最勝) 장자를 발견하였다. 선재는 최승 장자를 뵙고 나서 가르침을 청했다.

"선남자여, 나는 이미 온갖 곳에서 보살의 행을 깨끗이 하는 법문과 자체도 없고 의지함도 없고 지음도 없고, 머무름도 없는 신통의 힘을 성취하였다. 무엇을 보살의 행을 깨끗이 하는 법문이라고 하는가 하면, 그들의 분수에 맞추어 법문을 하여 정법이 아닌 것을 버리게 하는 것이다. 또 다른 사람에 대한 분한 생각이나 원한을 끊어버리게 해서 다툼을 없애는 것이 보살의 행을 깨끗하게 하는 법문이다. 또 모든 기능과 예술을 배워서 세간에서 이익을 짓게 하며 모든 외도들에게는 훌륭한 지혜를 말하여 주어 모든 소견을 끊어버리고 부처님 법에 들어가게 한다."

김태룡 씨는 녹차를 비롯하여 한방차 · 유자차 · 생강차 등 여러 가지 전통차와 생수生水를 생산하는 삼화한양식품의 대표이사다. 사업을 시작한지 40여 년이 흘렀고, 2005년에는 수출 300만불탑 수상을 2007년 500만불 수출탑을 수상한 바 있는 탄탄한 중소기업으로 우뚝 서기까지의 이야기를 들어보고 싶었다.

"매출에 대한 욕심을 내다보면 탈이 생기게 마련이라 생각하기에 크게 욕심을 부려 본 일이 없습니다. 그냥 내 형편에 맞게 사업을 꾸려온 것이지요. 큰 욕심을 내지 않았기 때문인지 시련이나 좌절은 없었습니다. 사업을 하는데 있어 가장 중요하게 생각하는 것은 '정직한 경영' 입니다."

삼화한양식품은 1970년에 설립하여 오직 우리의 전통차를 생산하고 개발하는 것에 전심전력하여 40여 년 외길을 걸어왔다. 이제는 미국, 일본, 중국, 유럽 등 20여 개국에 수출하는 세계적인 기업이 되었다. 김 대표는 분에 넘치게 사업을 확장하지 않는 것이 순탄한 길을 걸어 온 비결이라고 말하였다.

"사업이라는 것이 이익을 창출하기 위해서 하는 것이지만, 남을 속인다는 것은 큰 죄악이지요. 사업이 어렵다고 해서 한 번 남을 속이기 시작하면 끝이 없다고 생각합니다."

김 대표의 집무실 벽 한 면을 차지하고 있는 각종 상패와 감사패가 눈에 들어온다. 일일이 다 나열할 수는 없지만 그중에서도 2006년 국세청장 표창, 2003년 국세청장 표창, 2001년 모범 납세자 표창 등을 받은 것만 보아도 그의 '정직한 경영' 철학을 짐작할 수 있다.

삼화한양식품의 자매회사인 산수山水음료는 88올림픽 때 생수 공급업체로 지정되었는가 하면, 2000년 아시아 - 유럽 정상회의(ASEM) 때 유일하게 물 공급업체로 지정되었다. 이러한 밑바탕에는 최고의 물을 만들고자 하는 김 대표의 경영이념과 함께 자신이 생산한 물을 마시는 모든 이들이 건강하기를 바라는 그의 발원이 담겨있기 때문이리라.

수해나 태풍 등 재난이 일어났다는 소식을 접하게 되면 밤새 생수라인을 가동하여 수해지역으로 달려가는 것 또한 김 대표가 하는 일 중 한 가지이다. 그리고 동국대 불교대학원 CEO과정 총동창회의 봉사모임인 보현회 부회장을 맡고 있는 김 대표는 2006년부터 지하수 관정개발 봉사를 주도하고 있다. 남양주 불암사와 양양 낙산사를 비롯하여 곡성 태안사, 아산 옥련암, 김천 청암사, 서울 봉덕사, 곡성 관음사 등 사찰 12 곳에 지하수 관정管井을 기증하여 세인의 눈길을 모았던 그 일도 김 대표의 노력으로 결실을 맺게 된 것이다. 김 대표가 사찰들의 식수사정이 여의치 않음을 알고 발의한 것이다.

"사찰에서 식수 개발을 하는데 있어 여러 가지 어려움이 많은 것을 알게 되었어요. 우물개발 업자의 무리한 시공과 불량 자재를 사용하는 등 제대로 이루어지지 않는 것이 안타까워서 시작하게 되었습니다."

지하수 개발공사비는 적게는 천오백만 원에서 이천만 원 정도 소용되는 큰 불사다. 그러다 보니 재정이 어려운 사찰에서는 식수난으로 어려움을 겪으면서도 선뜻 나서지 못하는 것이다.

김 대표는 "산수음료 지하수개발팀의 축적된 노하우가 있기에 사찰에 무료로 지하수개발을 하는 것은 자신이 할 수 있는 일"이라고 하면서 식수와 생활용수로 어려움을 겪고 있는 사찰들이 많이 신청해주면 좋겠다고 한다.

"부처님께 깨끗한 물을 올리는 것이 불자로서의 도리가 아닐까요? 그리고 수행하시는 스님들도 좋은 물을 마시고 건강하여야 수행에 더욱 매진할 수 있다고 생각합니다."

어릴 때부터 어머니를 따라 절에 다니긴 했지만 10년 전부터 본격적으로 불교에 입문하여 공부하고 있다. 김 대표는 출근해서 제일 먼저 아침예불부터 올린다. 천수경을 시작으로 화엄경약찬게 · 사대주 · 광명진언 · 반야심경 등을 독송하는 것으로 아침예불이 끝나는 것이다. 김 대표는 출장을 가서도 예불을 거르지 않는다.

108배를 할 때는 "진정한 불자로서 생활할 수 있게 해달라"는 발원을 한다. 부처님 정신으로 사업을 하고, 부처님 가르침대로 생활하고 있는 김 대표는 이렇게 날마다 자신을 점검하고 다스러 나가는 것이다.

6년 전부터 지인의 권유로 『법화경』과 『금강경』을 사경하고 있다. 『법화경』을 사경하면 전생의 업장이 소멸되고 식이 맑아진다는 말을 듣고 시작하였는데, 지금은 『법화경』 사경이 수행의 하나로 자리 잡았다. 처음에는 한문으로 사경하다 보니 8개월이 걸렸다. 이렇게 시작한 『법화경』 사경만도 12번을 넘게 하였고 사경한 노트 분량도 40권이 훨씬 넘는다. 그는 『법화경』이 너무 좋아 여러 사람이 읽으면 좋겠다고 생각하여 사무실에 수십 권을 사다놓고서는 인연 닿는 사람들에게 나누어준다. 매출액이 500만 불이 넘는 큰 회사를 꾸러가기도 바쁠 텐데 사경하는 것이 힘들지 않느냐고 물었다.

"사경하는 것이 숨 쉬고 밥 먹는 것처럼 거의 생활화되어 있기 때문에 하지 않는 것이 더 이상할 정도입니다. 경전을 앞에 두고 한 자 한 자 써내려가다 보면 자신도 모르게 마음이 안정되면서 경전에 몰입하게 됩니다. 이것보다 더 좋은 수행이 없다고 생각합니다."

김 대표는 앞으로 경전공부에 매진하는 일과 수행의 한 방편으로 사회봉사를 하고 싶단다. 환경이 열악한 사찰에 지하수개발을 해주는 것 또한 김 대표가 앞으로 해야 할 사회봉사의 하나라고 생각하고 있다.

최승 장자가 사람들에게 교만과 아상 그리고 간탐과 질투를 버리고 깨끗한 믿음을 얻어 보살의 지혜와 생각을 가질 수 있도록 가르침을 주고 있듯이 김 대표 또한 회사 경영과 생활 속에서 부처님의 가르침을 구현함으로써 사람들에게 법문 아닌 법문을 하고 있다. 온화한 열정으로 따뜻한 세상을 만들어가려는 그의 의지가 느껴진다.

발 딛고 선 그 자리가 깨달음의 자리가 되어야 함을, 일상을 떠난 깨달음이 없다는 것을 김 대표로부터 배웠다.

김태룡
1975년 고려대학교 졸업.
1982년 동국대학교 대학원 졸업.
1985년 대한 다류협회 부회장 역임.
1998년 대한 샘물협회 부회장 역임. 현재는 (주) 삼화한양식품 대표이사

사 자 빈 신 비 구 니

중앙승가대 교수
본각 스님

# #25 일체 중생에게 회향하다

## 사 자 빈 신 비 구 니

선재는 '가없는 강나라'의 갈룽가 숲에 이르러 사자빈신 비구니를 찾았다. 그러자 사람들은 입을 모아 '그 비구니는 승광 임금이 보시한 햇빛 동산에서 법문을 발하여 그지없는 중생을 이익되게 합니다' 라고 말하였다.

법그릇 될만한 이들이 햇빛 동산에 들어와서 사자빈신 비구니가 해주는 법문을 듣고 그들이 아뇩다라삼먁삼보리에서 물러나지 않는 것을 선재는 보았다. 사자빈신 비구니는 보안普眼을 통해서 얻은 열 가지 반야바라밀다문이 으뜸이 되어 이러한 무수백만 아승지 반야바라밀다문에 들어갔기 때문에 햇빛 동산의 사람들에게 깨달음을 줄 수 있었던 것이다.

선재는 예를 올리고 나서 가르침을 청했다.

"선남자여, 나는 보살의 해탈을 얻었으니 이름이 '모든 미세한 분별을 없애버리는 문' 이다. 이 해탈문은 잠깐 동안에 삼세의 온갖 법을 두루 비추며, 근본 성품의 지혜광명을 나타내는 것이다. 나는 이 지혜광명문에 들어갔을 적에 자재하게 모든 법을 내는 삼매왕을 얻었다. 이 삼매왕을 얻은 까닭으로 시방 세계의 어떤 중생이라도 나에게 오면 모두 지도하여 반야바라밀다 법문을 말하여 준다."

중앙승가대에서 화엄학을 가르치고 있는 본각 스님을 만나기 위해 서울 홍은동에 있는 금장사를 찾았다. 본각 스님의 이력은 참으로 다양하다. 샥가디타(세계여성불자대회) 한국개최추진위원장이고, 2004년 우리나라에서 개최한 세계여성불자대회를 성공적으로 치루어낸 분이다. 불교방송 '자비의 전화' 프로그램에서 신행상담을 하였는가 하면, BBS불교방송에서 『화엄경』「십지품+地品」 강의를 하여 많은 사람들에게 화엄경의 정수를 전하였다. '화엄장학회'를 발족하여 100명이 넘는 학인스님들과 환경이 불우한 학생들에게 장학금을 지급하였다. 이러한 이력을 통해서 본각 스님은 철저히 『화엄경』 속에서 살고 있음을 알 수 있다.

본각 스님은 운문사 강원에서 내전·치문·대교·사집 등을 공부하면서 환희심을 느꼈고, 이때 평생을 공부해야겠다고 발심하였다. 그러다 봉녕사 학인스님들을 가르치다 뜻한 바가 있어 일본으로 유학을 떠났고, 『화엄경』에 등장하는 많은 보살들의 활동상에 이끌려 '화엄학'을 택하게 된 것이다.

"『법화경』이 일불승 즉 한 송이 백련을 상징한다면 『화엄경』은 일 년 내내 피는 갖가지 꽃들을 나타내는 것입니다. 있는 그대로의 가치를 인정하자는 것이 『화엄경』의 요체입니다. 분별을 타파하고 깨쳐서 어떤 것도 다 긍정하고 인정하는 것이 화엄행자의 도리입니다. 꽃을 보살행에 비유해서 일체 모든 중생의 가치를 꽃으로, 즉 보살로 승화시키는 것이 『화엄경』이 추구하는 것입니다."

스님은 승가대학에서 화엄학을 가르치기도 하지만 홍은동 주민들을 위하여 '보리 방과 후 교실'을 열어 초등학생들을 지도하고 있다. 금장사가 위치하고 있는 산동네는 가난한 사람들이 많아 사교육으로 온 나라가 시끄럽지만, 이곳 사람들은 사교육을 시킬 수 없을뿐더러 아이들을 방치하고 있는 집들이 많기에 스님은 방과 후 교실을 연 것이다. 또 본각 스님은 보살들을 대상으로 천수경이나 선어록 등 그에 맞는 가르침을 주기도 하지만, 장학회를 통하여 많은 사람들이 공부할 수 있는 토대를 마련해 주고 있다.

가난한 동네에서 전법하고 있는 스님에게 감동하여 "만약 부처님이 지금 이 세상에 오신다면 가난하고 헐벗은 사람들에게 먼저 오시지 않을까요?" 하고 물었다.

"부처님은 상이 없기 때문에 가난한 동네와 부자 동네를 왔다 갔다 하겠지요. 거짓이 없는 곳에 부처님이 계신다고 하잖아요. 부처님은 진리를 보는 사람, 참다움을 간직하려고 하는 사람들에게 먼저 오실 것입니다. 부자는 오욕락에 빠져서, 가난한 사람들은 고통 속에 있기 때문에 공부하기가 힘들기는 하지만 우리의 근원적인 문제를 해결하는데 있어서는 있고 없고의 문제가 아닙니다. 부자는 부자대로 인정하고 가난한 자는 가난한 대로 인정하는 것, 이것이 화엄행자요 부처님의 가르침입니다."

본각 스님과 이야기하다 보면 뜨거운 열정과 추진력을 느낄 수 있다. 본각 스님이 이끌고 있는 중앙 승가대 '한국비구니 연구소'는 한국비구니승가의 발자취를 기록 보존하려는 목적으로 설립되었는데, 7년간의 노력 끝에 『한국비구니 명감』과 『한국비구니 수행담록』을 세상에 내놓았다. 『한국비구니 명감』은 근현대에 활약한 비구니 570명에 대한 연대기적 자료정리이고, 『한국비구니 수행담록』(전3권)은 327명 비구니 스님의 일생의 행적을 좀 더 자세히 기록 정리한 것이다. 한국 비구니의 역사를 새로 쓰는 것은 곧 한국 불교의 역사를 바로잡는 것이기에 더욱 의미있는 일이다. "스님은 24시가 아니라 25시를 사는 분"이라 했더니 손을 내젓는다. "바쁜 시간 쪼개가면서 사는 것도 수행자의 도리요, 일없는 가운데서 유유자적 사는 것도 수행자의 도리"라고 선문답 같은 말씀을 하신다.

자신의 잣대로 세상을 재려하고 끊임없이 분별하기 때문에 우리들은 괴로운 것이다. 진리 속에서는 어떠한 분별도 없다는 것을 본각 스님은 가르쳐 주었다. 스님에게 있어 가르친다는 것은 어떤 의미인지 궁금하였다.

"단순히 가르치는 것으로 끝나서는 안 됩니다. 가르친 사람이나 배운 사람이나 가르친 만큼 배운 만큼 내 삶 속에서 얼마나 실천하고 구현하고 있는지 서로가 확인해야 합니다. 많이 듣고 배우는 것도 중요하지만, 실천을 하지 않는 공부는 아무 소용이 없어요. 가르치는 사람 역시 자신이 먼저 실천하는 것이 중요합니다. 자신이 공부한 공덕을 일체중생의 공덕으로 돌리는 것이 『화엄경』에서 말하는 진정한 회향이며, 회향사상이 곧 보살의 사상입니다."

승가대 학인들에게 화엄사상을 가르칠 때도 한 송이 꽃보다 '동산에 함께 어우러져 핀 온갖 꽃들'이 중요함을 강조한다.

사자빈신 비구니가 모든 중생을 볼 적에 지혜의 눈으로 보기 때문에 중생이라고 분별하지 않듯이, 또 시방 세계의 모든 중생들에게 반야바라밀다 법문을 말하여 그들을 깨달음의 세계로 이끌어 주듯이, 본각 스님 역시 대상을 가리지 않고 가르침을 펼친다. 사람들마다 근기가 다름을 알기에 그들의 눈높이에 맞추어서 법문을 하는 것이지, 본각 스님 눈에 비친 모든 사람들은 부처 성품을 지닌 고귀한 사람들인 것이다. 오로지 부처님 법을 통하여 사람들이 좀 더 나은 세계로 나아가기를 서원하는 본각 스님이야 말로 이 시대의 사자빈신 비구니인 것이다.

본각 스님 위의威儀 또한 사자빈신 비구니처럼 고요하여 세상일에 물들지 않는 것은 연꽃과 같고, 마음에 두려움 없기는 사자와 같고, 중생의 뜨거운 번뇌를 없애는 것은 설산의 전단향과도 같았다.

일체 존재가 사사무애법계임을 알고, 서로가 서로를 인정해줄 때 이 세상에 평화와 행복이 온다는 스님의 말씀을 되새기면서 가파른 언덕길을 내려왔다.

본각 스님
1979년 수원 봉녕사 승가대학 대교과 수료.
대한불교 조계종 제11, 12, 13대 중앙종회 종회의원.
현재 샥가디타(세계여성불교대회) 한국개최추진위원장.
중앙승가대 '한국비구니 연구소' 소장이며, 중앙승가대학교 불교학과 교수로 재직.

길상사 시주자

故 김영한

# 26

# 눈 내리는 날
# 길상사에 뿌려주세요

## 바 수 밀 다 아 씨

선재는 부지런히 험난險難 마을의 보장엄성寶莊嚴城을 향하여 걸었다. 그 성 안에 바수밀다 아씨가 앉아있는 것을 보았다.

얼굴은 아름답고 살갗은 금빛이요, 눈은 샛별 같고 키는 크지도 작지도 않고, 몸매는 뚱뚱하지도 가늘지도 않았다. 음성은 아름답고 명랑하였으며, 모든 중생의 여러 가지 말을 모두 구사하여 모르는 것이 없었으며, 글과 이치를 잘 알고 환술 같은 지혜를 얻어 방편문에 들어갔다. 선재는 바수밀다 아씨에게 예를 다해 절하고 가르침을 구했다.

"선남자여, 나는 '탐욕의 짬을 벗어남' 이라는 해탈을 얻었다. 나는 모든 중생의 욕망을 따라 몸을 나타내니, 그들의 형상을 따라 모양이 아름다우며, 각각 자기의 욕망대로 나를 보게 됩니다. 어떤 사람이 애욕에 얽히어 나에게 와서 내 몸을 보고 끝까지 반하여 취한 듯 할 적에 내가 법문을 말하면 그는 법을 듣고 음란한 마음이 없어지고 보살의 집착이 없는 삼매를 얻으며, 어떤 사람이 잠깐 동안만 나를 보기만 하여도 탐욕이 없어지고 보살의 즐거운 삼매를 얻는다. 모든 중생이 나에게 와서 나를 가까이 하는 이는 모두 탐욕의 짬을 여의는데 머물러 보살의 온갖 지혜의 자리인 가장 좋은 해탈에 들어가게 됩니다.”

“거룩하신 이여, 어찌하여 이 해탈문을 가장 좋다 합니까?”

“선남자여, 모든 보살이 아뇩다라삼먁삼보리심을 내고도 여인으로 말미암아 빨리 부처님 도를 이루지 못하며, 또 벽지불이나 아라한의 과를 얻지 못하는 것이다. 내가 보건대 수없는 백천 세계의 탐욕 많은 중생들이 나고 죽는 벌판에서 끝없이 바퀴 돌듯 하는 것이 모두 여인으로 말미암아 되는 것입니다. 그러므로 보살이 여색을 여의면 선지식을 가까이 모실 수 있으며, 또 중생들로 하여금 탐욕을 여의고 가장 좋은 해탈 법문에 머물 수 있습니다.”


성북동에 위치한 길상사는 주말이라 그런지 많은 사람들로 붐볐다. 활짝 핀 구절초와, 코스모스, 푸른 소나무들이 먼저 반겨주었다.

번잡한 서울의 도심 한가운데 있어 많은 사람들의 안식처가 되고 휴식처가 되는 길상사는 김영한 보살님의 귀한 시주로 탄생한 절이다. 길상사는 일반불자들을 위한 상설 시민선방인 ‘길상선원’을 운영하고 있다. 또 ‘침묵의 집’이라 하여 종교에 상관없이 자유롭게 개인적으로 참선이나 명상을 할 수 있는 공간도 마련해 두었다. 김영한 보살님의 시주가 헛되지 않게 많은 이들이 이용할 수 있도록 배려한 것이리라.

김영한 보살님은 1970, 80년대 요정 정치가 한창일 때 정치계의 거물들이 드나들었던 국내 최대 요정인 대원각의 주인이었다. 7,000여 평의 대지

위에 건물 40여 동을 거느린 천억 원대의 대원각을 어떤 조건도 없이 법정 스님께 시주하여 세간의 화제가 되었다.

　김영한 보살님과 법정 스님 사이에 아름다운 일화가 있다. 1987년, 김영한 보살님은 설법을 위해 미국 LA에 온 법정 스님을 만났다. 첫 만남인 그 자리에서 김영한 보살님은 대원각을 시주하려는 뜻을 밝혔지만, 법정 스님은 받을 수 없다면서 정중하게 거절하였다. 이때부터 10여 년간 김영한 보살님과 법정 스님 사이에는 승속을 초월한 기이한 실랑이가 벌어졌다. 한쪽은 천억 원대가 넘는 시주를 받아달라 간청을 하고, 한쪽은 그런 시주를 받을 수 없다면서 거절하는 그런 실랑이가 십여 년간 오고간 것이다. 김영한 보살님의 보시는 이루어졌고, 법정 스님 개인이 아닌 대한불교 조계종 송광사 분원으로 등록하게 되었다.

　법정 스님을 따르는 불자들의 정성과 신심이 모아져 기존 건물을 개보수할 수 있었고, 대원각은 길상사로 탈바꿈하였다. 1997년 12월 개원 법회가 열리던 날, 법정 스님은 김영한 보살님께 '길상화'라는 불명을 주고 108 염주 한 벌을 손수 보살님 목에 걸어주었다. 천억 대 재산을 시주한 보답으로 목에 걸린 108 염주 한 벌이 너무 좋아 김영한 보살님은 부처님의 법신인양 만지고 또 만져보았다. 김영한 보살님은 하나 둘 사찰의 격을 갖추어 나가는 길상사를 흡족하게 여겼는지, 개원 후 1년이 지난 1999년 11월 자신의 죽음을 예감하면서 "나 죽으면 화장해서 눈이 많이 내리는 날 길상사에 뿌려 주세요"라고 유언하였다. 1999년 11월 14일 김영한 보살님은 108 염주 한 벌을 목에 걸고 84세로 세상을 떠났다.

김영한 보살님은 중학교에 진학하겠다는 꿈을 안고 학업에 열중하였다. 그런데 16살 때 가세家勢가 기울어 진학을 포기하고 스스로 조선 권번券番에 들어가 기생이 되었다. 한국 정악계의 대부였던 금하 하규일 선생의 지도를 받아 여창 가곡, 궁중무 등 가무의 명인으로 성장했다. 또한 파인巴人 김동환 씨가 운영하던 잡지『삼천리』에 수필을 발표하여 뛰어난 미모에 글, 글씨, 그림, 춤, 노래 등을 겸비한 기생으로서 명성이 자자했다. 그러다 1935년 조선어학회 회원이던 해관 신윤국 선생의 후원으로 일본으로 유학가서 공부하였다. 일본에서 해관 선생이 투옥된 것을 알게 된 김영한 보살님은 면회를 위하여 잠시 귀국하여 함흥에 머물렀다.

함흥에 머물러 있을 그때가 22살, 영생고보 영어교사인 청년 백석 시인과 뜨거운 사랑에 빠졌다. 백석은 당시唐詩 자야오가子夜吳歌에 나오는 여인의 이름을 따서 그녀에게 '자야子夜'라는 호를 지어주었다. 함흥에서 사랑을 키워 온 이들은 서울 청진동에서 신접살림을 차렸다. 신분에서 오는 차이 때문에 결혼을 할 수 없었던 이들은 3년 동안의 청진동 생활을 끝으로, 백석이 만주의 신찡으로 떠났고 그들은 두 번 다시 만나지 못했다.

"사랑의 슬픔을 잊으려 평생 재산 모으는 일에 전념" 했다고 김영한 보살님은 회고하였다. 백석 시인과의 사랑을 못잊어 1995년에『내 사랑 백석』이라는 자서전을 펴냈다. 그리고 2억이라는 돈을 출연하여 〈백석 문학상〉을 제정하였다.

극락전을 나와 김영한 보살님의 공덕비가 있는 곳으로 걸음을 옮겼다. "천독만독의 독경讀經보다 당신의 순정이 그대로 서려 있는 정열의 시 한 수가 쓸쓸히 돌아가야 할 명도冥道에 진실로 큰 선물"이라 여겼던 김영한 보살님. 공덕비 앞에 나붓이 절하고 백석의 시 〈나와 나타샤와 흰당나귀〉 한 편을 바쳤다.

"선남자여, 그때 내가 어떤 장자의 아내가 되었는데 부처님의 신통 변화를 보고 마음에 깨달은 바가 있어 남편과 함께 부처님 계신데 나아가 크고 넓은 마음을 내고 보배로 된 부처님을 바치었더니, 문수사리 동자가 부처님의 시자가 되어 나에게 법문을 들려주어 아뇩다라삼먁삼보리 마음을 내게 하였소"라고 바수밀다 아씨는 선재에게 자신의 전생을 들려주었다.

공덕비 앞에서 전생의 장자는 백석 시인이요, 그 아내는 김영한 보살님이요, 그때 법문을 들려 준 문수사리 동자는 법정 스님이 아니었을까 라는 생각을 해 보았다. 바수밀다 아씨가 전생에 보배로 된 부처님을 보시하여 공덕을 닦았듯이 김영한 보살님의 크나큰 보시바라밀행 또한 세세생생 닦아왔기에 가능한 일이 아니었을까 싶다.

김영한 보살님, 부디 다음 생에는 백석 시인과 짝을 이루어 백년해로 하소서.

故 김영한
1932년 조선 권번에 들어감. 1935년 일본 유학. 1936년 함흥에서 시인 백석을 만남.
1953년 중앙대학교 영어영문학과 졸업. 1997년 2억 원을 기부하여 '백석문학상' 제정.
1995년 대원각을 대한불교 조계종 송광사 말사로 등록함.
1997년 길상사 개원. 1999년 84세의 일기로 세상을 떠남. 저서로 자서전 『내 사랑 백석』이 있다.

사진가
김홍희

# 27

# 사각 프레임 속
# 수많은 부처를 만나다

## 비 슬 지 라 거 사

선재는 보살의 즐거운 삼매를 생각하면서 보살의 온갖 세간의 광명을 여의는 삼매를 생각하며 비슬지라 거사가 사는 마을에 도착하였다.

비슬지라 거사의 집을 찾아가 예를 올리고 나서 가르침을 구하였다.

"선남자여, 내가 전단좌여래의 탑문을 열 때 삼매를 얻었는데, 그 이름이 불종무진佛種無盡이다. 나는 이 삼매에 들어 차례대로 이 세계의 모든 부처님들을 보았다. 가섭불·구나함모니불·구류손불·시기불·비바시불·무상승불 이런 분들을 비롯해 잠깐 동안에 백 부처님을 보고 천 부처님을 보고 말할 수 없이 많은 부처님을 차례로 본다.

그리고 그 부처님들이 처음으로 발심하고 선근을 심고 뛰어난 신통을 얻고 큰 원을 성취하며 심오한 행을 닦고 바라밀을 갖추고 보살의 지위에 들어가 청정한 법의 지혜를 얻어 국토가 청정하고 대중이 에워싸고 있음을 본다. 큰 광명을 놓고 심오한 법륜을 굴리며 신통변화하는 갖가지 현상을 내가 다 지니고 기억하고 관찰하고 분별해 나타낸다."

　기온이 영하로 뚝 떨어져 버린 날 아침, 사진가 김홍희 씨를 만나기 위해 부산으로 가는 기차를 탔다. 스쳐지나가는 차창 밖의 풍광에 내 눈은 많은 호사를 누렸다. 나신을 드러내고 있는 겨울나무들의 의연함에, 끝없이 펼쳐지는 설경에, 수초들을 보듬어 안고 얼어붙은 강물에 마음을 빼앗겼다.

　해운대까지 마중 나온 김홍희 씨를 만난 순간 그의 얼굴에서 사진가 특유의 예리함과 감성을 느낄 수 있었다. 그의 작업실이 있는 기장으로 가는 길에 용궁사로 안내하기도 하였다.

　사진가 김홍희 씨는 1999년에는 우리시대의 얼굴을 촬영한 『세기말 초상』이라는 사진집을 출간하여 세간의 이목을 끌기도 했으며, 문예진흥원이 선정한 〈한국의 예술선 2000〉에 선정된 28명의 예술가 중 한 사람이기도 하다. 그는 여행광으로도 소문이 나 있다. 동남아 여행을 시발로 세계 수십 개국을 떠돌아 다녔으며, 지금도 그의 시선은 세상을 무한히 떠돌고 있다.

　"사람들은 사진을 그저 빠른 시간에 무언가를 기록하는 매체 정도로만 인식하고 있습니다. 하지만 사진의 역할 중 중요한 것 중 하나가 '발견을 위한 기록'입니다. 사진을 찍는 것은 새로운 것을 발견하거나 익숙한 것에 대한 자기 확인을 위해서지요."

　기회는 이때다 싶어 카메라 렌즈를 그에게 고정시키면서 어떻게 하면 사진을 잘 찍을 수 있는지를 물었더니 "즐겁지 않으면 사진이 아닙니다. 남의 이론으로 자신의 사진을 찍지 말고 자신이 찍고 싶은 것 마음껏 찍으세요"라고 답한다.

김홍희 씨는 사찰에 관한 작업을 십여 년째 계속해 오고 있다. 사람들에게 널리 알려진 책들 『암자로 가는 길』·『비구니 사찰로 가는 길』·『만행-하버드에서 화계사까지』 등이 그가 작업한 사찰 사진들이다. 50여 개국을 떠돌면서 사진 작업을 한 그는 여행가이기도 하다. 지금은 전국을 돌면서 『신新사진택리지』를 촬영하고 있으며, 곧 『바닷가 절 한 채』라는 사찰기행 책이 출간된다.

"사진에는 모든 것이 공존하고 있습니다. 모든 것을 포용하는 불교의 다양성이 좋아 사찰 작업을 계속하고 있습니다. 사진의 진정한 목표는 '생명의 공생'에 있습니다. 생명과 공감하고 감동을 얻고 그 감동을 나누기 위해 사진을 찍는 것입니다. 사진뿐만 아니라 예술은 세상을 바꾸는 또 하나의 힘이라고 생각합니다. 사진작업 또한 세계에 대한 인식을 위한 하나의 과정이지요. 저는 사진가로서 열심히 사진을 찍는 것이 세상에 대한 제 몫을 다하는 것이라고 생각합니다. 사진가는 죽어서 사진을 남기는 것 아니겠어요?"

사진가는 죽어서 사진을 남긴다는 그의 말을 통해 자신의 일에 얼마나 열심인지 알 수가 있었다. 그는 시간을 주제로 한 사진전을 연 적이 있다. 그의 사진 속에 녹아 있는 시간을 보고 있자면 '유장한 시간 속에서 우리의 삶은 보잘 것 없는 것이지만 시간의 종말에 대해 아는 자만이 시간을 향유할 수 있음'을 느낄 수 있었다.

"사진의 속성은 시간을 이긴다는 것입니다. 사진과 시간은 뗄래야 뗄 수가 없습니다. 사진을 찍을 때 서터 끊기는 시간이란 1초를 수십 개, 수백

개, 수천 개로 쪼갠 것이지요. 가령 1/2,000초, 1/125초, 1/60초의 시간으로 사물을 형상화 해내는 것이 사진입니다. 1분도 아닌 1초를 가지고 쪼개어서 쓰는 그 시간을 짧다고 하지만, 그 시간을 또한 누가 짧다고 하겠습니까? 영겁이 곧 찰나가 아닐까 싶습니다. 이러한 작업을 하다보면 영겁과 순간에 대한 시간의 차이가 무엇인지 생각해 보게 됩니다."

찰나의 시간이든 탄지彈指의 시간이든 항하사의 시간이든 시간이란 개념은 상대적인 것이기에 길다 짧다를 논할 수는 없다. 단지 시간은 누리는 자만의 것이다.

"부처님께서 제자들에게 '삶과 죽음은 어디에 있는가?' 하고 물었지요. 제자들이 이런저런 답을 했지만 부처님은 '들숨에 생명 있고 날숨에 죽음 있다'고 말씀하셨습니다. 삶과 죽음의 경계를 놓고 보면, 들숨만 있고 날숨이 없는 것이 죽음이라면 날숨만 있고 들숨이 없는 것 또한 죽음입니다. 카메라의 셔터를 눌러 본 사람은 '숨을 쉬어도 타깃을 놓치고 숨을 오래 멈추어도 타깃을 놓친다는 것'을 알 수 있을 겁니다. 그래서 사진가는 들숨과 날숨 사이의 교차, 그 무중력에 셔터를 누르는 것이라고 생각합니다."

김홍희 씨와 이야기하다 보면 그에게서 선승 같은 면모를 발견할 수 있다. 사진작업이라는 것이 찰나에 사물의 본질을 드러내는 것이기에 그의 본성 또한 솔직담백하면서도 번뜩이는 예지력을 갖춘 것이 아닐까 싶다.

50여 개국을 여행하면서 세계는 그야말로 한 송이 꽃이라는 것을 실감하였단다. 사람들의 한 생각, 한 마디의 말이 없어지는 것이 아니라 그것이 모이고 모여서 커다란 한 송이 꽃을 이루고 있는 것이 지금 눈앞에서 펼쳐지고 있는 세상의 모습이라고 생각한단다.

"여행은 생생히 살아있는 교과서를 만나는 것이지요. 길에서 부처를 만나는 일이 비일비재합니다. 항상恒常한 부처님은 아니지만, 가끔씩 그러한 부처를 만나기도 하지요. 또 항상한 악마는 아니지만 가끔씩 악마를 가장한 부처를 만나기도 하는 것이 여행입니다."

비슬지라 거사가 삼매에 들어 차례대로 이 세계의 모든 부처님들을 보았듯이, 김홍희 씨는 세상을 여행하면서 만나는 사람들에게서 부처를 본다. 그리고 부처를 만난다. 사각 프레임 속에 들어오는 수많은 사람들, 그는 그 사람들의 모습에서 부처를 보고 아라한을 보고 초탈한 사람들을 보는 것이다. 세상 여기저기를 떠돌면서 '잘 때도 눈을 뜬 채로 자는 물고기의 눈으로 세상을 보았다'고 하는 그의 말을 들으면서 그에게 있어 카메라의 눈이란 깨달음의 눈인 '제 3의 눈'일지도 모른다는 생각을 하였다.

김홍희

1985년 도일渡日하여 포토저널리즘을 전공.

'세기말 초상' · '방랑' · '두 개의 세계, 하나의 길' 등 다수의 개인전을 가짐.

저서로는 『만행』 · 『나를 쳐라』 · 『암자로 가는 길』 · 『바닷가 절 한 채』 등이 있음.

현재 사진집단 '일우'를 이끌고 있다.

관 자 재 보 살
원불교 교무
박청수

# 천수천안으로 지구촌 돌보는 살아있는 관세음보살



# 28

**관 자 재 보 살**

보타락가산에 도착한 선재는 깨끗한 금강석 위에 가부좌를 한 관자재보살을 발견하였다. 선재는 관자재보살에게로 나아가 예배하고 가르침을 청하였다.

"선남자여, 나는 보살의 불쌍히 여기는 큰마음으로 빨리 행하는 해탈문을 성취하였다. 나는 불쌍히 여기는 행으로 평등하게 중생들을 교화하며 거두어 준다. 나는 항상 불쌍히 여기는 행에 머물러 있으면서 항상 모든 중생의 앞에 나타나서 교화할 수 있는 대로 이익을 주는데, 혹은 보시로 중생을 거두어 주며, 혹은 사랑하는 말로 중생을 거두어 주며, 혹은 위의와 훌륭한 방편으로 거두어 주며 그들과 함께 있으면서 성숙하게 해준다. 모든 중생이 나를 생각하거나 내 이름을 부르면 온갖 공포를 여의게 된다. 나는 이러한 여러 가지 방편으로써 중생들로 하여금 모든 공포를 여의고 바른 생각에 머물게 하고, 또 교화하여 아뇩다라삼먁삼보리심을 내게 한다."

사람들은 원불교 교무인 박청수 씨를 '빈자의 어머니', '한국의 마더 테레사’ 라고 부른다. 쪽진 머리에 검정 치마 저고리를 입은 박 교무님과 마주 앉으니 그의 단아함과 온화함에 내 마음 또한 고요해지는 느낌이다.

박청수 교무는 30여 년간 국경·인종·이념·종교를 초월하여 세계 55개국의 어려운 이들에게 도움을 주었다. 무지와 빈곤과 질병퇴치를 위해 병원과 학교를 세계 곳곳에 설립하였다. 인도 히말라야 설산 라다크에 ‘마하보디 기숙학교’를 설립하여 산촌에 흩어져 사는 어린이들에게 배움의 길을 열어주었고, ‘카루나 종합병원’을 세워 설산 사람들에게 현대의료 혜택을 받을 수 있게 하였다. 또 20년이 넘는 세월동안 캄보디아에 고아원을 세우고 물이 귀한 곳에 우물을 파주고 지뢰제거를 위한 성금을 보내고 있다. 그리고 그들에게 가장 필요한 것이 병원이라 생각하여 ‘바탐방 무료구제병원’을 설립하여 지금까지도 의약품과 의료진을 지원하고 있다. 캄보디아 왕실은 박 교무의 이런 공로를 크게 치하하여 훈장을 수여했다.

박 교무는 어머니께서 원불교 교무가 될 것을 권유하였기에 고등학교를 졸업하자마자 출가해 정녀가 되었다. “너른 세상에 나가 많은 사람들을 위해 일하라는 어머니 말씀이 자연스럽게 내 인생의 화두가 되었어요.”

박 교무는 2001년 러시아 볼고그라드에서 열린 한인축제에 참가했다가 강물이 말라 더 이상 농사지으며 살 수 없는 우즈베키스탄 카라칼파키아 누크스 지역의 고려인들의 딱한 사정을 알게 되었다. 귀국 후 누크스 지역의 고려인들을 남부 러시아 곡창지대인 볼고그라드로 이주시키기 위한 성금을 모금하였다. 한 가구당 500평~700평의 밭이 딸린 농가주택을 마련해주어 70가구 5백여 명이 이런 혜택을 받았다. 아직 125세대가 이주를 희망하고 있기에 박 교무의 이주모금은 계속되고 있다.

 ﹒대한적십자사를 통해 세계 각국의 천재지변으로 인하여 고통 받고 있는 지구촌 사람들을 도왔다. 북한 수재민돕기, 아프가니스탄 지뢰피해자에게 의족과 의수 보내기, 미얀마 195개 마을에 공동 우물 파주기, 몽골 화재민 돕기, 코소보 난민 돕기, 모잠비크 수재민 돕기, 중남미 4개국 태풍 피해자 돕기, 이란 지진 피해자 돕기 등 세계 12개국에 지원했다. 또 북한에 9컨테이너, 인도 설산 라다크에 6컨테이너, 캄보디아에 7컨테이너, 제3세계를 위해 30컨테이너에 옷가지들을 실어 보냈다.

"내가 원래 눈이 밝고 귀가 밝아요. 어려운 곳이 있다는 것을 알면 즉각적으로 돕는다는 것이 내 원칙입니다. 그러지 않으면 내가 못 견디니까요. 지구촌 곳곳의 불특정 다수가 없었더라면 내 인생의 의미가 얼마나 작아졌을까 하고 생각해요. 보시는 자신의 복전입니다. 보시는 남을 위하는 것이 아니라 바로 자신을 위하는 것이지요. 먼저 보시행을 실천하겠다는 원을 세워야 하고요, 밥 먹고 자는 것처럼 습관이 되도록 노력해야 합니다."

박 교무는 콩고에서 화산이 분출해 난민이 속출하면 그 용암이 마치 자기를 덮치는 것 같고, 아프간에서 지진이 일어나면 거기에 자신의 몸이 빠져드는 것 같아 가만히 있을 수가 없다고 한다. 어떤 방식으로든 그들을 돕고 나서야 그 중압감에서 해방된단다. '남의 아픔이 곧 나의 아픔'으로 다가온다는 박 교무, 오로지 신심과 진심과 기도로 이 많은 일들을 이루어낸 것이 아닐까 싶다.

2001년 사단법인 '원불교 청수나눔실천회'를 설립하여 정년퇴임 후에도 봉사활동이 이어질 수 있도록 발판을 마련하였다. "아시아권에만 하루 1달러로 살아가는 10억여 명의 사람들이 있습니다. 저는 좀 더 잘 사는 사람들로부터 물질을 부지런히 날라 좀 더 어렵게 사는 사람들을 도와주는 전달자로서의 가교역할을 했을 뿐입니다"라면서 당신이 한 일은 없다고 한다. 국내뿐만 아니라 자신이 도와야 한다는 생각이 들면 세계 각국 어디든 달려가는 분이 바로 박청수 교무님이다.

구멍 난 양말과 속옷을 기워 입는 등 근검절약이 철저하게 몸에 밴 종교인으로 정평이 나있는 박 교무에게 "너무 자신을 학대하는 것 같다"고 눙쳤더니 소녀 같은 미소를 지으시면서 "항생제 한 알만 먹으면 나을 수 있는데도 약이 없어 고통받고 있는 사람들, 옷이 없어 추위 속에 떨고 있는 사람들을 생각하면 수건 한 장, 양말 한 켤레가 참으로 귀하지요"라고 답한다.

"수행이란 남을 위해 실천하는 것이며, 실천이 없는 관념적인 말은 공허한 소리일 뿐입니다. 도가 높아지면 자신이 죽을 상황에 처해지더라도 일체중생을 위하여 이타행을 해내는 것이지요. 수도를 하는 것은 어떤 상황에서라도 선한 마음을 잃지 않기 위해서입니다. 좋은 옷을 입고 좋은 차를 타는 것은 과시는 될지언정 의미 있는 삶이 되지 못합니다. 저는 어디에서든 환영받는 사람이 되라고 합니다. 환영받는 사람이란 남을 위해서 무아봉공無我捧供하는 사람입니다."

관자재보살이 가난의 공포를 여의게 하며 질병에 대한 공포를 여의게 하며 몸과 마음을 핍박하는 공포를 여의게 하듯이, 박청수 교무 또한 배고픈 이에게는 빵을, 아픈 이에게는 약을, 옷이 필요한 이에게는 옷을 보내 주었고, 무지로부터 벗어나고픈 사람들에게는 교육을 받을 수 있는 여건을 만들어주었다. 관자재보살이 천 개의 눈과 천 개의 손으로 중생들의 고통을 낱낱이 보고 도와주듯이 박청수 교무 또한 30여 년의 세월동안 지구촌 사람들에 대한 연민과 자비심으로 그들에게 도움을 주었다. 박청수 교무는 지구촌 사람들의 고통과 아픔을 자신의 아픔으로 여겨 한시도 마음을 내려놓지 않고 그들보다 더 많은 눈물을 흘린, 살아있는 관세음보살이다.

여기에 언급한 박 교무의 행적은 빙산의 일각에 불과하다. 반평생 동안 55개국을 드나들면서 가난한 사람들과 같이 웃고 울었는데 그 많은 일들을 어떻게 다 알 수 있겠으며 다 적을 수 있으랴.

"우리는 마음의 눈을 밝혀 내 마음이 선과 악 어디에 자리하고 있는지 늘 살펴야 합니다. 어떤 일을 하고자 원을 세워 사심 없이 철저히 투명하게 해낸다면 우주의 모든 기운이 나를 도와주러 옵니다"는 말씀과 함께 자신의 존재가치를 어디에 둘 것인지 생각해 보는 것이 중요하다고 일러주었다.

정 성 무 이 행 보 살
금봉선원장
혜국 스님

# 화두 드는 시간은
# 세상의 기운 맑히는 시간

## 정 성 무 이 행 보 살

선재는 정성무이행正性無異行 보살이 동방 허공으로부터 이 세계에 와서 철위산 꼭대기에서 발가락으로 땅을 누르니 이 세계가 여섯 가지로 진동하면서 변화하여 여러 가지 보배로 장엄하게 됨을 보았다. 선재는 정성무이행 보살에게로 나아가 발에 절하고 합장하고 서서 가르침을 구하였다.

"거룩하신 이여, 저는 이미 아뇩다라삼먁삼보리 마음을 내었습니다만, 보살이 어떻게 보살의 행을 배우며 어떻게 보살의 도를 닦는지를 알지 못합니다. 듣자오니 거룩하신 이께서는 잘 가르치고 지도하신다 하오니 저에게 말씀하여 주소서."

"선남자여, 나는 보살의 해탈을 얻었으니 이름이 '넓은 문 움직이지 않고 빨리 가는 것'이다. 이런 경계는 오직 보시로써 훌륭하게 정진하여 보살의 행을 갖추고 겁내거나 물러가지 않는다. 선근이 더욱더 자라고 뜻이 깨끗하며 보살의 근기를 얻어 지혜의 눈이 있는 사람만이 능히 듣고 들어갈 수 있는 경계다. 나는 가장 훌륭한 마음으로 그 부처님 계신데 가서 아름다운 공양거리로 공양하였고, 또 모든 중생에게 보시하였다. 이 공양거리는 모두 위없는 마음으로 이루어진 것이며, 부처님이 인가한 것이며, 보살들이 찬탄하는 것이다.

나는 세계의 중생들을 모두 보고 그 마음과 근성을 알아서 그들의 욕망을 따라 몸을 나타내어 법문을 연설하거나 재물을 보시하기도 한다. 여러 가지 방편으로 교화하고 이롭게 하며 성숙케 하기를 쉴 새 없이 하였다."

혜국 스님의 처소에 들어서니 너덜너덜하게 깨어진 죽비 한 자루가 눈에 들어왔다. 누가 너를 예까지 끌고 왔느냐고 물어주기를 기다렸다. 너를 예까지 끌고 온 그 주인공을 알고 있느냐고 저 죽비로 다그쳐주기를 기다렸다. 하지만 그런 선문답의 기회는 선객에게나 주어지는 것, 공부와 무연한 사람에게는 닿지 않는다.

혜국 스님은 해인사·송광사·봉암사·칠불사·수도암 등 제방 선원에서 수십 안거를 성만하였다. 그 후 제주도 남국선원 무문관을 개원하였으며, 부산 홍제사에 시민선원을 열었다. 2004년에는 충주에 석종사를 창건하여 금봉선원과 시민선원도 개원하였다. 혜국 스님은 선객으로 유명하지만, 선원을 열어 선을 널리 펴는 것으로도 정평이 나있다.

스님으로부터 화두 타려고 오는 사람들이 많다. 혜국 스님은 "화두 넣어둘 그릇을 가져왔는지"를 꼭 물어보신단다. 화두는 얼마든지 줄 수 있지만 본인이 그것을 잘 받아서 참구할 각오가 되어 있지 않으면 '허공에서 맴도는 메아리와 같기'에 화두가 소중한 줄 아는 사람에게만 주고 싶단다.

"참선 수행의 핵심은 '간절한 의심疑心'을 통해서만 화두 관문을 타파打破

할 수 있기 때문에 화두는 중요합니다. 참선 수행자는 큰 의심을 일으킨 힘으로 '화두삼매話頭三昧'에 깊이 빠져, 모든 사유와 분별 그리고 자기 몸까지도 다 잊는 순간 자기의 본마음을 보게 되는 것이지요. 화두가 소중한 줄 알고 내 몸뚱이보다는 내 정신세계가 소중한 줄 알고, 화두에 대한 믿음이 철저하다면 그 사람은 화두를 탐구할 자세가 되어 있어요."

혜국 스님은 부처님께서 직접 설하신 연기법이나 조사선 그리고 간화선이 전혀 다르지 않음을 강조하였다. "스님들은 생사해탈을 위해서 그렇게 절실하게 다급하게 공부하는데, 우리들은 왜 절실하지 않는지 모르겠다"고 여쭈었다.

"내 정신문명을 위해서 사는 것이 아니라, 그저 몸뚱이가 먹고 싶다면 먹여주고 입고 싶은 것 있으면 입혀줍니다. 그래도 이것까지는 내 몸을 위해서 사는 것인데 많은 사람들은 남과 비교해서 욕망을 쫓아가는 그런 삶을 삽니다. 세상살이는 남과 투쟁해서 이겨야 하고 남이 가는 행렬에 참여하는 것인데, 뛰는 행렬에 말려들면 고요를 유지할 수 없습니다. 단 한 푼이 없어도 만족을 아는 것이 참선입니다."

아직도 발심하지 못한 이들을 위하여 스님께 발심할 수 있도록 경책해주시기를 부탁드렸다.

"익은 것은 설게 하고 선 것은 익게 해야 합니다. 불보살은 씨앗을 심는 일을 즐기고 중생들은 열매 따먹기를 즐깁니다. 씨앗만 심어놓으면 열매는 저절로 열리게 마련입니다. 그런데 씨앗은 심지 않고 열매가 열리지 않는다고 불평하는 것이 중생입니다. 오늘 하루 잘 살면 영원히 잘 사는 삶이

되기 때문에 날마다 그날 하루를 헛되이 보내지 말고 열심히 수행해야 합
니다.”

혜국 스님은 단명하겠다는 말을 듣고 동진 출가하여 평생을 좌복 위에서
지내왔으며 앞으로도 좌복 위에서 생을 마칠 것이다. 그러한 스님에게 있
어 선방의 의미는 각별하다.

“절의 선방만이 선방이 아니라, 번뇌망상과 욕망을 길들이는 곳이라면
어디든지 선방이 될 수 있습니다. 또한 번뇌망상을 길들이는 자세를 지녔
다면 설거지하는 부엌도 선방이 됩니다. 각 가정이 수행처가 되어 저녁에
30분 만이라도 온 가족이 모여서 참선하기를 권합니다. 그리고 날마다 오
늘 내 가족에게 한 말들이 부드럽고 온화하였는지를 돌이켜 보고 반성하
다 보면 가정의 분위기가 변할 것이며, 나아가서는 불교가 달라질 것입니
다. 그렇게 되면 자연스럽게 화두 참선법이 온 중생들에게 전파가 될 것이
라 생각합니다.”

화두 참선은 상근기의 사람들이 하는 것이라 하는데 어찌 아무나 할 수
있겠느냐고 물었다.

“허공이 옛날 허공 그대로이듯이 사람들의 근기가 달라진 것이 아니라,
현대인들은 쾌락을 좇아가고 쉬운 길을 가려는 것이 문제입니다. 어려운
길을 가겠다는 각오가 얼마나 굳건한 지가 중요하지 원래 타고난 근기는
없어요. 지금 내가 잘못 가고 있구나, 이제 내 마음을 다스려 보겠다는 생
각을 가졌을 때가 바로 상근기입니다. 내 마음이 몸뚱이의 쾌락을 좇아서
내려가는 길로 질주하면 하근기가 되지요.”

근기는 타고나는 것이 아니라 자기가 만들어 가는 것이라는 말은 연기법과도 상통하는 말이다.

"무한 경쟁이 아니라 무한 상생相生의 시대를 만들어서 다 함께 살아남아야 합니다. 무한상생시대는 모든 것을 다 양보하고 양보해서 살자는 것인데 이것이 바로 화두입니다. 스스로가 자신에게 만족하지 못하면 물질적으로 풍요롭다 하더라도 행복할 수 없습니다. 눈에 보이지 않는 정신세계에서는 마음을 길들이는 것이 선방이요, 참선이라 생각합니다."

혜국 스님의 오른손은 손가락 세 개가 없다. 엄지와 종지, 약지를 연비하였기 때문이다. 연비란 이 몸을 태워서 부처님께 공양 올리는 것인데, 자신을 비워낸 무아無我의 상태일 때 연비가 가능한 것이 아닌가 싶다. 혜국 스님은 "연비는 멍청한 놈이나 하는 것이지. 연비할 그 에너지로 공부했으면 훨씬 더 낫지. 겉으로 나타나는 것은 몇 푼어치 안돼"하고 말씀하신다.

우주를 지탱하는 지수화풍을 가리켜 혜국 스님은 '청정법신 비로자나불'이라고 불렀다. "화두 드는 시간은 청정법신 비로자나불에게 가장 진실하게 공양하는 시간이요, 세상의 맑은 기운을 도우는 시간이며, 엔트로피의 증장을 더디게 하는 시간이다"고 생각하면 선방에 앉도록 인연지어 준 스승님을 비롯하여 모든 것에 감사하게 된단다.

지수화풍을 형제자매라고 부를 수 있는 그 마음자리, 당연한 것에도 감사의 말을 던질 줄 아는 그 마음자리가 바로 깨달음의 자리임을 혜국 스님은 가르쳐 주셨다.

"우주 삼라만상 그 어느 것 하나도 독립되어 혼자서 존재할 수는 없습니

다. 이것이 있으므로 해서 저것이 있고 저것이 있으므로 해서 이것이 있다
는 연기법은 영원한 진리입니다.”

　정성무이행 보살이 “가장 훌륭한 마음으로 그 부처님 계신데 가서 아름
다운 공양거리로 공양하였고, 또 모든 중생에게까지 보시하였노라. 그리
고 중생들을 모두 보고 그 마음과 근성을 알아서 그들의 욕망을 따라 몸을
나타내어 법문을 연설하기도 하고, 여러 가지 방편으로 교화하고 그들을
성숙되게 한다”고 하였듯이, 혜국 스님은 선방이라는 거룩한 공양거리로
공양을 올려 많은 사람들에게 선정의 기쁨을 주고 있다. 또 시간이 허락하
는 한 대중들에게 끊임없이 법문을 들려주고 있다. 정성무이행 보살로 이
땅에 오신 혜국 스님께서  밝히고 있는 등불은 모진 비바람 속에서도 꺼지
고 않고 오래도록 그 자리를 지켜 줄 것만 같다.

혜국 스님
1961년 해인사에서 일타 스님을 은사로 득도.
해인사, 송광사, 봉암사 등 제방 선원에서 수십 안거 성만.
94년 제주 남국선원 개원. 2004년 충주 석종사 창건.
대한불교조계종 전국선원 수좌회 공동대표. 현재는 석종사 금봉선원에 주석.

아름다운 재단, 희망제작소 상임이사

# 박원순

# 30

# 사회를 재단하고
# 희망을 제조하는 기쁨

## 대 천 신

선재는 문주성 안에서 엄청나게 큰 몸을 나타내어 높은 자리에 앉아서 사람들에게 법문을 한다는 대천신大天神을 찾았다. 선재는 대천신이 있는 곳으로 나아가 합장하고 나서 가르침을 청하였다.

이때에 대천신은 선재의 앞에 가지가지 금더미·은더미·유리더미·자개더미·마노더미·마니보배더미·비로자나보배더미를 나타내보였다. 또 온갖 꽃과 향과 의복 등을 쌓아놓았다.

"선남자여, 나는 '구름그물' 해탈을 성취하였다. 그대 마음대로 이 물건들을 가져다가 부처님께 공양하고 공덕을 닦으며 또 여러 사람들에게 보시하여 중생들을 거두어 주라. 버리기 능히 어려운 일을 버릴 수 있음을 보여주어서 그들로 하여금 보시바라밀다를 배우게 하기 위함이다. 내가 지금 그대에게 이런 물건을 나타내어 보시를 하게 하는 것처럼, 온갖 중생들에게 이와 같이 하여 그 보시한 선근의 힘으로써 보시하기를 싫어하는 그들의 마음을 쉬게 하려는 것이다. 여러 가지 방편으로 모든 나쁜 짓은 버리고 깨끗하고 선한 일만을 닦게 하며 모든 바라밀다에 장애되는 것을 없애고 여러 가지 바라밀다문을 열게 하며, 온갖 장애되는 험한 것을 뛰어넘어 장애가 없는 자리에 이르게 하노라."

'아름다운 재단'과 '희망제작소'의 상임이사를 맡고 있는 박원순 씨는 부드러우면서도 강하고 강하면서도 향기로운 사람이다. 사회와 그 구성원들의 의식 구조를 바꾸어놓았으니 강하다는 것이요, 그가 일구어놓은 행적들을 보면 물처럼 유하면서도 그윽한 향기를 내포하고 있으니 향기롭다는 것이다. 박 이사는 1980년대와 1990년대에는 인권변호사로 활동하다가 어느 날 생각한 바가 있어 모든 것을 정리하고 영국으로 유학을 떠났다. 몇 년 뒤 돌아온 뒤에는 모든 것이 달라졌고 지금은 변호사는 개점휴업상태이다. 2006년에 아시아의 노벨상이라 할 수 있는 '막사이사이상'과 '만해상'을 수상하였다.

2000년 8월에 아름답게 돈 쓰기를 권유하고 실천하기 위해서 '아름다운 재단'이 만들어졌고 '1% 나눔운동'을 사회에 전파하였다. 1% 나눔운동이란 '책을 펴낸 사람은 인세 1%를, 회사 사장을 비롯한 샐러리맨은 월급의 1%를, 혹은 자신의 유산 중 1%를 기부하는 것이다. 기부와 나눔의 방식을 몰라 실천하지 못했던 사람들에게 나눔의 기쁨을 맛보게 했으며, 우리 사회에 기부문화를 정착시킨 것이다.

"아름다운 재단을 설립할 때에 모금이 목적이 아니라 우리 사회에 기부문화를 확산시키자는 것에 뜻을 두었습니다. 기부문화가 많이 바뀌기는 했습니다. 하지만 재해災害나 연말에 하는 감성적인 기부도 좋지만 지속적인 기부를 할 수 있는 문화를 만들어야 합니다. 개인에게는 1%가 많은 돈은 아니지만 백 명이 참여하면 100%가 되고 천명이 참여하면 1,000%가 됩니다. 작년에 아름다운 재단 모금액이 100억 정도이고 아름다운 가게의 매출액이 90억이었습니다. 티끌모아 태산이라고 많은 사람들의 참여가 중요합니다."

사람들은 흔히들 '나중에 돈 벌어서 보시해야지, 가난해서 기부를 할 수 없다'고 말하지만 박 이사는 나누지 못할 만큼의 가난은 없다고 한다. 예를 들면 어떤 어부는 자신이 양식한 미역을, 어떤 농부는 자신이 수확한 감을, 어떤 어린이는 돼지 저금통을 보내오기도 한다. 기부라든가 보시에 대해 거창하게 생각한다면 참으로 실천하기가 어렵지만, 내가 가진 것 무엇이라도 나누어 쓰겠다는 생각만 있으면 얼마든지 가능하단다. 나눔은 '남을 위해서 하는 것 같지만 결국은 '자신의 생존 자체를 위해서라도 전체 생명에 대한 배려가 있어야 한다' 는 것이 박 이사의 생각이다. "현장에서 자기가 나눌 수 있는 만큼만 나누는 것이 중요합니다. 아이들에게도 나눔의 교육이 중요하며, 그것이 습관이 되어야 함"을 강조하였다.

박 이사는 한국 사회의 미래를 새롭게 디자인한다는 목표로 2006년 3월 민간 최초의 싱크탱크인 '희망제작소' 를 설립하였다.

"거대한 담론보다는 생활 속의 경험과 지혜를 모아 오늘의 절망을 희망으로 바꿔나갈 '21세기 실학운동' 을 펼치겠다는 것이 희망 제작소의 설립 취지입니다. 소수의 정책가보다는 시민이 주체가 되어 제안하고 참여하는 민주적인 소통의 장을 열어가고 있으며, 작지만 가능성 있는 아이디어를 현실화하는데 주력하고 있습니다.”

박 이사는 “지역이 세계의 중심이며, 우리 삶의 근간이기에 만약 지역사회가 붕괴되면 중심도 흔들릴 수 있다”고 하였다. 지속가능한 지역 만들기를 위한 방안으로 지역의 여건과 특색에 맞는 컨텐츠 개발과 차별화된 전략을 도모하고 있다. 이러한 실천 대안으로 행정자치부로부터 ‘지역홍보센터’를 위탁받아 지자체의 정보와 특산품의 전시 등을 통해 농촌을 비롯한 중소도시의 홍보까지도 겸하고 있다.

그리고 고령화 사회를 슬기롭게 헤쳐 나가기 위한 ‘해피 시니어 프로젝트’ 그리고 실업문제를 해결하기 위한 고용창출에 주안점을 두고 있는 ‘소기업 발전소 프로젝트’가 지금 활발하게 진행되고 있다. 희망제작소가 창안하여 추진하고 있는 여러 사업 덕분에 시민들의 의식에 변화를 가져왔으며, 그 변화는 시민들을 즐겁게 해주고 있다.

자신의 문제가 아니면 심각하게 고민하지 않는데 왜 이렇게 힘든 일을 하느냐고 물었다.

“부처님도 처음엔 자신의 인생문제로부터 출발하였지만, 많은 사람들을 깨달음의 길로 이끌어 주지 않았습니까? 인간은 탐욕적이고 이기적이기도 하지만 이타적인 면도 있지요. 신성과 동물성을 갖춘 것이 인간이라고 할 수 있지요. 인간이 남을 위해서, 이웃을 위해서, 사회를 위해서 일할 수 있다는 것은 부처님이 말씀하신 불성에 가까워진다고 생각합니다. 저에게 있어 내 것 네 것이 따로 없습니다. 사회를 디자인하고 사회를 아름답게 변화시켜 나갈 수 있는 일을 한다는 것이 너무 신나고 즐겁기만 합니다. 남의 문제가 곧 바로 내 문제라고 생각합니다."

정치나 사회문제를 욕하고 비판한다고 해서 해결되지는 않는다. 시민의
식으로 변화시켜 나갈 수 있는 것이 중요하다. 시민 한 사람 한 사람의 의
식이 높아질수록 사회는 밝아진다는 것이 박원순 이사의 생각이다.

"더불어 사는 삶은 동시대를 살아가는 우리 모두가 당연히 고민해야 하
는 것입니다. 한 사람의 삶은 필연적으로 전체의 삶과 연결되어 있지요.
베이징에서 나비가 날개짓을 하면 뉴욕에서 폭풍이 일 수 있는 것처럼 지
금은 눈에 보이지 않지만 끈끈한 네트워크를 통해서 서로 영향을 주고받
는 것이 우리 모두의 관계입니다. 그물코마다 보석이 달려 있어 서로가 서
로를 비춘다는 인드라망의 그물처럼 우리는 경쟁이 아닌 협동에 의해서만
조화를 이룰 수 있음을 잊어서는 안 됩니다."

사회적인 문제로 대두되고 있는 청년실업에 대해 여쭈었다.

"사람들은 너무 큰 것만 생각합니다. 기존의 방식대로 취업하려고 하니
까 어렵지요. 남이 가지 않는 길을 찾아본다면, 또 자신이 조금 희생하더라
도 보람된 방향으로 길을 찾아보면 얼마든지 취업이 해결될 터인데 너무
좋은 것만 바라고 있는 것이 문제인 것 같아요."

여러 시민단체도 많지만 '아름다운 재단'이나 '희망제작소'가 사람들로
부터 많은 관심과 신뢰를 얻을 수 있는 이유가 어디에 있는지 물었다.

"시민단체라는 것은 국민들의 신뢰와 믿음, 공정함, 도덕적 기반 위에 존
재할 수 있는 권위이고 영향력입니다. 눈에 보이지는 않지만 자기견제와
자기성찰이 뒷받침되지 않으면 존립할 수 없는 것이 시민운동이라고 생각


선재야 선재야

합니다.”

박 이사는 모든 것을 투명하게 관리하고 경영하고 밝힌다. 자신이 기부한 돈이 어디로 가서 어떻게 쓰이고 있는지를 일목요연하게 알 수 있으니 사람들은 작은 돈일지라도 안심하고 맡기고 싶은 것이다.

대천신이 욕심에 속박을 당하고 탐욕의 노예가 되는 사람들을 불쌍히 여기어 방편을 써서 구제하는가 하면, 게으른 사람에게는 정신을 차려 밤낮으로 부지런하게 일할 수 있도록 방편을 써서 구제하고 온갖 장애되는 험한 것을 뛰어넘어 장애가 없는 자리에 이르게 해주듯이 박원순 이사 또한 기부와 나눔의 방식을 몰라 실천하지 못했던 사람들에게 나눔의 기쁨을 맛보게 했으며, 우리 사회에 기부문화를 정착시켰다. 또 기부가 필요한 사람들에게 도움을 주어 장애를 극복할 수 있도록 해주고 있다.

아름다운 나눔의 향기가 멀리 멀리 퍼져 나갈 수 있도록 우리 모두는 노력해야 할 것이며, 그것이 내가 잘 사는 길임을 깊이 인식해야 한다. 세상이 향기로우면 그 속에 사는 나 역시나 향기로운 사람이 되는 것 아닌가.

박원순
단국대 사학과 졸업.
1980년 사법시험 합격. 대구지검 검사, 역사문제연구소 이사장, 참여연대 사무처장
연세대 정치외교학과 겸임교수 역임. 2006년 라몬 막사이사이상 수상, 만해상 수상
현재 '아름다운재단' 총괄상임이사, '희망제작소' 상임이사이다.

서일농원 대표
# 서분례

# 31

# 여행사 사장에서
# 된장 박사로 변신

## 자 성 부 동 신

남섬부주의 마가다국 보리장에 땅차지신土地神 자성부동신自性不動神이 있다
는 말을 듣고 선재는 길을 재촉하였다. 선재는 자성부동신 앞으로 나아가 예
를 올리고 가르침을 청했다.

"선남자여, 나는 '꺾을 수 없는 지혜장' 해탈문을 얻었다. 이 법으로 항상
중생들을 원만하게 성취하였다. 나는 연등부처님 때로부터 보살을 따라 다니
면서 공경하고 호위하기를 그림자같이 했음을 기억하고 있다. 처음부터 지금
까지 보살의 마음과 행을 살펴보고 두루 구하기를 끊임없이 행하였다. 그리
하여 보살의 온갖 서원과 지혜의 경계에 들어갔으며 보살의 온갖 깨끗한 행
을 원만히 하였다. 또 보살의 모든 삼매를 생각하여 분명하게 알았으며, 보살
의 온갖 법문에 머물러 있으면서 온갖 성품을 알았다. 모든 부처님의 세계에
두루 다니면서 여러 부처님의 수기를 받았으며 온갖 지혜의 성품을 기억하여
깨닫고 모든 부처님의 법수레를 운전하여 온갖 법문을 다 하였다."

안성에 위치한 서일농원에 들어서자, 소나무 아래 무리지어 피어있는 보

랏빛 벌개미취가 먼저 눈에 들어왔다. 연꽃이 담긴 수십 개의 항아리를 따라서 걷다 보면 서일농원의 상징물이라 할 수 있는 장독대와 마주친다. 농원에 놓여진 장단지만 해도 3,000개 가량 된다고 하니 장단지 뚜껑을 열고 닫는 일만 해도 큰일이 아닐까 싶다. 서일농장 대표인 서분례 씨는 새벽 6시면 일어나 삼만 평이 넘는 농장을 몇 바퀴 돌아보는 것으로 하루의 일과를 시작한다.

"여기는 봄부터 풀과의 전쟁입니다. 유기농 농사를 고집하기 때문에 풀을 직접 뽑아야 하는데, 풀들에게는 미안하지만 자잘한 열매가 맺힌 풀을 보면 진저리가 처질 정도입니다. 수입 농산물 반대한다고 홍콩이나 미국 가서 데모하는 것도 좋지만, 먼저 우리의 좋은 것을 알고 그것을 경쟁력 있게 가꾸고 만들어가야 해요. 농촌이 살려면 땅이 튼튼해야 하고, 땅이 튼튼해야 좋은 농산물을 얻을 수 있고 좋은 농산물만이 수입농산물을 배척할 수 있어요. 동남아에서 쌀 한 가마에 3만원 받는다면 우리 쌀은 한 가마에 30만원 받도록 차별화를 해야 농촌이 살 수 있어요."

우리의 전통 먹거리를 좀 더 연구하고 개발하여 세계 시장에 내다 판다면 그것 또한 IT산업 못지않게 수익을 올릴 수 있다는 것이 서 대표의 생각이다. 서분례 씨는 수십 년 동안 태국·베트남 등에 지사를 두고 여행사를 운영했던 사업가였다. 화려한 여행사 사장에서 '된장 박사'·'된장 아줌마'로 변신하게 만든 어떤 계기가 있었다.

"여행사를 하면서 추석이나 설과 같은 명절이 되면 직원들과 함께 양로원을 찾아가곤 했어요. 어느 해 설을 앞두고 밴드까지 동원해서 수락산의 양로원을 방문했는데 그날 한 노인이 우리 직원의 품에 안겨 세상을 떠났어요. 그런데 동료 노인들이 슬퍼하기 보다는 '죽을려면 내일 죽지. 왜 오늘 죽어서 놀지도 못하게 하느냐' 고 푸념을 늘어놓는 것을 보았어요. 그때 철새처럼 일 년에 몇 번 찾아가는 것으로 낯이나 내려고 하는 저를 반성했습니다."

그 후 지속적으로 두어 군데의 양로원을 지원하고 방문했지만 이것 또한 근본적인 대책이 아니라는 생각이 들었다. 양로원을 지어서 직접 모셔야겠다는 간절한 원을 세웠고 그래서 지금의 서일농장 부지를 마련하였다. 모든 것이 순조롭게 진행된다 싶었지만 IMF를 만나 처음부터 다시 시작해야만 했다. 서 대표는 농원 한쪽을 가리켰다. "이쪽은 양로원을 세우려고 마련해 둔 땅입니다. 그리고 농장 운영은 바로 양로원을 꾸려갈 살림인 셈이지요."

24년간 양로원 생일잔치를 열어준 공로를 인정받아 경기도지사로부터 효행상을 탔을 만큼 양로원에 쏟는 서 대표의 정성은 대단하다. 서일농장은 처음엔 황무지와 다름없었다. 둔덕은 깎아 내리고 파진 곳은 객토를 부어 메꾸고 지심 좋은 땅으로 갈고 다듬기를 거듭하여 6년이 지나자, 겨우 농원의 모양새를 갖추었다. 첫 농사를 지어서 콩 5가마를 수확했다. 이것을 시장에 내다팔려고 했는데 값이 너무 헐했기에 5가마를 몽땅 삶아서 된장을 만들었다. 그 된장을 지인들에게 나누어 준 것을 시발점으로 해서 서 대표는 여행사를 정리하고 된장의 길로 들어섰다.

고서古書를 뒤져가면서 된장을 연구했는가 하면 전국방방곡곡에서 수집한 100년 된 토종항아리에 된장을 담았다. 항아리에서 2년 동안 숙성시킨 뒤에야 사람들 입으로 들어가게 된다. 농원에서는 된장과 간장 말고도 고추장·청국장·매실식초·각종 밑반찬류도 개발하여 시판하고 있다. 농장에는 하루 5, 6백 명이 견학오고 있으며 이들을 위해 강의실을 갖춰 두고 있다. 2000년에는 경기지방중소기업청으로부터 '우수농업 벤처기업'으로 인증받았고, 2002년 미국 식품의약청으로부터 청국장·장아찌 등의 규격 인증을 받았다. 냄새나지 않는 청국장을 개발하여 보건사회부로부터 특허를 받았으며, 대학 연구소와 농원기술센터와도 협력해서 장류를 과학적으로 연구하고 개발하는 일에 몰두하고 있다.

"여기 큰 수입은 없어도 사람들로부터 '제대로 된 식품을 파는 집'이라는 신뢰를 얻었어요. 신뢰를 얻기까지는 15년이란 세월이 걸렸지요. 내 가족에게 먹인다는 생각으로 가꾸고 만들어왔기에 사람들로부터 인정을 받았습니다. 땅은 절대로 거짓말을 안 합니다."

서 대표는 여기 화봉리 마을에 '콩사랑회'를 만들어 마을 사람들에게 유기농으로 콩농사를 짓게 하여 가을이면 전량 수매收買를 한다. 시장의 시세보다 비싼 값으로 수매를 하고 있지만 더불어 농사를 짓고 어울려 사는 삶이기에 참으로 즐겁단다. 서 대표는 한 달에 한 번씩 일산의 국립 암센타에서 암환자들을 상대로 강의를 하고 있다. 내일을 기약할 수 없다는 절망감으로 환자들의 표정은 어두웠고 이것이 참으로 안타까웠다. 그들을 향해 "당신들의 병을 고치려면 자신의 마음자리부터 잘 다스리는 것이 우선입니다. 마음자리가 50%, 먹거리가 30%요, 병원의 약 20%로 치유할 수 있다"고 희망의 말을 전하는가 하면 2년 동안 45명의 암환자들에게 먹거리를 제공하고 있다. 서 대표가 제공한 유기농 김치와 생청국장과 백련잎 차를 먹은 45명의 환자 중 3분의 2이상이 건강을 되찾았다. 서 대표는 누군가 어려운 상황에 처한 것을 보면 그냥 넘어가지를 못하는 성품을 지녔기로, 아니 오지랖 넓기로 이미 소문 나있다. 태국에서 여행사를 할 때 우연히 캄보디아 왕사王師 스님을 친견하게 되었다. 그것이 인연이 되어 '캄보디아 자비 실천회'를 만들어 6년째 캄보디아를 돕고 있다.

"절 문턱을 드나들면서 깨달은 것이 있다면 욕심을 버리는 것이 바로 마음을 비운다는 것입니다. 욕심이 열 개라면 그중 세 개만 버려도 마음자리가 비워지데요. 법당에서 기도하는 것도 중요하지만, 욕심을 버리고 화내는 마음을 자제할 수 있는 것이 기도입니다."

땅의 신인 자성부동신의 신통력으로 '모든 꽃나무는 한꺼번에 꽃이 피고 온갖 과일들이 무르익고, 땅 속의 노다지가 저절로 솟아올랐다'고 하듯이 서 대표의 신통력이 아닌 노동으로 버려진 땅이 쓸모 있는 땅으로 변하여 생명을 잉태하고 키운다. 자성부동신이 중생의 서원을 살피고 구하기를 그치지 않았다고 하듯이, 서 대표 또한 농촌사람들의 삶이 보다 더 윤택하기를 또 도시인들의 삶과 정신이 더 이상 황폐해지지 않기를 서원하고 있으며 그것을 몸소 실천하고 있다.

서분례
대구 효성여고 졸업. 1990년 단국대 경영대학원 최고경영자과정 수료.
태국여운공사 및 베트남여운공사(일반국외여행업) 대표 역임.
1977년부터 농원조성. 1999년 전통장 제조로 신지식인 선정.
보건복지부장관 표창. 경기도지사 도민상 수상. 지금은 서일농원 대표이다.

소방방재청 복구지원팀
박성식

# 32

# 재난 현장에서
# 사섭법을 실천하다

## 춘 화 밤 차 지 신

남섬부주의 마가다국에 가비라성이 있는데 그곳에 춘화밤차지신이 있다는 말을 들은 선재는 가슴이 뛰었다. 선재는 선지식으로 인하여 삼매의 눈을 얻어 모든 법문을 널리 관찰할 것이며 선지식으로부터 지혜의 눈을 얻어 시방세계를 밝게 볼 것이다' 는 생각을 하였다. 춘화밤차지신을 만나 예를 올리고서 가르침을 청하였다.

"선남자여, 나는 보살이 중생을 교화하고 조복하여 모든 어리석음을 깨뜨리는 법의 광명인 해탈문을 얻었다. 나는 구름 안개가 자욱하고 폭풍우가 일어나 사람들이 곤란에 빠질 때, 중생들이 깊은 산 속 넓은 들과 사막 등 여러 가지 험악하고 무서운 곳에서 양식이 떨어졌거나 길을 잃어버리고 당황하여 두려워 할 때에는 곧 여러 가지 방법으로 구제한다. 이때 선근을 여러 중생들에게 돌려주어 그들로 하여금 모든 위험에서 벗어나기를 기원한다. 이럴 때 나는 그들의 친구가 되기도 하고, 노래 잘하는 새가 되어 위로하기도 하고, 신령한 약풀이 되어 광명으로 비치기도 하며, 과실나무를 보여주고 맑은 샘을 가리켜 주기도 하며 바른 길을 지시하기도 하며 깨끗한 방도 되고 좋은 집도 되어 모든 곤액을 벗어나게 한다."

　따뜻하고 포근한 봄의 햇살이 금방이라도 가로수의 잎사귀들을 무성하게 할 것만 같다. 이러한 사람들의 바램을 눈치 채기라도 한 것일까? 광화문의 나무들은 짙푸른 종이 잎사귀를 깃발처럼 나부끼고 있다. 희망을 상징하는 나무라고 한다. 햇살과 희망이 사람들의 어깨 위에 사뿐히 내려앉는 봄날, 광화문에 위치한 소방방재청을 찾았다.

　태풍·지진·화재·교통사고·전염병 등 갖가지 예측하기 어려운 재난으로부터 끊임없이 안전을 위협받고 있는 것이 오늘날의 우리들이다. 특히 태풍이나 해일 등 자연재해 앞에서는 속수무책이다. 이런 재난을 당했을 때 먼저 달려오는 사람들이 소방방재청 직원들이다. 자연재난 복구지원팀 소속인 박성식 씨를 만났다.

　"소방방재청은 매년 되풀이 되는 각종 재난으로부터 국민의 생명과 재산을 보호하고 사회안전망 구축을 위해 2004년 6월에 만들어졌어요. 우리나라는 온대몬순지역으로 연 강우량이 6월에서 9월에 편중되어 있으며 태풍은 연중 28개 정도가 발생하여 이중 2~3개가 우리나라에 직·간접으로 영향을 미칩니다. 재난 피해가 우려되는 시설에 대해 미리 진단하여 문제점이 발생되었을 때 보수나 보강을 하는 등 사전에 예방을 합니다. 그리고 매년 침수되는 지역의 주민들에게는 안전한 장소로 대피하도록 유도하는 등 안전에 대한 교육까지도 아우르고 있어요."

　지난 40년 동안 수해를 비롯한 재해조사방법이 재래식 방식에 의존하고 있어 피해조사를 하는데 많은 시간이 소요되었을 뿐만 아니라, 지원절차가 복잡하여 다급하게 지원이 필요한데도 원활하게 이루어지지 않아 주민들의 불만이 가중되었다.

그런데 2006년도에 선진기술을 도입하여 수해조사 장비의 현대화와 전산화를 추진하여 행정절차가 간소화되어 복구 소요기간이 단축되었다. 통합지원 시스템을 구축함에 따라 지원금을 지급하는 기간이 90일에서 20일 이내로 단축되었고, 피해지원금도 현실화되고 있어 주민들의 불만 또한 그만큼 줄어들었다. 이런 일련의 작업들이 자연재해 복구팀이 일구어낸 성과인 것이다.

박성식 씨는 장마가 시작되는 6월부터 10월까지는 휴일도 없이 비상근무를 해야 하는가 하면 여름휴가를 즐긴다는 것은 꿈도 꾸지 못한다. 호우주의보나 태풍주의보가 내려지면 시간과 분초를 다투어야 할만큼 긴박한 상황이 발생하는 일이 빈번하기 때문에 긴장상태로 근무해야 한다.

"최근 지구 온난화 현상 등으로 세계적인 기상이변 현상은 언제 어느 곳에서 어떤 형태로 재해를 유발시킬지 예측하기가 어려운 상황입니다. 복구지원팀은 사전 홍보로 인명피해와 재산피해를 최소화하는데 노력을 기울이고 있으며, 재산피해가 일어났을 때 개선복구지원비가 원활하게 지급될 수 있도록 빠른 피해조사를 합니다. 복구지원팀은 태풍주의보, 호우주의보 등 재해가 끝난 시점에서 조사반원들이 현장을 조사합니다. 그리고 2차 피해가 일어나지 않도록 하지요. 산사태 방지를 위해서 사방댐을 만들어 피해를 방지하는 일도 업무 중 하나입니다."

박성식 씨는 부모님이 불자였기 때문에 자연스럽게 불교와 인연을 맺게 되었다. 군에 복무할 때도 일요일이면 군부대의 법당을 찾아 예불을 올리는 것이 큰 즐거움이었다. 그때 들은 법문 중 '욕심을 부린다는 것은 우리의 본성과는 어긋나는 것이며 진정한 삶이 아니다. 욕심을 버리면 주위에서 도와주는 것이 세상의 이치다' 라는 말을 아직도 간직하고 있다. "군법당에서 들은 법문이 삶의 지침이 된다" 는 박성식 씨는 불자라면 사섭법四攝法에 따라 사는 것이 잘 사는 것이라 생각한단다.

"산사태나 홍수 피해를 입은 곳을 찾아가면 주로 연세 드신 노인들을 만나게 됩니다. 연로하신 분들이 피해를 입어서 더욱 가슴이 아플 때가 많아요. 두려움과 불안에 떨고 있다가 우리 조사 반원이 도착하면 그제야 안심하는 모습을 볼 때마다 사명감을 가지게 됩니다. 실의에 빠진 사람들에게 따뜻한 말 한마디만 건네도 참으로 좋아합니다. 삶의 터전이 되는 과수원, 양어장 등이 유실되거나 집이 파손되어 절망에 빠진 사람들에게 신속하고도 공정하게 조사를 해서 피해를 최소화시켜주어야 한다는 생각뿐이지요."

춘화 밤차지신이 험한 산길에서 액난을 만난 이에게는 선한 신장이 되기도 하고 노래 잘하는 새가 되어 위로하기도 하고, 신령한 약풀이 되어 광명으로 비치기도 하듯이, 박성식 씨가 업무를 수행하는 곳이라면 지푸라기라도 잡고 싶을 만큼 절박한 상황에 처한 사람들에게는 희망 그 자체인 것이다. 박성식 씨가 하는 일이 바로 사섭법을 실천하는 것이 아닌가 싶다.

소방방재청을 나서면서 사섭법 - 남에게 아낌없이 베푸는 보시섭, 남에게 따뜻한 말을 해주는 애어섭愛語攝, 남에게 이익을 베푸는 행위인 이행섭

利行攝, 모든 것을 여러 사람과 함께 나누는 동사섭同事攝 - 을 하나하나 짚어

보았다.

박성식

경상대학원 석사 졸업.

91년 공무원 임용. 2006년 '모범 공무원상' 국무총리 표창 수상.

지금은 소방 방재청 방재관리본부 사무관으로 근무.

전위 무용가

# 홍신자

# 33

# 자유를 위해 춤추다

## 보 변 길 상 무 구 광 밤 차 지 신

선재는 보변길상무구광밤차지신에게 예를 올리고 가르침을 청하였다.

"선남자여, 나는 보살의 해탈을 얻었으니 이름이 '고요한 선정으로 두루 다니는 용맹한 해탈문' 이다. 나는 이 해탈문을 닦을 때, 가지가지 방편으로 중생들의 원을 성취시켰으며, 방탕하고 탐욕이 많은 중생에게는 깨끗하지 않다는 생각과 고달픈 생각과 속박된다는 생각을 버리도록 했다. 또 늙고 병들고 죽는다는 생각을 내게 하여 탐욕과 욕락의 경계에 빠지지 말 것이며 법의 즐거움에 머물러 있을 것을 가르쳐 주었다. 어떤 중생이 고요한데 머물러 있으면 나쁜 소리를 없애주고 출가하는 문을 열어 바른 길을 보여주며, 어두운 장벽을 헐고 공포를 소멸하여 주었다. 또 불법승 삼보와 선지식을 찬탄하여 공덕을 갖추게 하며, 선지식을 가까이 모시고 공경하도록 하였다."


'홍신자' 라는 이름 앞에는 항상 '자유' 라는 수식어가 붙는다. 바람처럼 거침없이 자유롭게 살아왔던 그녀의 인생을 찬찬히 되짚어 본다. 미국 뉴욕으로 유학 간 후 스물일곱이라는 늦은 나이에 춤을 시작했다. 몸이 찢어지는 고통을 감내하면서 춤을 춘 지 10년 만에 그녀는 세계가 주목하는 전위무용가가 되었다. 그때 뉴욕은 포스트모던댄스라는 새로운 실험무용의 중심지였는데, 1973년 〈제례〉란 데뷔작으로 뉴욕 평단의 대대적인 주목을 받았던 것이다. 이후 그녀는 뉴욕, 파리, 일본 등 지구를 무대로 해서 춤을 추었다. 그만큼 명성도 얻었다.

하지만 전위무용가라는 명성도 그 무엇도 자신을 충족시켜주지 못했다. 진정한 자신을 찾고 싶은 갈증에 시달렸다. 1976년 춤과 명성을 하루아침에 던져버리고 깨달음을 얻겠다는 일념으로 인도로 건너갔다. 그리고는 라즈니쉬의 제자가 되었다. 아직 국내에서는 명상이라는 말이 생소할 때 그녀는 국내에 명상 붐을 가져왔다. 무용가임에도 불구하고 홍신자 씨는 명상가로도 유명하다.

3년 동안 인도를 방랑하면서 구도자로 살다 다시 뉴욕으로 돌아왔다. 그녀는 자신의 내면을 통한 명상과 구도가 담긴 춤을 선보임으로써 변함없이 뉴욕에서 인기를 누릴 수 있었다. 크게 버리면 크게 얻는다고 했던가? 그녀의 춤은 외형적 꾸밈을 추구하기보다는 자신의 내면으로부터 우러나오는 정신과 감정을 작품의 주요 소재로 삼고 있기에 관객들에게 많은 물음을 던진다. 홍신자 씨는 자신의 춤을 구도求道의 과정으로 받아들이고 있다.

홍신자 씨는 13년 전에 국내에 정착하면서 안성 죽산에 공연장이자 명상센터인 '웃는 돌Laughing Stone'을 지었다. 재활용품을 이용해 지었다는 황토집 '하하당'에서 홍신자 씨와 마주 앉았다. 사람들은 자유를 꿈꾸면서 왜 자유를 누리지 못하는지 물었다.

“관념은 사람들이 만들어 놓은 것인데, 그것에 매여 있어요. 내가 이렇게 하면 남들이 좋아할까 싫어할까 이러한 생각부터 해서 사람들은 끊임없이 남을 의식하고 있습니다. 자유로움은 바로 순수함입니다. 순수함이란 온갖 생각과 관념을 떠난 행동이지요. 자기만을 위한 순수함이 필요하지요. 나는 내가 하고 싶은 것이 있을 때에는 앞뒤 가리지 않고 아무런 계산도 하지 않고 그 일에 뛰어듭니다.”

사람들은 무용가로서, 명상가로서 또 베스트셀러 작가로서 명성을 날리고 있는 홍신자 씨를 부러워한다. 하지만 이런 것들이 운이 좋아서 그냥 얻어진 것은 결코 아니다.

“자신의 에너지를 51퍼센트가 아니라 100퍼센트로 살아야 합니다. 100퍼센트의 삶이란 오직 내가 원하는 것을 위해 전체로 사는 것이지요. 그러기 위해서는 과연 내가 원하는 진짜 삶이 무엇인지 알아야 할 것이며, 그것을 향해 전력 질주해야 합니다. 무엇이든 적당히 해서는 안 됩니다. ‘적당히’라는 말에는 ‘간절히 원한다’라는 영혼의 울림이 빠져있다고 생각합니다.”

한국에서 미국을, 미국에서 인도를 그렇게 거침없이 오고갈 수 있었던 것은 순수함과 자유 그리고 열정이란다. 한 가지에 자신을 오롯이 바칠 수 있는 그 열정은 또한 거침없는 자유에서 생긴 것이다.

홍신자 씨는 ‘자기와의 깊은 대화를 통해 자신만의 삶의 방식을 찾으라’고 말한다. 그녀는 “지금 이 순간을 살아라”는 메시지를 사람들에게 강하게 전해주고 싶단다.

"현재에 충실하지 못하기 때문에 두려움과 불안이 있는 것이지요. 사람들은 현재에 살고 있지 않아요. 과거의 상처나 미련에 사로잡혀 있는가 하면, 미래에 대한 욕망과 계획과 불안에 사로잡혀 있기 때문에 현재를 오롯이 살 수 없어요. 두려움은 욕심과 집착에서 생기는 것입니다. 나에게 교통사고가 일어나지 않을까, 암에 걸리지는 않을까 등 끝없이 미래에 대한 불안으로 시달리고 있습니다. 현재에는 두려움이 없습니다."

사회는 우리에게 미래에 대한 불안감을 조장하여 인간 본연의 모습과는 다르게 과장하고 유도하고 있다. 그래서 자아가 없는 사람은 여기저기 휩쓸려 다니다가 생을 허비하기 일쑤다. "사람들에게 남은 인생동안 무엇이 가장 하고 싶은지 물어보면 분명하게 대답을 하는 사람이 드뭅니다. 자기와의 깊은 대화시간이 필요합니다. 다른 사람과 휩쓸려 다니기만 한다면 자기를 만날 수 없습니다. 자기만의 삶의 방식을 찾아야 해요."

'웃는 돌'에서는 매년 인간과 자연을 주제로 한 '안성 죽산 국제 예술제'가 열린다. 그녀의 춤 철학은 삶과 예술과 자연과의 조화를 예술로 승화시켜 관객에게 전달함으로써 행위자뿐만 아니라 보는 이 모두가 자아를 깨닫게 하고, 현재의 삶을 새로운 관점에서 바라보게 한다는 것이다.

'웃는 돌' 명상센터에서는 일 년에 서너 번의 명상캠프가 행해지고 있다. 춤명상·소리명상·걷기명상·달빛명상 등의 프로그램이 있다. 홍신자 씨는 일상생활 속에서 행해지는 명상 프로그램을 중요시한다. 우리의 생활을 통해서 명상이 이루어져야 한다는 것이 그녀의 신념이다. 먹는 것을 통해서도 얼마든지 명상을 할 수 있으며, 웃음을 통하여서도 치유가 가능하다고 한다.

웃음은 무념의 세계로 들어가는 관문이 될 수 있기에 황토집에 '하하당' 이라는 이름을 붙였다. 우리의 삶은 일상을 떠나서 존재할 수 없음을 홍신자 씨는 여실하게 보여주고 있다.

보변길상무구광밤차지신이 '고요한 선정으로 두루 다니는 용맹한 해탈문' 을 성취하였듯이 홍신자 씨는 오로지 깨달음을 얻겠다는 일념으로 3년 동안 인도에서 거지와 다름없는 생활을 하면서 깨달음을 얻었다. 또 보변길상무구광밤차지신이 탐욕이 많은 중생에게는 내 것이라고 내세울 것이 없음을, 또 늙고 병들고 죽을 수밖에 없음을 자각하게 하여 탐욕에서 벗어나게 해주듯이 홍신자 씨는 자연주의자로서 소박하게 살아가는 자신의 삶 그 자체로 우리들에게 탐욕을 버리게 한다. 또 현실에 충실하다면 미래에 대한 불안과 죽음에 대한 불안도 없음을 보여 주고 있다.

우리들은 비움으로서 채워지는 것임을 알지 못하기 때문에 자꾸 채우려고만 하는 것이 아닐까 싶다. 비워야 채워질 수 있음을 깨닫는 그 과정이 바로 구도의 과정이리라.

천마재활원장

박근련

# 우리 아이들
"참 예쁘지요"

## 희 목 관 찰 일 체 중 생 밤 차 지 신

선재는 기쁜 눈으로 중생을 보는 희목관찰일체중생밤차지신에게로 갔다. 선재는 희목관찰일체중생신이 대중이 모인 도량에서 연화장 사자좌에 앉아 '빠르고 기쁜 때 없는 해탈문'에 들어간 것을 보았다. 희목관찰일체중생신은 중생들에게 "여러 가지 고통을 참아야 하며, 몸을 오리고 매로 치고 꾸짖고 모욕하더라도 마음이 태평하여 분한 생각이 없어야 한다"고 말하였다.

또 여러 가지 방편으로 용맹하게 정진하여 지혜의 힘으로 어리석은 산을 무너뜨리고, 용맹하게 정진하여 모든 번뇌의 산을 무너뜨리게 하였다. 중생들에게 걱정과 슬픔과 고생을 소멸케 하여 기쁜 마음을 내고 나쁜 생각을 버리게 하였으며 한량없는 중생들을 거두어주고 모두 이익을 얻게 하였다.


부산 남부민동에 위치한 '사단법인 천마'를 찾았다. 100여 명의 정신지체인의 어머니, 천마 재활원 박근련 원장은 첫눈에 보아도 모든 것을 품어 안을 수 있는 넉넉함과 푸근함이 느껴졌다. 아동시설 '서애원'으로 시작해서 사회복지에 뛰어든 지 40년이 훌쩍 넘었다. 이러한 공로를 세상이 인정하였기에 제 1회 '불교사회복지대상'이 주어졌다. '서애원'은 한센병 미감아(환자 자녀 중 감염되지 않은 아동) 격리수용시설이었다. 그러다 76년부터 정신지체인 수용시설로 바뀌었고, 명칭도 '사회복지법인 천마'로 바뀌었다.

"시설에 수용된 40%가 대소변을 못 가리는 중증 장애아들이었죠. 우리 애들을 어릴 때는 장애 아이들하고 같이 키웠는데, 하루에 기저귀만 360장을 간 적도 있어요. 교사였던 시아버지가 먼저 서애원을 운영하고 있었는데 저에게 이 일을 도우라는 영이 떨어졌지요. 육체노동에 찌들려 처음에는 장애아들이 그다지 예쁘게 보이지도 않았어요. 그런데 시간이 흐를수록 아이들의 순수하고 착한 품성이 눈에 보이기 시작하고 한 사람 한 사람이 소중한 인연으로 다가왔어요."

아이들 하나하나가 소중한 인연으로 다가오자, 그들에게 절실하게 필요한 것이 무엇인지를 생각하게 되었다. 중증의 장애가 아닌 아이들이 수련을 통해서 사회에 나가 자립할 수 있는 터전을 마련해주고 싶었다. 그래서 지금으로부터 30년 전에 주된 직업재활 종목으로 도자기공예와 목공예를 선택했다. 목공예시설과 도예시설은 어디 내놓아도 뒤떨어지지 않을 만큼 아이들의 재활을 위해서 많은 투자를 하였다. 또한 경기도 안성에는 유기농 영농시설인 '불광원'을 마련하여 지체장애자들의 자립을 돕고 있다.

박 원장은 도자기를 만들면서 많은 시행착오를 겪었기에 막내딸을 설득하여 도예를 전공하게 만들었다. 큰딸 또한 사회복지학을 전공하여 재활원을 돕고 있다. 막내딸이 천마 도공들을 지도 한지도 십수 년이 훌쩍 넘었고, 대한민국장애인미술대전에서 우수상과 장려상을 몇 번씩이나 받았다. 목공예반에서는 주로 다탁과 차반을 만드는데 이 또한 품질이 뛰어나 인기만점이다. 특히 손으로 한 알 한 알 깎아 만든 염주는 그 느낌이 너무나 좋아 탐내는 이들이 많다. 도예와 목공예반원들에게는 일반 사회처럼 자신의 능력에 맞추어 급여를 지급하고 있다. 박 원장은 최고의 시설과 최고의 프로그램을 아이들에게 제공해주고 싶단다.

"우리 아이들이 외모만으로도 일반 사람들로부터 소외되고 올바른 대접을 받지 못하잖아요. 그래서 수용시설만큼은 좋게 만들어서 아이들이 인간다운 생활을 누릴 수 있게 해주고 싶어요. 그러다 보니 정부에서 보조금을 받고는 있지만 운영비는 턱없이 부족합니다. 남편이 신경정신과 병원을 운영할 때는 사재를 털어 재활원 운영에 보태기도 했어요."

복도에서 아이들과 마주쳤다. 박 원장은 나에게 "참 예쁘지요", "잘 생기고 늠름하지요. 장가보내야 하는데 참한 처자를 찾고 있어요" 라고 한다. 박 원장의 눈에는 그들이 장애자로 보이지 않는단다. 방마다 수보리반·라훌라반·부루나반·우바리반 등 부처님의 10대 제자 이름이 붙여져 있다. 방의 명칭만 보아도 박 원장의 간절한 소원을 알 수 있다.

"아침마다 천마 법당에서 아이들과 함께 예불을 올리고 관음정근을 합니다. 아이들에게 만약 사회에 나가서 어려운 일이 있거나 불행한 일이 생기면 무조건 절을 찾아가라. 너희들이 의지할 곳은 부처님밖에 없으며, 스님들께 도움을 청하면 도와 줄 것이라고 말합니다."

박 원장은 이제는 사회로 나가 지역사회에서 일반인들과 함께 살아갈 자식들이 많아져 좋기도 하면서 걱정이란다. 그들을 결혼시켜 작은 아파트라도 하나 마련해 주어 독립시켜야 한다는 부담을 안고 있지만 100여 명의 엄마인 박 원장은 행복하다. 부모의 마음이 다 그러하듯 시설에 처음 들어올 때와는 달리 사람 구실을 할 수 있어 재활원을 나서는 아이들이 대견스럽기만 한 것이다.

희목관찰일체중생밤차지신이 몸이 미천하고 불구인 중생들에게 여러 가지로 법문을 하여 그들이 자신의 참된 성품을 찬탄하게 하며 그들을 성숙시켜 주었듯이 박근련 원장 또한 정신지체자들에게 기술을 가르쳐 자립할 수 있도록 도와주며, 자신에 대하여 나쁜 생각을 갖지 않도록 항상 희망과 용기를 주는가 하면 저마다 불성을 지니고 있는 귀한 존재임을 일깨워 준다.

박 원장은 장애인들이 별 불편 없이 잘 살 수 있는 그날이 오기를 간절히 기도한다. 남의 고통을 곧 나의 고통으로 받아들이는 박 원장의 기도가 바로 우리 사회의 버팀목이 되는 것이다.

서강대 교수, 종교자유정책연구원 대표
박광서

# 35

# 종교의 자유실천은
# 곧 헌법수호의 길

## 보 구 호 일 체 중 생 위 덕 길 상 밤 차 지 신

보구호일체중생위덕길상밤차지신은 선재에게 보살이 중생을 조복하는 해탈의 신통한 힘을 보여주었다. 그때 한량없는 광명이 모든 세간을 비추었고, 세간을 비춘 뒤에는 선재의 정수리로 들어가서 몸에 가득하였다.

"선남자여, 나는 세상에 두루 나타나서 중생들을 조복하는 해탈문을 얻었다. 내가 이렇게 여러 갈래의 중생들을 구호하는 것은 이런 연유에서이다. 중생들을 모두 덮어주어 걸림 없는 사랑을 주려는 것이며, 중생들에게 한량없는 즐거움을 주려는 것이며, 중생들의 마음바다에 들어가 장애를 없애주기 위한 것이며, 모든 중생의 어리석음을 깨뜨려 주기 위한 것이며, 온갖 것을 아는 청정한 지혜 광명을 얻으려는 것이다."

서강대학교 물리학과에서 후학을 지도하는 박광서 씨는 뜻있는 사람들과 함께 98년 참여불교재가연대를 창립하였다. 초대 상임대표를 맡은 이래 최근까지 8년여 동안 참여불교재가연대를 이끌었다. 지금은 참여불교재가연대 공동 대표로서 부설기관인 종교자유정책연구원 대표를 겸하고 있다.

“불교는 오랜 역사와 자원을 가지고 있지만 급변하는 사회에 대해 그만한 역할을 해내지 못하고 있습니다. 여기에는 출가자들이 제몫을 다하지 못한 책임도 있기에 이제는 재가자들이 스스로 문제점과 방안을 찾아 재가자들의 목표를 만들어 갈 필요가 있다고 생각해서 참여불교재가연대를 시작한 것입니다.”

박 대표는 ‘참여불교가 되기 위해서는 불교적 사유를 통한 해답을 내놓아야 하고, 말이 아닌 실제 현장에서 중생의 고통을 치유해야 한다’고 덧붙였다.

“고등학교 때 원효 대사의 전기를 읽고 불교와 인연을 맺게 되었습니다. 불교를 나 스스로 일으켜 세워야겠다는 원을 세우고, 불교를 잘 하기 위해서는 동양을 앞서는 서양의 과학 분야를 공부해야 한다는 생각을 했습니다. 그래서 선택한 것이 물리학이었고, 물리학의 근저에서 들여다 보니 불교가 현대사회에 왜 필요한 지 절절이 느껴집니다.”

참여연대를 하면서 출가자와 각을 세운다는 곱지 않은 시선을 받기도 했지만, 부처님께서는 연기적 세계와 깨달음의 사회성에 관해 『무량수경』에서 “내가 부처가 될 수 있다고 해도 그 국토의 사람들이 미혹에서 헤어나지 못하고 있다면 절대로 깨달음을 얻지 않으리라”고 하신 말씀을 떠올리면서 일했다.

“깨달음이란 개인 안에 머무는 특이한 심리 상태를 이르는 것이 아니라 사회 속에서 어울러 검증될 때 비로소 완성되는 것으로 누누이 말씀하셨

고, 부처님 자신이 일생을 그렇게 사셨는데 재가자 운동을 멈출 이유가 없
지요."

종교자유정책연구원의 대표인 박광서 씨는 요즈음의 종교편향에 대해
할 말이 많다. 무분별하게 온갖 세상 잡사에 관여하는 것도 경계해야 하겠
지만, 사회의 혼란과 고통은 내 문제가 아니라는 듯 초연한 것도 문제라고
지적했다.

"불교가 종교적 차별과 인권침해에 방관해온 것은 어떤 이유로도 변명
이 될 수 없어요. 타종교나 사회로부터 오는 부당한 대우나 불의에 대해 그
때만 반짝 대응하거나 아니면 관용이니 무애無碍니 하면서 슬그머니 꽁무
니를 빼는 것은 불교적이지도 않고 비겁한 행위입니다. 불자들이 위축되
어 기를 펴기 어려운 상황을 개선하려는 교계 지도자들의 노력이 필요하
다고 생각해요. 사회 전체의 이익을 위해서 종교자유실천과 종교 편향근
절을 위한 입법화가 반드시 추진되어야 합니다. 종교자유를 실천하는 것
은 곧 헌법을 수호하는 일입니다."

"정치는 수많은 목숨을 앗아갔지만, 종교는 그보다 열 배는 더 많은 목숨
을 앗아갔음"을 상기할 때 이것은 불교만의 문제가 아니란다. 우리 사회
전체의 문제이며 우리사회의 안정과 평화를 위해서 누군가는 꼭 해야 할
일임을 강조했다. 그래서 종교자유정책연구원의 활동은 불교라는 틀에만
갇혀있는 것은 아니다.

재가자들의 수행에 대한 박 대표의 견해는 많이 다르다. 매일 틈틈이 예
불 · 참선 · 염불기도 · 경전읽기 등의 방법으로 자기 점검을 하는 것도 필

요하고 유효하겠지만, 수행이 일상적으로 이루어지기 위해서는 '지금 여기'의 현실적인 문제를 화두로 들어야 한단다.

"자기가 하는 일이 불교적으로 옳은 일이라면 그것을 열심히 하는 것이 수행입니다. 재가자에겐 '뜰 앞의 잣나무', '이 뭣고' 같은 화두보다는 지금 자신이 문제라고 생각하는 것을 화두로 삼게 해야지요. 학문하는 사람에겐 학문이 화두가 되어야 하고, 정치하는 사람은 '어떻게 하면 국민을 행복하게 할까?' 이것을 화두로 삼아야 불교가 발전이 있어요. 현장에서 자신의 전문 분야를 제일 잘 하는 것이 가장 좋은 불자임을 깨우쳐 주어 자긍심을 키워주어야 합니다. 이렇게 해야 세계적인 불자로서 학계·스포츠계 등 각 분야에서 최고가 배출될 것이며 돈 잘 버는 사업가도 나오는 것이지요. 불자가 선행을 하면 그게 신행이고 수행이지, 결코 수행과 신행이 다르지 않다고 생각합니다."

출가자들은 수행 전문가로서의 길을 가야 하고 재가자들은 삶의 현장에서 치열하게 일해야 하는 것이 잠정적으로 불교계에 힘을 만드는 것이다. 실천할 수 없는 것을 가르치기 보다는 한 가지라도 실천할 수 있는 것을 창안하고 제시하는 것이 불자들에게 유용한 것은 자명한 일이다.

"자기 자신만을 위한 기복 행위나 수행만으로는 그 개인의 행복이나 평안을 끝까지 보장받을 수 없음을 자각해야 합니다. 모든 문제들은 근본적으로 같은 시대에 살고 있는 사회구성원 모두의 책임이라는 자각이 바로 불교의 연기세계의 눈뜸이요, 대승보살의 밑거름 아닌가요?"

참여불교재가연대의 부설기관 중 하나인 불교아카데미에서는 마이리더

스클럽MY LEADERS CLUB을 만들어서 불교계 최초로 통합리더십 과정을 운영하고 있다. 불교는 도피의 종교가 아니며 중생과 먼 종교가 아니며 사회와 무관한 종교가 아님을 가르쳐 주는 교육을 통해서 불교사회지도자를 양성하는 것이다. 가정과 직장에 충실하고 자신의 전문분야에서 최고가 되는 것이 사회에 기여하는 것이며 불자로서의 '불사佛事'라고 생각하는 사람을 키워야겠다는 것이 목표이다. 이런 사람들을 양성하여 10년 후에는 정치 경제계에서 활동할 수 있는 인재를 키워내는 것이 리더스 그룹의 역할이다.

보구호일체중생위덕길상밤차지신이 모든 중생의 어리석음을 깨뜨려 주기 위해 그들의 근기에 따라 가르침을 주었듯이, 박광서 대표 역시 다양한 계층의 불자를 교육하고 양성하여 현대적 사회에 맞는 불교 지도자를 키워내는 인재불사에 중점을 두고 있다. 부처님의 가르침이 경전 속에 묻혀 있어서는 안 되고 사회와 대중들과 함께 호흡하고 소통할 때 사회적으로 신뢰받는 불교로 다시 태어날 것이라는 그의 신념은 불교 역사에 또 다른 변혁을 가져올 것임에 틀림없다.

박광서

1972년 서울대학교 물리학과 졸업. 미국 웨이니주립대와 브라운대에서 물리학 석 · 박사학위 취득. 미국MIT 화학과 연구원. 91년 '우리는 선우' 98년 '참여불교재가연대' 를 창립. 1999년 만해대상 수상. 지금은 서강대학교 물리학과 교수. 참여불교재가연대 공동대표이다.

구 족 공 덕 적 정 음 해 밤 차 지 신
솟대문학 발행인
방귀희
솟대문학 발행인

# 36

# 장애와 비장애
# 차별없는 세상을 꿈꾸다

## 구 족 공 덕 적 정 음 해 밤 차 지 신

선재는 구족공덕적정음해밤차지신에게 합장의 예를 올리고 나서 가르침을 청하였다.

"착하다 선남자여, 나는 보살의 생각마다 광대한 기쁨을 내는 장엄 해탈문을 얻었다. 나는 깨끗하고 평등한 즐거운 마음을 일으키며, 모든 일에 대하여 절대로 물러서지 않으려는 마음을 일으키며, 중생들로 하여금 걱정과 고통을 버리게 하려는 마음을 일으키며, 나쁜 갈래와 험난한 곳에 있는 중생들을 구호하려는 마음을 일으키며, 중생들로 하여금 바른 행을 닦는 데 어려움이 없게 하려는 마음을 일으켰다."

『숯대문학』 사무실에서 만난 방귀희 씨의 표정은 환하였고 목소리는 맑고도 경쾌하였다. 방귀희 씨는 한 살 때 소아마비를 앓아 다른 사람의 조력이 없이는 정상적인 활동이 어려운 지체장애 1급이다.

방귀희 씨의 꿈은 "장애인과 비장애인들이 통합되는 차별 없는 세상을 만드는 것"이다. 방 씨는 1981년 휠체어를 탄 장애의 몸으로 동국대를 수

석으로 졸업해 세간의 화제를 모았고, 라디오 프로그램에도 초대되었다. 그것을 계기로 국내 최초의 장애인 대상 라디오 프로그램 〈내일은 푸른 하늘〉 작가로 활동하였고, 그렇게 활동한지 26년이 넘는다. 1990년 한국장애인문인협회를 창립한 것을 계기로 1991년 장애인 문학지 『솟대문학』을 창간하여 2008년 여름호로 통권 70호를 발간했다. 17년 동안 한 번의 결간缺刊도 없이 책을 발행하였다고 하니 그는 튼실한 여장부임에 틀림없다.

그 외에도 지금은 경희대학교 국어국문학과 『구성작가 실기론』 강의를 맡고 있으며, 서울에서 대전의 우송대를 오가며 『장애인 복지론』을 강의하고 있다. 방귀희 씨는 『버리면 자유로워진다』, 『작은 일에서 행복 찾기』, 『숨바꼭질』 등 18권의 수필집과 동화집을 펴냈다. 비장애인도 일구어 내기 힘든 많은 일들을 하고 있는 그녀는 장애인들뿐만 아니라 많은 사람들에게 용기와 희망을 주고 있다. 이렇게 많은 일을 해낸 원동력이 어디 있는지 궁금하였다.

"이 세상을 살아가는데 힘들지 않은 사람은 없어요. 단지 어떤 종류의 힘든 일, 어떤 종류의 장애를 겪고 있는지가 다를 뿐이지요. 현실은 장애이지만 장애를 헤쳐 나가면 장애가 아니라고 생각해요. 저는 할 수 없는 것에 절망하지 않고 할 수 있는 일부터 찾아내었지요. 왼손은 전혀 쓸 수 없지만 그래도 오른손은 쓸 수 있으니 얼마나 다행입니까? 저는 학교에서나 사회에서나 성실한 것이 최고의 미덕이라고 생각해요. 장애를 극복하기 위해서는 성실해야겠다는 생각을 하고서 열심히 공부했어요. 성실은 곧 진실과도 같다고 생각해요. 진실하면 모든 것과 통할 수 있듯이 성실하면 모든 것을 극복할 수 있다고 생각해요."

장애가 심했기 때문에 밥 먹는 것부터 해서 학교에 가는 일까지 모든 일들이 다 어머니 손에 의해서 이뤄졌다. 비록 어린 나이지만 "쟤 공부도 못하는데 뭐 하러 학교 보내나" 하는 소릴 들을까봐 열심히 공부했다. 그래서 무학여고도 수석으로 입학하고 수석으로 졸업했다.

방귀희 씨는 마음대로 움직일 수 없는 몸이지만 방송작가로서 맹렬히 활동하고 있음에 주목하지 않을 수 없다. "한 손 자판이라 보통 사람들보다 2배의 시간이 걸리지만 그래도 오른손을 쓸 수 있어 행복하다"는 말에 가슴 찡하였다. 방 씨는 장애인들을 위한 방송을 맡아 일한지 10년 만에 계간지 『솟대문학』을 발행했다.

"애청자들 중에는 글 쓰는 것을 좋아하여 많은 분량의 원고를 가지고 있지만 발표할 지면이 없음을 늘 안타깝게 생각하다 창간하게 되었습니다. 솟대는 '하늘을 향한 안테나' 입니다. 새는 도약을 상징하고 장애인들이 항상 날고 싶어하기 때문에 『솟대문학』이라고 이름을 지었지요. 지금은 장애인 1,000여 명이 활동하고 있으며, 매년 『솟대문학』 시상식도 있고요."

출입이 자유롭지 못한 장애인 작가들에게 『솟대문학』은 자신을 지탱하게 해주는 희망이요, 세상과 소통할 수 있는 유일한 통로임을 잘 알기에 방귀희 씨는 많은 애착을 가지고 있다. 방송이나 강연 등을 통해 얻은 수입의 대부분을 『솟대문학』을 운영하는데 쏟고 있다고 밝혔다.

방송을 통해 만난 장애인 방송인들과 함께 『솟대문학』 부설연구소인 '장애인식바로잡기연구소' 를 만들었다. 누구나 이론을 앞세우기는 쉽지만 실천한다는 것은 어려운 일이기에 방귀희 씨는 제15회 '불이상' 실천부문을 수상하였고, 보건사회부 장관상·국민훈장 석류상 등을 수상하였다.

장애인 전문 프로그램 〈내일은 푸른 하늘〉은 26년 동안 지속되어왔고 2000년에는 이 프로가 모태가 되어 장애인 전문 라디오 채널인 KBS 3라디오가 개국됐다. 방귀희 씨는 이런 공로를 인정받아 2006년 한국방송작가상을 수상했으며 물론 작가로서의 역량도 인정받았다.

"〈내일은 푸른 하늘〉이 26년 동안 버티어 온 것은 장애인들에게 꼭 필요한 프로그램이었기 때문이지, 다른 이유가 없어요. 제 방송은 장애인에게는 재활에 필요한 정보를 주고, 일반인에게는 장애인에 대한 인식을 새롭게 해주는 역할을 하고 있어요. 지금도 방송을 하면서 가장 많이 듣는 말이 '좋은 정보를 얻었다'는 것입니다."

요즈음은 인터넷을 비롯하여 정보를 얻을 수 있는 매체가 많지만 그 전에는 활동이 불편한 장애인들에게는 라디오가 유일하였다. 하지만 지금도 일반 매체에서는 장애인 관련 뉴스를 다루지 않으니까 장애인들이 〈내일은 푸른 하늘〉을 들을 수밖에 없다는 것이 방귀희 씨의 설명이다. 방귀희 씨는 하루에도 뉴스 검색에만 3시간을 투자한다. 장애인들의 실생활에 필요한 정보를 찾아 알려주는 것이다. 방귀희 씨가 오랜 방송생활 동안 또 한 가지 보람을 느끼는 것은 '불구자'라는 단어 대신에 '장애인'이라는 단어로 바꾼 것이란다. 우리가 무심코 쓰는 단어 하나도 한 사람의 숨은 노력이 있었음을 간과해서는 안 될 것 같다. 방귀희 씨는 부처님 가르침 중에는 '분별하지 말라'는 경구가 많은데 우리 사회에서도 장애인과 비장애인을 구별하지 않고 차별하지 않는 그런 세상이 오기만을 기다린다고 하였다. 방귀희 씨는 우리 불교계에 대해서도 할 말이 많다.

"각 사찰별로 반드시 장애인프로그램을 넣어야 한다고 생각해요. 물질로써 보살펴 주는 것도 좋지만 좀 더 관심을 가져달라는 것이지요. 각 사찰의 구조상 장애인들이 휠체어를 타고 방문하기가 힘들어요. 가고 싶어도 못 가는 것이지요. 사찰에서 장애인들을 찾아가서 법문도 들려주고 한다면 좋겠어요."

구족공덕적정음해밤차지신이 '장애의 몸 가진 것을 비관하는 중생을 보고는 법을 말하여 부처님의 원만한 몸매를 얻게 하고, 고통 받는 중생을 보고는 법을 말하여 부처님의 가장 좋은 안락을 얻게 하듯이' 『솟대문학』 발행인으로서 방송작가로 활동하는 방귀희 씨의 삶 자체가 많은 사람들의 멘토 역할을 하고 있다. 방 씨는 장애인의 아픔이 있는 곳이면 글로써 호소하기도 하고 글로써 고발하기도 계몽하기도 하여 모든 이들에게 고루 이익이 돌아가도록 하는 것이다. 혹 지금 누군가가 실의에 빠져있다면 '자신이 할 수 없는 것에 욕심을 내기보다는 자신이 할 수 있는 것이 무엇인지를 찾아 그쪽으로 매진하라' 는 방귀희 씨의 말을 전해주고 싶다.

방귀희

1981년 KBS 제 1라디오 《내일은 푸른 하늘》 방송 시작. 1990년 '한국 장애인문인협회' 창립. 제 16회 장애인의 날 국민훈장 석류장 수훈. 2000년 불이상 수상. 2006년 한국 방송작가 대상 수상. 지금은 한국 장애인문인협회 회장, 우송대 의료사회복지학과 겸임교수. 『작은 일에서 행복찾기』·『세상을 바꾸고 싶다』 등 16권의 저서가 있다.

연극인, 소리꾼
김성녀

# 37

# 연기 통해
# 중생심을 보리심으로 바꾸다

## 수 호 일 체 성 증 장 위 덕 밤 차 지 신

수호일체성중장위덕일체밤차지신은 광명이 온갖 것에 널리 비치는 궁전에서 마니보배 연꽃광 사자좌에 앉아 있었다. 모든 중생과 어울리는 몸매를 나타내고 온갖 세간에 물들지 않는 몸을 나타내고, 모든 중생을 끝까지 교화하여 성숙하는 몸을 나타내었다. 선재는 그 모습을 보고서 기뻐 좋아하며 수호일체성중장위덕밤차지신의 발에 절하고 가르침을 청하였다.

"선남자여, 나는 보살의 깊고 자재하고 사랑스러운 해탈문을 얻고 큰 법사가 되어 집착하는 마음이 없었다. 모든 부처님의 깊은 법장을 열어 보이기 때문이며 큰 서원과 큰 자비를 갖추어 모든 중생을 보리심에 머물게 하기 때문이며, 중생들을 이롭게 하는 일을 하여 선근을 끊임없이 실천하기 때문이다. 또 모든 중생을 잘 이끄는 스승이 되어 중생들로 하여금 온갖 지혜의 길에 머물게 하는 까닭이며, 여러 선지식을 항상 섬기어 중생들로 하여금 부처님의 가르침에 머물게 하기 때문이다."

이 시대의 제일가는 소리꾼이요, 연극인 김성녀 씨는 2005년 모노드라마

〈벽속의 요정〉에 출연하여 동아연극상과 예술인상, 비평가상 등 연극상을 휩쓸었다. 무대 위에서 김성녀 씨는 5살 난 딸과 어머니역을 비롯하여 벽 속에 숨어 있는 아버지와 경찰 그리고 이웃집 사람들, 딸의 남자친구와 사위까지 1인 다역을 맡아서 하였기에 그녀의 연기는 더욱 빛났다. 그런데 현실에서도 김성녀 씨는 1인 다역을 맡아서 거뜬히 잘 해내고 있다. 중앙대 학장으로, 배우로, 8남매의 맏며느리로, 두 아이의 엄마로, 극단 대표의 아내로 몸이 열 개라도 모자랄 것 같지만 이렇게 살아간다는 것이 행복하고 즐겁기만 하단다. 김성녀 씨에 대해 이야기하려면 조금은 수다스러워 져야 한다. 그만큼 할 말이 많기 때문이다. 하지만 김성녀 씨는 차분한 목소리로 조근조근 말하였다.

"결혼하면서 불교와 인연을 맺었어요. 시어머니께서 너는 8남매의 맏며느리이니 부처님을 잘 모셔야 한다는 엄명 아닌 엄명을 내렸어요. 하지만 바쁜 일로 불교를 가까이 하지 못했는데, 시어머니가 돌아가신 뒤 49재를 모시면서 스님들과 친분을 맺게 되었습니다. 그 후 현재 중앙대 총장이신 박범훈 씨로부터 국악 찬불가운동을 하자는 제의를 받았고, 그렇게 해서 자연스럽게 찬불가를 부르게 되었습니다. 어느 산사 음악회에 갔는데 큰스님이 법문을 하시는데 사람들이 막 떠들고 그랬어요. 그런데 제가 무대에 올라가 음성공양을 하니 일시에 조용해졌어요. 그때 큰스님께서 '보살님이 큰 법문을 하고 다니는구먼. 앞으로도 음성공양을 열심히 해주시오' 하고 격려해 주셨어요. 아무리 생각해도 불교만큼 모든 것을 포용하는 큰 종교는 없다고 생각해요. '모든 것은 네 마음 안에 있다' 는 부처님의 말씀이 가장 가슴에 와 닿아요."

조금 오래 된 일이기는 하지만 1992년 창작국악교성곡 〈보현행원송(광덕 스님 작시, 박범훈 작곡)〉을 공연하기 위해 연습을 하다가 무리를 하여 갈비뼈에 금이 갔다. 압박붕대를 감고서 공연을 하였는데, 그날 광덕 스님이 무대 위로 올라오셔서 혜명慧明이라는 법명을 주셨다. 이러한 여러 가지 인연도 있고 해서 앞으로도 기회가 되면 음성공양을 하고 싶다고 했다.

김성녀 씨가 불렀던 찬불가 〈보현행원송〉·〈무상게〉·〈거룩한 손〉 등은 우리들에게 무한한 환희심을 주는가 하면 '나는 누구인가', '전생의 나는 무엇 이었던가'를 생각하게 만든다.

극단 '미추'의 대표이자 김성녀 씨의 남편인 손진책 씨는 해외에 나갈 때도 불상을 모시고 나갈 만큼 독실한 불자로 알려져 있다.

김성녀 씨는 자신의 삶을 이야기할 때 남편을 빼놓고서는 이야기 할 수 없다고 한다. 음악극 〈한네의 승천〉 주인공 오디션을 보러갔는데 그때 연출자가 손진책 씨였고, 별다른 오디션 절차도 없이 주인공을 맡게 되었다. 그로부터 1년 후 결혼을 했고 결혼한 지 30년 동안 연극계 동지로 지내왔고 앞으로도 그러할 것이라 하였다.

"50살이 넘도록 연기를 해온 저에게 세 분의 스승이 있어요. 그 분 중 한 분은 남편이고, 한 분은 박범훈 씨(현 중앙대 총장) 다른 한 분은 국수호(중앙대 무용과) 씨입니다. 그분들은 각각 나의 연기 선생이요, 음악 선생이요, 무용 선생입니다."

사람들은 마당놀이 하면 자연스럽게 극단 미추와 김성녀 씨를 떠올리게 된다. 마당놀이는 연출가 손진책 씨, 작곡가 박범훈 씨, 작가 김지일 씨 등이 "우리도 한국적 뮤지컬을 만들어보자"고 의기투합해서 시작된 것이다. 오늘날 거의 모든 마당극은 이들의 손에 의해 만들어졌다고 해도 과언이 아니다. 이런 밑바탕에는 우리 것을 소중하게 여기고 그것을 전승해 나가야 한다는 김성녀 씨가 있었기에 가능한 일이 아닌가 싶다.

"마당놀이는 한국적인 가락과 정서에 대한 이해 없이는 절대로 할 수 없는 것입니다. 연기는 물론 춤과 노래까지 마음 놓고 펼쳐 보일 수 있는 지극히 한국적인 음악극이지요. 일본과 중국은 그들의 전통문화를 잘 포장해서 세계적 상품으로 만들고 있습니다. 하지만 우리는 구태의연한 것으로 치부해 버리잖아요. 마당놀이는 저급하고 마당놀이 배우는 광대로 취급하는가 하면 해외 유명 뮤지컬은 고급 예술인양 열광합니다. 그러다보니 마당놀이를 이어갈 인재가 고갈된 것이지요. 저는 마당극을 통해 화술과 연기, 춤과 노래 실력을 다져왔어요. 모노드라마에서 일인 다역을 완벽하게 소화해낼 수 있었던 것도 마당극에서 다진 연기력이 있었기에 가능하였다고 생각합니다."

김성녀 씨는 〈허생전〉을 무대에 올린 것을 시작하여 〈춘향전〉·〈심청전〉·〈별주부전〉·〈변강쇠〉·〈홍부전〉·〈이춘풍전〉·〈홍길동전〉·〈삼국지〉 등 이루 다 세기도 힘들 정도로 많은 작품을 무대에 올렸다. 또한 자신은 3,000여 회 출연하였다. 우리 것에 대한 정체성을 갖지 못하면 외국에 나가서도 대접받지 못한다고 생각하고 있기에 학교에서도 학생들에게 우리 것에 대해 철저히 공부하라고 가르치고 있다.

김성녀 씨는 마당극뿐만 아니라 〈7인의 신부〉·〈돈키호테〉·〈에비타〉·〈댄싱새도우〉 등 여러 편의 뮤지컬에 출연하였으며, 〈욕탕의 여인들〉·〈멕배드〉·〈최승희〉·〈죽음과 소녀〉 등 여러 편의 연극도 거뜬히 해내었다. 김성녀 씨는 앞으로 불교를 바탕으로 한 불극佛劇을 만들어 보고 싶다고 하였다. 불교에 많은 이야기들이 있어 그것을 어린이를 위한 연극, 청소년을 위한 연극 등 연령별로 세분화시켜서 보여주고 싶단다.

수호일체성증장위덕밤차지신이 어떤 때는 중생을 위하여 듣는 지혜의 법을 말하고 어떤 때는 중생을 위하여 생각하는 지혜의 법을 말하고, 어떤 때는 중생을 위하여 닦는 지혜의 법을 말하여 주듯이, 김성녀 씨 또한 사람들에게 음성공양을 하여 환희심을 주는가 하면 때로는 연기를 통해 사람들에게 세상사에 대한 가르침을 주기도 한다.

김성녀
중앙대학교 대학원 음악학 석사. 중요무형문화재 제 23호 가야금 병창 이수자.
〈허생전〉·〈춘향전〉·〈댄싱새도우〉·〈최승희〉·〈벽속의 요정〉 등 다수의 마당극과 뮤지컬과
연극에 출연. 1996년 한국뮤지컬대상 여우주연상, 2006년 동아연극상,
2007년 한국연극협회 '자랑스러운 연극인상' 등 수상. 지금은 중앙대학교 국악교육대학원장이다.

금정선원 책임지도자
정숙녀

# 38

# 생의 속박에서 벗어나다

## 능 개 부 일 체 수 화 안 락 밤 차 지 신

선재는 능개부일체수화안락밤차지신의 발에 절하고 합장하였다.

"거룩하신 이여, 저는 아뇩다라삼먁삼보리 마음을 내었습니다만, 보살이 어떻게 보살의 행을 배우며, 어떻게 닦아 지혜를 얻는지 모릅니다. 바라건대 자비하신 마음으로 저에게 말씀해 주소서."

"선남자여, 나는 '보살의 큰 즐거움을 내는 광명 해탈문'을 얻었다. 갈 길을 찾지 못하여 어쩔 줄 모르고 걱정하는 중생들을 내가 가만히 보호하여 두려움이 없게 하며, 그들의 처소에 가서 걱정 없이 편안히 밤을 지낼 수 있게 한다. 또 병들어 고생하는 이는 그를 편안하게 해주며, 아끼고 인색한 이에게는 보시를 칭찬하고, 계행을 깨뜨리는 이에게는 깨끗한 계율을 칭찬한다. 게으른 이에게는 꾸준히 일하는 버릇을 일으키게 하고, 마음이 산란한 이에게는 선정을 닦게 하고 나쁜 소견을 가진 이에게는 반야를 배우게 한다. 또 어떤 중생이 마음이 어리석고 지혜가 없어 나와 내 것을 고집하고 정신을 차리지 못하는 이에게는 보살의 지혜바라밀다에 머물게 하노라."

"보살의 큰 즐거움을 내는 광명 해탈문의 경계가 어떠합니까?"

"선남자여, 이 해탈문에 들어가면 부처님이 가지가지 복더미로 중생을 거두어 주는 좋은 방편과 지혜의 광명을 아느니라.”

거울이라 하지만 부산의 바람 속에는 차가움 보다는 훈훈함이 묻어나는 것 같았다. 장전동에 위치한 금정선원은 재가불자들의 수행도량으로 부산불교의 한 몫을 톡톡히 해내고 있다. 금정선원은 정숙녀 씨가 원력을 세워 자신의 집을 개조하여 이루어 낸 공간이다. 정숙녀라는 이름보다는 대명화 보살로 더 알려진 그녀는 한 눈에 걸출한 여장부로 느껴졌다. 지상 6층 건물인 금정선원은 법당·선방·양로원·공양간·요사채 등으로 이루어져 있어 도심의 여느 사찰과 다름없다.

신도회 조직이 없어도 금정선원은 일요일을 제외하고 매일같이 철저하게 40여 명이 입선과 방선을 지키며 정진하고 있다. 2층 법당과 3층 선원에서는 매일 오전 10시 30분이 되면 죽비 삼성이 울려 퍼진다. 범어사 대정 큰스님께서 화두참선을 지도해주시고 있으며, 대명화 보살은 금정선원의 책임지도와 안내를 맡고 있다. 초심자들을 위해 사찰 예절과 신행생활을 지도하고 있으며, 다도반을 개설하여 선차禪茶 수행도 병행하고 있다. 금정선원에서는 초심자부터 여든이 넘은 베테랑 불자까지 다양한 불자들이 각자의 근기에 맞는 수행을 이어갈 수 있도록 지도하고 있다.

대명화 보살은 “날마다 병원을 다니던 할머니 한 분이 하루 4시간씩 참선을 하고부터는 병원을 가지 않을 정도로 몸과 마음이 건강해졌다면서 참선수행의 무한한 에너지는 어떻게 말로 다 표현할 수 없는 것”이라 했다.

대명화 보살은 유복한 가정에서 태어나 어려움 없이 자랐지만 학창시절부터 가정형편이 어렵거나 부모가 없는 불우한 친구들에게 학비를 제공하였다. 그리고 직장생활을 하면서도 틈틈이 고아원과 양로원을 방문하여 그들의 벗이 되어주었다.

"사람들은 저보고 부잣집 딸이 부잣집으로 시집을 갔으니 원도 한도 없겠다고 했어요. 하지만 내 가슴에는 채워지지 않는 공허함 같은 것이 있었어요. 그래서 남편과 같이 10년 동안 하루도 빠지지 않고 새벽 2시에 일어나 범어사 새벽예불에 참여했어요. '어디서 와서 어디로 가는지 알 수 없는 생의 속박에서 벗어나게 해 달라'고 기도했습니다."

새벽예불을 모시면서 날마다 5000배씩 하기도 했지만, 그녀가 원하는 그 무엇을 얻을 수가 없었다. 그러다 수십 년 간 토굴수행을 이어온 대정 스님이 범어사 상당법문에서 '도道'라고 이르는 한 마디에 대명화 보살은 알 수 없는 눈물이 봇물 터지듯 흘러내렸다. 그 후 대정 큰스님의 가르침 아래 체계적으로 화두 참선을 시작했다.

"이렇게 좋은 것을 나만 알고 누려서는 안 된다는 생각이 들었어요. 대정 스님의 가르침을 보다 많은 불자들에게 전하면서 어려운 이웃을 도우며 정진하겠다고 발원했습니다. 나와 더불어 이웃이 행복해야 불국토를 이룰 수 있다는 것이 저의 생각입니다."

그녀의 발원은 결실을 맺어 16년 전 부산 두실에 대명선원을 개원하였고, 참된 신앙에 목말라있던 재가불자들에게 새로운 수행방향을 제시했다.

"화두 참선이 처음에는 어렵고 잘 안 되나 굳은 의지로 수행정진을 계속하다보면 번뇌망상이 차츰 사라져요. 화두를 벗어나지 않는다면 그대로 활구活句이지요. 도는 우리의 현실을 벗어나서 있는 것이 아니라, 지금 보고 듣고 느끼고 오고감 그대로 도가 됩니다. 성불은 이미 우리 안에 갖추어져 있으니 노력하면 깨달음을 얻을 수 있다고 저는 확신합니다."

대명화 보살은 선원을 열기 전부터도 '소년·소녀 가장 돕기' 등 불우한 이웃을 보면 내일처럼 나서서 도와주는 등 무주상보시를 끊임없이 행하였다. 대명선원을 여는 것과 동시에 무료급식소를 열었다. 사업실패나 가정불화 등으로 정신적·물질적 고통을 겪는 사람은 누구를 막론하고 도와주었다. 삶의 터전을 마련할 때까지 선원에서 무료 숙식하게 하고 자녀들의 등록금까지 지원하였는데 그 수가 적지 않다.

대명화 보살은 하루에 백 명이 넘는 사람들을 만난다. 여기저기서 대명화 보살의 보시행을 듣고 찾아오는 사람, 인생의 문제를 상담하기 위해 찾아오는 사람, 불교에 입문하고 싶어 찾아오는 사람 등 다양하다. 그녀는 이런 저런 사연을 가지고 찾아오는 사람들을 만나다 보면 하루해가 짧기만 하다. 특히나 참선할 시간이 충분치 못하기에 때로는 새벽 3시까지 화두를 참구하기도 한다. 그녀는 보시행도 열심이지만 자신의 수행 정진 또한 게을리 하지 않는다. 대명선원을 개원할 때 12명의 회원으로 출발했는데 그 수가 점점 불어나 6, 70명이 되었다. 2004년에 대명화 보살은 사재를 털어 금정선원을 열었으며, 무료급식소 또한 크게 열었다. 하루에 무료급식소를 이용하는 사람은 백여 명에 이른다. 오갈 데 없는 노인 15분을 금정선원 1층 양로원에 모시고 있다. 가정의 아픔을 갖고 선원으로 온 어르신들 중에는 선원에서 편안하게 임종을 맞이한 분도 여럿 있다. 대명화 보살은 무의탁 노인들을 위해 직접 장례식과 49재를 지내주기도 한다. 그리고 한때 노숙자였던 예닐곱 명의 사람들을 위하여 선원 인근에 따로 집을 마련하여 정상인의 삶을 살 수 있도록 보금자리를 마련해 주었다. 선원에서 생활하고 있는 이들에게 불교에 대한 이해를 돕고 참선 수행도 지도하고 있다.

"이 분들 중에는 선禪의 참맛을 누리는 사람도 있어요. 참선수행을 하면 마음의 안락을 얻을 수 있으니 좋고 다음 생에는 좋은 곳에 태어날 수 있으니 다다익선多多益善이라면서 저는 적극 권하고 있습니다."

자식들도 내다 버린 노인들 수발하랴 얼마나 힘들겠느냐고 했더니 "이 일이 힘들고 더럽다고 생각하면 할 수 없어요. 이 일을 한지 십 년도 훨씬 넘었지만, 노인들을 대하면 전생에 내 부모들처럼 느껴져 똥오줌이 더럽지도 않아요. 당연히 해야 할 일을 하는 것뿐"이라고 답한다. 대명화 보살은 자비를 베풀되 자비를 생각지 않는다. 또한 자신의 행에 대해 일체의 상 없이 '오직 행할 뿐'이다. 능개부일체수화안락 밤차지신이 행했던 것처럼 대명화 보살 또한 '갈 길을 헤매는 이들에게 길을 가르쳐 주고, 마음이 산란한 이에게는 선정을 닦을 것'을 권한다. 그리하여 그들의 마음이 깨끗하여지도록 그리고 자신을 잘 다스릴 수 있도록 깨우쳐주는 것이다.

정숙녀

1989년 대정 스님 지도 아래 본격적으로 화두참선 입문.

1992년부터 무료급식 등 복지사업을 펼침. 1992년~2004년 부산 두실에서 대명선원 운영.

2004년부터 금정선원 운영. 양로원과 무료급식소를 운영하고 있다.

지금은 금정선원 책임지도자이다.

교정 봉사자
안효진

수 호 일 체 중 생 대 원 정 진 력 광 명 밤 차 지 신

# 39

# 우리 같이 참회하자
# 너희들 죄가 아니니…….

**수 호 일 체 중 생 대 원 정 진 력 광 명 밤 차 지 신**

중생을 수호하며 큰 서원으로 정진하는 수호일체중생대원정진력광명밤차지신은 모든 중생과 궁전의 그림자를 비추어 나타나는 마니왕 사자좌에 앉아 있었다. 선재는 예를 올리고 나서 가르침을 청했다.

"선남자여, 나는 '중생을 교화하여 선근을 내게 함'이라는 해탈문을 얻었다. 나는 이 해탈문을 얻었으므로 온갖 법의 성품이 평등함을 깨닫고서 모든 법의 진실한 성품에 들어갔다. 법의 성품이 차별 없음을 알고 한량없는 색신을 나타내고, 낱낱 몸매에서 한량없는 광명구름을 놓고 낱낱 광명이 한량없는 부처님 세계를 비추어 내고 낱낱 세계마다 한량없는 부처님이 세상에 나시는 것을 보았다. 심지 못한 것을 심게 하고, 이미 심은 것은 자라게 하고 이미 자란 것은 여물게 하며, 잠깐 잠깐에 한량없는 중생으로 하여금 아뇩다라삼먁삼보리에서 물러가지 않게 하고 가지가지 해탈문에 편안히 머물게 하였다."

안효진 씨의 방에는 작은 불단이 있고 그 앞에 경상이 있다. 경상에는 『금강경』과 『능엄경』이 놓여있다. 그리고 석가모니 부처님의 사진과 열반하신 청담 스님의 사진이 걸려 있다.

우연히 불교를 접하게 되었는데 어렵게만 느껴졌다. 그래서 부처님께 진정한 법을 구하는 100일기도를 하게 되었고, 『열반경』을 통해 불교의 정수를 알게 되었다. 너무나 좋아 춤이라도 덩실 추고 싶었고, 이것을 누구에게든 전하고 싶었다. 주변 사람들에게 전하는 것도 좋지만, 듣고 싶어도 들을 수 없는 그런 불우한 환경에 처해진 사람들에게 먼저 전해주고 싶었다. 그래서 찾아간 곳이 영등포교도소였다.

40여 년을 하루같이 수인들의 어머니가 되어 살아 온 안효진 보살은 불교계에서 처음으로 교도소 포교를 개척하였으니 봉사활동의 원조라고 할 수 있다. 영등포교도소를 시작으로 해서 서울·성동·수원·공주·청주 등 전국의 40여 개 교도소마다 발길 닿지 않은 곳이 없을 정도다.

1970년대 그 당시만 해도 불교계에서는 포교와 봉사라는 단어가 익숙하지 않았다. 타종교인들은 쉽게 드나들던 곳이었지만, 불교인은 거의 전무했기 때문에 포교를 하겠다는 안효진 씨에게는 교도소를 들고나는 문턱은 높았다. 몇 번이나 가서 사정하고 또 사정하여 겨우 법문을 하게 되었다. 커다란 녹음기를 등에 메고 들어간 첫날을 안효진 씨는 생생하게 기억하고 있다.

"별로 배운 것 없는 내가 법문을 하는 것보다는 공부한 스님들이 하는 것이 좋다 싶어 몇몇 스님들에게 도움을 청했지요. 선방에서 공부만 하시는 분들이라 그런지 스님들 또한 선뜻 나서기를 꺼립디다."

처음 교화활동에 뛰어들었을 때는 안 보살의 수중에 돈이 있었기에 그런 대로 잘 꾸려갈 수가 있었다. 하지만 돈이 거의 다 떨어졌을 때는 절망이었다. 염치 불구하고 사람들에게 권선을 청하였다. 그리고 전보다 더 열심히 발로 뛰어다녔다.

전국 수십 군데의 교도소를 돌면서 교화활동을 하였기에 항상 바빴다. 밥솥에 있는 밥을 도시락에 담을 시간이 없어서 비닐봉지에 한 줌의 밥을 담아가면 그것으로 하루 종일 배고픔을 달래야 했다. 아침부터 저녁까지 그렇게 활동하고 집으로 돌아오면 파김치가 되기 일쑤다. 그렇지만 집에 오면 또 할 일이 태산 같았다. 얻어다 둔 헌옷가지들을 빨래터에 가서 깨끗하게 세탁하여, 그것을 새벽 서너 시까지 바느질하였다. 출소할 때 입을 옷이 마땅치 않은 사람들을 위해 헌 옷을 개조하여 그들이 입고 나갈 옷들을 만들었다.

안효진 씨는 교정실에 들어가서 절대로 그네들보다 높은 자리에 앉지 않았다. 그네들과 같은 자리에 앉아서 이야기했으며, 그들이 '엄마'라고 부르면서 말하기 전까지는 어떤 죄를 저질렀는지 묻지 않았다. 항상 검소한 차림이었지만, 나중에는 재소자와 똑같은 형태의 옷을 만들어서 입었다.

"부처님은 나에게 흥청망청 쓸 돈을 주지도 않지만, 나를 슬프게는 하지 않아요. 가기로 약속은 되어 있는데, 돈은 한 푼도 없고 해서 어쩌나 하고 걱정하고 있으면 어딘가에서 꼭 내가 갈 수 있을 정도의 여비가 생깁니다. 그래서 신바람 나서 아이들을 만나러 가요."

안효진 씨는 봉사활동을 함에 있어 정해진 틀이 없다. 삼풍백화점 참사


선재야 선재야

때는 수지침을 놔주는가 하면 급식 봉사활동으로 불교계의 다양한 봉사활동을 몸소 보여주었다. 배고픈 이에게는 밥을, 헐벗은 이에게는 옷을 준다. 그냥 무심한 마음으로 줄 뿐이다.

사형수들을 보내면서 참 많이도 울었다. 안타까운 사연들도 많았다. 누명을 쓰고 들어온 이를 위해서 안효진 씨는 어떻게든 진실을 밝혀 보려고 사방팔방을 쫓아다니기도 했다. 안효진 씨로부터 "비록 죄를 저질렀지만 이것은 너희들의 죄가 아니다. 전생에 어떤 인연으로 인하여 그렇게 된 것이니 악연을 푸는 참회를 해라"는 인과법문을 들은 이들은 다음 생을 위해 열심히 기도하고 정근을 하였으며, 마지막 가는 길에는 불상을 꼭 껴안고 가기도 하였다.

고금석 씨나 최찬흠 씨 등 그 당시 사회에 큰 물의를 빚었던 사형수들에게 부처님의 가르침을 전하여 새로운 눈을 열어주었던 일이 안효진 씨에게 있어 큰 보람이다. 안효진 씨는 불교계 처음으로 교정봉사상을 받았으며, 교화활동과 봉사활동을 열심히 한 공로를 인정받아 김영삼 대통령과 전두환 대통령으로부터 표창을 받기도 하였다.

"광덕 스님은 '인간이 곧 바라밀이며, 관세음보살의 본래면목이 곧 일체중생의 본래면목' 이라는 바라밀수행법을 강조했어요. 인간이 곧 반야바라밀이라고 한 것은 부처와 반야바라밀이 같다는 의미이며, 또 인간을 부처로 보라는 말씀입니다."

올해 여든아홉인 안효진 씨, 이제는 멀리까지 갈 수 있는 건강이 허락하지 않는다. 요즈음은 누군가가 병원에 입원해 있다고 하면 그들에게 정성껏 『금강경』을 읽어주거나 '나무아미타불' 염불을 해준다.

"죽으면 이 몸뚱이 아무 짝에도 필요 없어요. 내가 움직일 수 있고 남을 위해 물 한 잔이라도 떠줄 힘 있을 때 도와야 해요. 나는 이것이 부처님 법문을 실천하는 것이라 생각하고 살아왔어요."

수호일체중생대원정진력광명밤차지신은 선재에게 전생담을 들려주었다. 밤차지신은 전생에 태자였는데, 도둑질 하거나 사람을 다치게 한 죄로 감옥에 갇힌 이들을 풀어주기를 왕에게 청을 올렸지만 거절당하였다. 그러자 태자는 "우선 저 죄인들을 풀어주시오. 그들이 받을 형벌을 대신해서 내가 받겠소"라고 하여 왕을 노하게 하였다. 자신의 목숨도 아끼지 않고 중생들의 목숨을 건지려 했던 전생의 수호일체중생대원정진력광명밤차지신처럼 안효진 씨 또한 자신의 반평생을 재소자들에게 오롯이 바쳤으니 그 생이 너무나 닮아있다.

'마음에서 풍기는 덕의 향기는 모든 꽃들의 향기를 앞지른다' 고 하였듯이 안효진 씨의 자비행이야말로 으뜸 가는 향기이리라.

묘 위 덕 원 만 애 경 숲 차 지 신
사찰생태연구소
김재일

# 40

# 산부처 강부처
# 나무부처 새부처를 아십니까

## 묘위덕원만애경숲차지신

선재는 룸비니숲에 이르러서 묘위덕원만애경숲차지신을 찾았다. 숲차지신은 숲 속의 큰 보배나무 밑에 있는 누각에서 마니장 사자좌에 앉았는데 20억 나유타 숲차지신들이 앞뒤로 둘러앉아 있었다.

"거룩하신 이여, 보살이 어떻게 부처님 집에 태어나며 어떻게 보살의 행을 행하며, 어떻게 모든 중생에게 여러 가지로 비치는 큰 광명등을 짓는지를 알지 못하나이다."

"선남자여, 보살이 열 가지 태어나는 장藏을 갖추면 곧 부처님의 집에 태어나서 모든 세간의 큰 등불이 된다. 보살이 이 법을 성취하면 빨리 부처님 집에 태어나서 생각생각에 보살의 선근을 자라게 하며, 넓고 큰 보리의 마음에서 물러나지 않는다. 나는 이 모든 보살들의 자재하게 태어나는 해탈문을 얻었으니, 한량없는 세월을 지내오면서 신통으로 유희하여 보살의 걸림없는 경계를 나타내 보였노라."

"거룩하신 이여, 이 해탈문의 경계는 어떠합니까?"

"선남자여, 나는 모든 보살들이 태어날 때 내가 몸소 가까이 모시고 공양하겠다는 서원을 했으며, 비로자나 부처님의 한량없고 엄청나게 태어나신 바다에 들어가려고 원하였으며 남섬부주의 가비라성 룸비니동산에 와서 나게 되었다. 나는 비로자나 부처님께서 룸비니동산에서 탄생하시는 신통변화를 지켜보았으며, 마야 부인이 태자를 출산하시는 것을 지켜보았다. 룸비니동산으로 부처님께서 도솔천에서 내려오실 때, 보살이 내려오실 때에는 여러 가지 상서로운 기운이 나타난다."

김재일 대표는 20년 넘게 시민운동을 주도해왔다. 1990년 보리방송 모니터회를 창립하여 불교 비하프로그램들을 개선시키는 등 교계 최초로 이런 미디어운동을 벌였다. 그리고 1991년 '두레문화기행'을 창립하여 일반 사람들에게 우리의 전통문화와 역사를 알리는데 힘써왔다. 1993년에는 인간을 포함한 많은 생명체가 더불어 잘 살아야 한다는 개념을 가진 생태운동을 주창하였다. 사람들은 이러한 김재일 대표를 가리켜 '세상에 희망과 향기를 더하는 생태운동·문화운동·미디어운동을 벌이는 선구자'라고 칭한다.

"인간중심의 운동이 아니라 생태중심의 운동, 시민 없는 시민운동이 아니라 시민 있는 시민운동이 되어야 하며 서양 중심이 아니라 동양사상 중심의 운동이 되어야 함"을 주장하는 편지를 700명의 교사들에게 보냈다. 10분의 1에 해당하는 70명의 교사들로부터 답장을 받았다. 그리하여 1994년에 우리나라 처음으로 생태운동단체인 '두레생태기행'이 탄생하였다.

이제까지 환경운동은 전투적이고 정부 비판적이었는데 반해 '두레생태기행’은 갯벌을 위한 제사를 지내는가 하면 생명체에 대한 존귀함을 부각하는 등 이제까지와는 확연히 다른 기행이었기에 많은 사람들이 참여하였다. 생태기행을 시작한 초기부터 언론들이 많은 관심을 보였다. 두레생태기행을 설립한 뒤 다녀온 답사만 1,000회를 훌쩍 넘었다. ‘생태기행’ 개념을 처음으로 창안하였기에 유네스코에서 초청강연도 하였다.

김 대표가 지금까지 남다른 환경운동을 펼칠 수 있는 그 밑바탕은 5년 동안의 승려생활이라 한다. 특히 일 년 동안의 행자생활은 생명이 무엇이고, 불교가 왜 생명의 종교인가를 체험하였다. 환경운동, 생태운동은 행자생활에서 받은 감동이 있었기에 가능하였다.

“칠장사에서 행자 생활을 하였는데 겨울이면 산에 가서 나무를 해다가 방마다 군불을 넣는 것이 일과였어요. 생나무를 하기가 힘이 드니까 가끔씩 썩은 나무를 해다 날랐어요. 어느 날 노스님께서 말없이 썩은 나무를 뚝 잘라 보였어요. 그 안에는 곤충들의 애벌레들이 겨울을 나기 위해 꼼작대고 있데요. 썩은 나무들을 지고 산으로 도로 갖다 놓았어요.”

김 대표는 이것이 바로 불교의 생명 사상이라면서 부처님의 가르침은 지극히 생태적이라 한다. 서구의 학자들은 불교를 두고 21세기 현대 환경문제의 대안이자 해법으로 가장 수승한 것으로 거론하고 있단다.

“불교의 가르침, 사찰환경, 스님들의 삶 자체가 생태적입니다. 생태계 체험을 통해 자연을 이해하고 삼라만상이 서로서로 연결되어 있음을 인식시키는 것은 환경운동인 동시에 부처님 말씀을 전하는 것이지요.”

수행환경의 중요성과 사찰환경 파괴의 심각성을 깨닫고 2002년도에 ‘사찰생태연구소'를 설립하였다. 그때 김 대표는 항암치료를 받고 있는 중이었기에 그의 행보는 더욱 더 사람들의 주목을 받았다. 현대불교신문과 10년을 기약하고 사찰생태조사에 나섰다. "사찰을 둘러싼 생명의 신비를 통해, 사람과 자연 그리고 사람과 사람이 어떻게 상생할 것인가를 모색하기 위함"이었다.

전국 108사찰 생태조사를 비롯해 사찰생태문화지킴이 양성, 사찰환경모니터 운용, 생태사찰을 만들기 위한 토론과 세미나 등을 개최함으로써 불자들에게 사찰의 주변 환경의 중요성을 환기시켰다. 얼마 전 108사찰 생태조사를 끝냈는데, 그 자료가 책 10권 분량이라니 참으로 방대하다.

"숲은 많은 동·식물들이 어울려 또 하나의 생명체를 이루는 자연공동체이며 숲은 바로 생명입니다. 살충제를 치면 곤충들이 죽지 않기 위해 숲으로 도망을 갑니다. 불교는 '살생하지 마라, 생명을 풀어주어라'는 등 다른 종교에서는 볼 수 없는 생명사상이 굉장히 앞서 있습니다. 생태주의는 동양적이고 환경주의는 서양적이라 할 수 있어요."

전국에 가보지 않은 사찰이 없을 만큼 동서남북으로 뛰어다니고 있는 김 대표이지만, 그는 아직 그 흔한 자가용조차 없다. 오로지 대중교통과 도보로 전국 산과 사찰을 순례하는 것이다. 불편하지 않느냐고 여쭈어 보았다. "천천히 걷다보면 차를 타면 안 보이던 것들 패랭이꽃·메꽃·뿔나비·주홍부전나비 등이 보입니다. 마음의 여유를 잃으면 주변 생명들을 보지 못해요."

김 대표는 "산속에 자리 잡은 전통사찰이 그 명맥을 유지하고 불자들의 수행환경을 보존하기 위해서는 사찰 주변에서 자생하는 숲을 보호해야 한다"면서 '사찰 숲 지키기 운동'에 많은 불자들의 관심과 동참이 필요하다고 호소하였다.

여러 형태의 환경운동을 통하여 우리 사회 곳곳에서 크고 작은 변화가 일어나고 있는데 첫째는 정부와 지자체 그리고 공무원들의 의식을 바꾸어 놓았다는 것, 아파트를 짓거나 공원을 만들 때도 생태적인 마인드로 접근한다는 것이다. "이것은 어느 한 사람의 힘으로 바꾸어질 수 없는 것입니다. 우리나라 생태운동의 역사가 15년 정도 되는데 자연환경에 대한 개발과 보존이 눈에 띄게 달라졌어요."

묘위덕원만애경숲차지신이 '비로자나 부처님께서 룸비니동산에서 탄생하시는 것, 마야 부인이 태자를 출산하시는 것, 부처님께서 룸비니동산에 내려오실 때의 상서러움 등 숲에서 일어나는 많은 일들을 지켜보았다'고 하듯이 김 대표 또한 사찰을 품어 안고 있는 산과 숲들을 탐방하면서 산부처 · 강부처 · 나무부처 · 꽃부처 · 새부처 등 수많은 부처님들을 친견하고 그들의 살아있는 법문을 들었다. 그는 이것을 사회로 회향하여 많은 사람들이 자연의 아름다움을 누리고 자연의 소리를 들을 수 있도록 하는 것이다.

김재일

사찰생태연구소 대표, 불교환경연대 공동 대표, 전국 숲 해설가 대표로 활동하고 있다.
제 3회 환경부장관 표창. 제 18회 불이상,
제 3회 대원상, 제10회 교보생명환경문화상 수상.
저서로는 『우리 고궁』 · 『생태기행』 · 『생명산필』 등 다수.

구 파 여 인
아주대 교수
이규미

# #41 마음을 치유하는 경전 에너지

## 구 파 여 인

구파 여인은 선재에게 말하였다.

"선남자여, 그대가 지금 보살이 닦는 행의 성품과 지혜의 모양을 묻고 있구나. 내가 부처님의 위엄과 신통의 힘을 받들어 그대에게 말하리라."

선재는 합장하고 자리에 앉았다.

"선남자여, 나는 모든 보살의 삼매 경계 바다를 관찰하는 해탈문을 얻었다. 만일 보살이 열 가지 법을 닦아 익히면 인드라망 그물 같은 지혜의 광명 보살의 행을 성취할 수 있다. 그 열 가지 법이란 하나는 선지식을 의지하는 것, 둘은 엄청난 믿음과 알음알이를 얻는 것, 셋은 깨끗한 욕망을 일으키는 것, 넷은 많은 복과 지혜를 모으는 것, 다섯은 부처님께 바른 법을 듣는 것, 여섯은 삼세의 부처님을 가까이 모시는 것, 일곱은 보살의 행을 함께 닦는 것, 여덟은 부처님들의 염려와 보호를 받는 것, 아홉은 불쌍히 여기는 마음과 서원이 모두 깨끗한 것, 열은 지혜의 힘으로 나고 죽는 일을 끊는 것이다. 이 열 가지 법으로 모든 선지식을 섬기어 즐겁게 한다면 온갖 지혜에 이를 수 있다."

"거룩하신 이여, 이 해탈문의 경계는 어떠합니까?"

"선남자여, 나는 이 해탈문에 들고서는 이 사바세계에서 티끌 수의 겁을 지나서부터 중생들의 가지가지의 형상과 착한 일을 하고 나쁜 일하는 것을 안다. 그리고 여기서 죽고 저기서 나면서 모든 갈래에서 과보를 받는 것도 알고, 선정과 해탈을 평등하게 지니었다는 것도 알고 있다."

아주대 교정은 감미롭고 달콤한 등나무꽃 향기로 가득하였다. 길게 드리워진 보랏빛 등나무꽃 한 송이 한 송이가 연등처럼 환하게 빛났다. 교육대학원에서 상담심리학을 지도하고 있는 이규미 교수를 만났다. 연구실 문을 열고 들어가자 앙증스러운 인형들로 가득 찬 장식장이 눈에 들어왔다. 아이들의 소꿉놀이도구처럼 보이는 것들이 모두 상담치료를 위한 도구들이다. 이 교수의 서글서글한 눈매와 화사한 웃음이 참으로 사람을 편안하게 해주었다.

먼저 상담심리학이 무엇인지 어떤 사람들이 공부하는지 궁금하였다.

"자기 문제를 해결하는데 있어 좀 더 성숙하게 해결할 수 있도록 도와주는 것이지요. 지금 보다는 좀 더 나은 방향으로, 긍정적인 방향으로 변화하게 만드는 것이 상담심리입니다. 교육대학원이다 보니 석사과정의 대부분은 학교 선생들입니다. 이들은 배운 것을 교육현장에서 활용하기 때문에 가르치는 나도 보람을 느끼고 배우는 교사들도 보람을 느낀다고 합니다. 아이들을 잘 때리는 교사가 매질을 멈추었다거나, 아이들에게 고함부터 치던 교사가 차분히 아이들의 이야기를 듣고 그들의 입장에서 이야기를 하게 되었다는 말을 들으면 참으로 뿌듯하지요. 교사들이 아이들 보는 시각이 달라졌고, 생활지도 방식부터 달라졌다는 이야기를 많이 합니다.”

이 교수는 현장에서 오랫동안 청소년들을 상담하였고 지금도 ‘한국 청소년 상담원 이사’·‘경기도 학업중단청소년지원협회 위원’을 맡고 있으며 ‘서울 가정 법원 가사 조정위원’으로 활동하고 있다. 현장에서 청소년들을 상담하다보면 안타까운 점이 참으로 많다고 한다.

“처음에는 입을 꽉 다물고 있던 사람도 나와 몇 번을 만나게 되면 내면의 이야기까지도 털어놓게 됩니다. 요즈음 사회는 가족간에도 끈끈한 유대관계가 약합니다. 사람들과의 연결고리가 약하지요. 자라면서 사랑을 충분히 받지 못한 아이들은 어디에도 마음을 두지 못합니다. 청소년들이 사람에 대한 신뢰가 없어요. 그런데 이 아이들이 몇 년 후에는 성인이 되고 결혼을 하잖아요. 그러면 신뢰와 믿음이 없는 인간관계가 그대로 대물림이 되어 또 문제 아이를 만들게 됩니다. 좋은 옷 입히고 학원 보내고 좋은 대학 보내는 것으로 부모역할을 다했다고 생각하는데, 청소년들이 원하는 것은 부모의 따뜻한 사랑입니다.”

이 교수는 상담심리학을 공부하면서 모든 사람들에게는 긍정적인 본질이 있으며, 사람들이 억압과 불안에서 벗어나면 누구나 맑은 마음을 볼 수 있다는 말이 참으로 매력적이었다. 어머니가 불자라서 자연스럽게 불교를 접하게 된 이유도 있지만 ‘모든 것은 변한다’는 불교의 제행무상諸行無常 사상에 이끌렸다. 본래 우리의 바탕이 부처성품을 지녔기에 자신의 노력으로 자신을 얼마든지 변화시킬 수 있다는 가르침 그 자체가 바로 희망이라고 하였다.

"박사과정을 끝내고 아주 힘든 시기가 있었는데 그때 『금강경』을 독송 했어요. 『금강경』을 독송하면서 아주 힘들어했던 내 문제가 그냥 눈앞에 서 사라지는 느낌이 들었어요. 사람들은 이것을 신비체험이라 할지 모르 겠지만, 나는 『금강경』이 우리의 마음을 치유해주는 힘이 있다는 것을 믿 게 되었어요. 참선·위빠사나·염불·절 수행 등 그중 어떤 것이라도 제 대로 수행한다면 심리치료는 저절로 되는 것이라 생각합니다."

'한국상담심리학회'는 상담관련 학회로는 현재 가장 정통성을 인정받 고 있는 최대 규모의 학회인데, 이규미 교수는 제 30대 '한국상담심리학 회' 회장을 역임한 바 있다. '불교상담개발원 자문위원'이기도 한 이 교수 는 〈불교상담치료협회〉를 발족시켰다. 이러한 일련의 활동들을 통해 이 교수의 학문에 대한 열정과 역량을 새삼 확인할 수 있다. 이 교수는 앞으로 시간이 허락된다면 '금강경의 치료적인 요소'가 무엇인지 연구해서 발표 할 계획이란다.

상담을 통해서 치료 효과가 나타나는 것은 자기가 끌어안고 있던 문제들 을 내려놓음으로서 해결된다고 하니 이것이 바로 불교에서 말하는 아집을 버리고 아상을 버리는 것이 아닌가 싶다. 사람들은 누구나 다 결함을 가지 고 있는데 열등감에 빠져서 아무것도 못하는 사람이 있는가 하면, 자신의 단점보다는 장점을 찾아서 그것을 키워나가는 사람이 있다. 무엇보다 중 요한 것은 스스로가 문제 해결 능력을 키워나가는 것이란다.

구파 여인이 중생들을 위하여 정각을 이루어 오랜 겁 동안에 세상의 등

불이 되었고 중생들의 근기에 따라 가르침을 주고 그들을 안락하게 해주었듯이 이규미 교수 역시 청소년을 비롯하여 저마다 안고 있는 문제에 따라 그들의 고민을 들어주고 해결해 준다. 이 교수가 교단에서 학생들에게 가르침을 주기도 하지만 여러 단체에서 사회봉사활동을 하는 것은 중생들의 마음바다에 들어가 장애를 없애주기 위한 것이며, 중생들의 기질을 알아 성숙되게 하려는 것이며, 모든 중생의 신심을 깨끗이 하려는 것이다. 이 교수를 만나거나 상담을 받은 사람들은 자신이 가지고 있던 공포와 불안에서 벗어나 평안을 찾게 되는 것이다.

많은 사람들은 자신은 변화하지 않은 채 세상이 바뀌어야 한다고 말한다. 하지만 세상이 좀 더 나은 방향으로 변화하기를 바란다면 먼저 자신을 긍정적으로 변화시켜야 하는 것이다. 이 교수의 연구실을 나오면서 한 사람의 노력으로도 세상은 얼마든지 따뜻함과 향기를 지닐 수 있음을 깨달았다.

이규미

1987년 이화여자대학교 대학원(심리학 전공) 석사, 1999년 이화여자대학교 박사.
제 30대 한국상담심리학회 회장 역임. 서울청소년위원회 위원,
서울가정법원 가사조정위원 상담전문가로 활동. 아주대학교 교수이다.
저서로는 『가족문제해결 핸드북』, 『학문분야별 공부방법』 등 다수가 있다.

마 야 부 인
명원 문화재단 이사장
김의정

# 42

# 한국 정신문화의 뿌리
# 다도를 전 세계 알리다

## 마 야 부 인

마야 부인은 평등한 보시 바라밀을 행하여 불쌍히 여기는 마음으로 모든 세간을 덮어주고, 부처님의 한량없는 공덕을 내며 온갖 것을 아는 지혜를 익혀 자라게 하였다. 부처님의 한량없는 청정한 법신에 들어가며 큰 서원을 이루어 부처님 세계를 깨끗이 하며 중생들을 부지런히 수호하며 부처님들의 공덕을 칭찬하기를 좋아하며, 광명이 온갖 세간에 널리 비치어 여러 보살의 어머니 되기를 원하였다.

"선남자여, 나는 보살의 원과 지혜로 환술처럼 장엄한 해탈문을 얻었으므로, 항상 보살들의 어머니가 되노라. 나는 이 남섬부주의 가비라국 정반왕의 가문에서 오른 옆구리로 싯다르타 태자를 낳았다. 그리고 이 세계 해에 있는 모든 비로자나 부처님의 어머니가 되었다. 사천하의 남섬부주에서 보살이 태어날 때에 내가 그들의 어머니가 되었다."

명원문화재단은 한국 다도종가로서의 자리매김을 톡톡히 하고 있다. 김의정 씨는 명원문화재단의 이사장이며, 서울시 '무형문화재 제27호 궁중다례 의식' 보유자인 다인茶人이다.

김 이사장은 어머니에게 다도를 배웠고 어머니의 유훈을 받들어 명원문화재단을 설립하였기에 어머니 김미희 여사를 빼놓고서는 다도에 대해 한 마디도 할 수 없다고 하였다. 명원 김미희 여사는 우리 차 문화에 뿌리깊게 자리한 일본식 다도를 없애고 우리 고유의 다도를 복원하는 데 한평생을 바친 다인이다.

명원 김미희 여사는 1978년 6월에 한국 최초로 차문화 학술대회를 개최하였을 뿐만 아니라, 생활다례生活茶禮라는 용어 자체가 없던 시기에 처음으로 생활다례를 시연하였다. 또 이와 함께 한국의 전통다례에 관하여 철저한 학술적인 고증을 거쳐 궁중다례 · 사원다례 · 접빈다례 · 사당다례 등을 학술대회에서 발표하였다.

차를 따라주는 김의정 씨의 손은 갈퀴처럼 거칠었다. 그 이유를 물었더니 시간 나는 대로 이천 농장에서 일을 하는데, 이제까지 수십 개의 호미가 부러져 나갔다고 한다. 친정어머니로부터 '손 고운 여자는 아무 쓸데없다'는 그 말을 너무나 많이 들었기에 그녀는 거친 일을 내치지 않고 한단다.

『세종실록』에 의하면 궁중에서 지내는 모든 제사에는 차례를 행하였고, 차례를 관장하는 다방이라는 관청을 두었다고 한다. 궁중다례 등을 비롯한 국가의 기본 의례로 정착하게 되었으며, 외국 사신들이 오면 조선의 국왕이 사신들에게 직접 차를 접대하는 빈례의식을 거행했다. 그러나 임진왜란과 병자호란을 거치면서 조선의 차문화는 크게 변화되었다.

“특히 왜국은 조선의 차문화를 직접 가져가기 위해 ‘고쇼마루’라는 배를 제작하고 그것을 이용해 이조다완 등 도자기는 물론 도공들을 수십 여 회에 걸쳐 끌고 갔어요. 가지고 갈 수 없는 것은 불태워지거나 파괴되었지요. 이때부터는 조선사회에는 찻잔이 아닌 술잔이 차례상에 올려지게 되었으며, 어린이들까지 음복이라는 형태로 술을 먹게 하여 정신을 혼미하게 만드는 문화의 파괴현상까지 나타나게 되었습니다. 조선중엽 이후의 사찰에서도 차공양 대신에 정화수를 올리는 ‘승가일용식시묵언작법 - 다게송’ 불교의식으로 변용되었을 정도입니다.”

우리나라는 조선시대 임진왜란을 기점으로 차례가 많이 변용되었다. 더욱이 일제강점기에는 식민지 정책을 옹호하게 만들면서 전통적인 차례 즉 다례를 모두 파괴시켰는데, 그 역사가 지금까지도 이어지고 있는 것이 현실이다.

“전통다례 복원을 위해 명원 선생은 1950년부터 단절된 궁중문화와 궁중다례를 조선왕실 마지막 상궁 김명길 선생으로부터 직접 전수받아 명원다례법으로 체계적으로 정리하였어요. 그리고 명원 선생이 생활다례 등을 재정립함으로써 오늘날 한국의 차문화는 폭넓게 보급되었다고 생각합니다. 명원 선생의 유지를 받들어 지난 1995년 재단법인 명원문화재단을 설립하였어요.”

국내 최초로 2005년 국회 헌정기념관에서 ‘국제 차문화 학술 세미나’를 개최하였으며, 올해로 각각 12회를 맞은 ‘국제 청소년 차 문화대전’과 ‘명원 차 문화대상 시상식’ 등 다양한 행사를 열어 일반인에게 다도를 널리 알리는데 앞장서고 있다.

궁중다례 의식 보유자인 김의정 씨는 궁중예법의 교육과 다도·다례교육을 총괄하는 중심기관으로 명원다도와 다례전수관을 설립하였다. 이곳에서 한국의 충효사상 함양과 동방예의지국의 예절을 익힐 수 있는 교육을 실시하고 있으며, 궁중다례의 전통을 교육하고 계승하는데 기여하고 있다.

어머니로부터 다도를 자연스럽게 배웠듯이, 불교를 가까이 하게 된 것도 어머니의 영향이라고 한다. 김의정 씨는 불교의 종가집이라 할 수 있는 대한불교 조계종 23대 중앙신도회장에 선출되어 많은 일을 이루어내었고 24대 중앙신도회장에 만장일치로 재추대되었다. 차에는 '화和·경敬·검儉·덕德'의 정신이 담겨 있는데, 화和는 곧 화합을 뜻한다. 중앙신도회장이 되고나서 가장 중요하게 생각한 것이 화합이었다. 1955년 조계종 신도회가 창립된 이래로 많은 분들이 신도회관 불사를 염원하고 발원하였지만 그 뜻을 이루지 못하였다. 그런데 김의정 씨는 조계종 중앙신도회관 건립을 공약으로 내세웠고, 완공을 눈앞에 두고 있다.

불교의료봉사지원단 '반갑다 연우야'를 발족하여 의료서비스에서 소외되었던 사람들을 대상으로 무료진료봉사를 하고 있다. 무료검진버스와 치과진료버스를 구입하여 운영하는 등 진료봉사에 박차를 가하고 있다.

"불교를 믿으면서 순간순간 느끼는 것은 부처님의 가르침이 틀림없다는 것입니다. 또 지금 내가 하는 일은 그대로 윤회하는 것을 알게 되었고 굳게 믿고 있습니다."

다산 정약용은 "차를 마시는 백성은 흥하고 술을 마시는 백성은 망한다 飮茶興 飮酒亡"고 하였다. 쇠퇴할 대로 쇠퇴해 버린 한국의 다도를 복원시키고 사회에 다도를 보급하고 있는 김의정 씨는 그야말로 한국의 정신문화를 세계에 알리는데 큰 역할을 하였으며, 국민들의 높은 정신세계를 고취시키는데 큰 몫을 하였다. 이러한 일을 함에 있어 국가로부터 지원을 받는 것이 아니라 순수히 자신의 사비私費로 충당하고 있으니 더더욱 다인으로서 불자로서 돋보이는 것이다.

마야 부인은 '삼계를 초월한 색신이라 모든 갈래에서 뛰어났으며, 끝없는 색신이라 중생들의 집착을 조복케 하는 것이며, 편안한데 머무는 색신이라 가까이 모시고 보고 들어 안락을 얻게 한다'고 하였듯이 김의정 씨 또한 대학교 강의 나가랴, 전국 차인들을 지도하랴, 불자들의 어머니가 되어 여러 모임에 참석하랴 한 몸으로 수십 가지의 일을 해내고 있다. 특히 불교의 종가집인 조계종 불자들의 어머니가 되어 낮은 곳부터 높은 곳까지 따뜻한 손으로 다독여 주고 있으니 김의정 씨야말로 이 시대의 마야 부인임에 틀림없다.

탈렌트, 배우
김혜옥

# 43

# 꽉 찬 것보다
# 조금 부족한 것이 편해요

## 천 주 광 왕 녀

선재는 천궁에 가서 천녀를 보자 절을 올리고 합장하였다.

"거룩하신 이여, 저는 이미 위없는 보리심을 발했지만 보살이 어떻게 보살행을 배우며 보살도를 닦는지 알지 못합니다. 듣건대 저에게 말씀해 주소서."

"선남자여, 나는 보살의 걸림 없는 생각으로 깨끗이 장엄하는 해탈문을 얻었소."

"거룩하신 이여, 이 해탈문의 경계가 어떠하오며, 무슨 법을 닦아야 이 해탈문을 얻나이까?"

"선남자여, 보살이 한량없고 헤아릴 수 없는 법문을 부지런히 닦으면 이 해탈문을 얻나니 그대가 이 해탈문에 들려거든 역시 부지런히 닦아 배워라. 가지가지 미묘한 법이 남의 비방을 받거든 이치로 굴복시킬 수 있도록 바른 법을 수호하는 것을 닦아야 한다. 나쁜 말로 모욕하고 괴롭히더라도 마음을 편안히 하여 참을 수 있도록 마땅히 모든 경계를 참고 견딤을 닦아야 한다. 범부의 법은 어리석은 이들과 서로 어울려 허물이 많기에 남을 업신여기지 않는 마음을 닦아야 한다."

팔색조 같은 연기로 온 국민을 웃기고 울리고 감동시키는 연기자 김혜옥 씨의 미소는 의외로 차분했으며, 도회적인 분위기였다. 안방극장을 사로잡고 있는 그녀가 출연한 주요 드라마로는 〈달콤한 나의 도시〉·〈난 네게 반했어〉·〈강적들〉·〈경성 스캔들〉·〈소금인형〉·〈며느리 전성시대〉 등이 있으며, 영화는 〈6년째 연애 중〉·〈녹색의자〉·〈가족의 탄생〉 등이 있다.

최근의 몇 작품을 꼽아 보아도 그녀의 면면이 다 드러난다. 〈경성 스캔들〉에서 '사치코'의 야멸찬 역을, 〈미우나 고우나〉에서 철없는 시어머니 역을, 〈올드 미스 다이어리〉에서 푼수 같은 할머니 역을 맡아 사람들을 웃음의 도가니로 몰아넣었다. 김혜옥 씨에게는 어떠한 배역이 주어지더라도 그 배역에 생명력을 집어넣는 마력 같은 것이 있다.

드라마나 영화를 촬영할 때 설렁설렁해서는 감동을 줄 수가 없고 그 배역에 푹 빠져야 한단다.

"사람들이 내 연기를 그렇게 높이 봐주시니 그저 감사할 따름입니다. 저는 연기할 때 정말 욕심 없이 해요. 그냥 주어진 것을 열심히 하는 것이고 순간에 몰두할 뿐이지 다른 것은 없어요. 이제까지 살아온 것이 연기에 표출되어진 것이라 생각해요."

김혜옥 씨는 "연기를 하면서 많은 것을 배운다"고 하였다. 푼수같은 역할을 맡아 할 때면 계산되지 않은 그 넉넉함이 좋아 자신도 덩달아 행복하단다.

"항상 밝고 긍정적으로 사는 것이 행복이라는 것을 배우지요. 꼭 찬 것보다는 무언가 조금 부족한 것이 편안하고 좋다고 생각해요. 사람들은 저

의 외모를 보고는 도회적이라 하지만 내 안에는 푼수기가 좀 있어요. 저는
원래 어릴 때부터 남과 경쟁하는 것을 싫어했고 수중에 돈이 얼마나 있는
지 계산도 잘 할 줄 모르고, 분수에 넘치는 것을 가지려 하지 않았어요."

김혜옥 씨는 2006년 MBC연기대상 중견 배우상 부문 특별상을 2007년
KBS 연기대상 여자조연상을 수상하였다. "그 세를 몰아 올해는 연기대상
'여자주연상'을 수상하기를 바란다"고 하였더니 "저는 원래 무엇을 해서
상을 타겠다는 생각은 정말 없어요. 그냥 주어진 배역에 몰두하다보니 상
을 타게 된 것이지요. 그런데 제가 상을 타니 불자님들이 너무 좋아해요.
자긍심을 가지게 되었다고 해서 그것이 기뻐요. 그래서 상은 탈만한 것이
라는 생각을 했어요"라고 대답한다. 김혜옥 씨는 지금은 중견배우로서
탄탄대로를 달리고 있지만 한때는 〈전원일기〉에서 빨래하는 연기만 10
년 동안 한 적도 있었다. 하지만 김혜옥 씨는 그 배역조차 하지 않으면 밥
을 굶기에 열심히 해내었다. 이십 때부터 김혜옥 씨는 집안의 실질적인 가
장노릇을 하였고, 지금도 아버지 어머니를 모시고 사는 효녀이다. 슬픔과
아픔으로 자신의 몸 하나 제대로 추스르기도 힘든 시절이 있었다. "가족들
의 연이은 죽음으로 오랫동안 앓았어요. 정말 살고 싶은 생각이 조금도 없
었어요. 아니 산다는 것이 두려웠지요."

삼 년 넘게 앓았었는데 아무 것도 할 수 없고 거의 누워만 있었다. 병원
에 가도 병명이 없었고 의사도 손발을 들었다. 그때 유일한 낙은 불교방송
을 듣는 것이었다.

"세상에서 내가 제일 불행하고 제일 슬프다는 생각을 하였는데 불교방송

을 들으면서 나와 처지가 비슷한 사람도 있다는 것을 알게 되었어요. 스님들이 신행상담을 해 주는 코너가 있었는데 마음을 참 편하게 해주었어요."

한 번은 동생의 소개로 마곡사에 갔는데, 어떤 스님이 초심자인줄 알고 사찰 내 서점에서 책을 한 아름 사다 주었다.

"집으로 돌아와서 지푸라기라도 잡는 심정으로 스님이 일러 주시는 대로 날마다 108배와 진언을 했어요. 그리고 선물로 받은 불교 책들을 열심히 읽었는데 한 일 년쯤 지나니 나도 모르게 병이 사라져 버렸어요. 나중에 알고 보니 그것이 '화병' 마음의 병이었어요."

김혜옥 씨는 많은 아픔을 겪으면서 부처님을 알게 되었고 부처님의 말씀이 자신의 삶을 지탱해주는 버팀목이자 지침이 되었다.

"남들이 잘 겪을 수 없는 상처와 아픔을 겪게 된 것이 전생의 업이기도 하겠지만 다 부처님을 만나기 위한 하나의 과정이었다고 생각해요. 만약 행복만 계속되었다면 부처님 말씀이 가슴 깊숙이 박히지 않았을 거예요. 지금은 그런 고통까지도 겸허하게 받아들이게 되었어요."

한 때는 불교방송을 통해 자신의 아픔을 달래곤 했었는데, 지금은 김혜옥 씨가 불교방송 〈아름다운 초대〉 MC를 맡아 많은 사람들에게 기쁨과 위안과 희망을 주고 있다. 5년째 〈아름다운 초대〉 진행을 맡고 있는 김혜옥 씨는 이런 인연에 대해 '모든 것이 부처님의 가피'라 여긴다면서 "어떤 프로그램보다도 가장 아끼고 애착이 가는 방송"이라 했다. 김혜옥 씨는 불교방송을 비롯하여 드라마와 영화 등 방송연예활동을 통해 대중문화포교에 이바지한 공로를 인정받아 제 17회 '행원문화상'을 수상하였다.

김혜옥 씨는 아침마다 108배와 명상하는 것으로 수행을 삼고 있으며, 시간이 날 때마다 불교서적들을 읽는다. 그의 차 안에는 항상 불교서적들이 그득하게 있는 것으로 소문나 있다. 특히 법정 스님이 번역한 『숫타니파타』를 좋아해서 항상 옆에 두고 읽고 있다.

"부처님 말씀을 읽을 때마다 구구절절 나를 위해서 한 말씀 같아 어떤 때는 가슴이 메이고 눈물이 날 정도로 환희심을 느껴요. 부처님의 가르침을 삶의 기준으로 삼고 있으니 후회할 만한 일이 많이 생기지 않아서 좋아요."

그녀의 말을 들으면서 '온 몸에 박힌 가시 하나하나가 법음으로 화했구나' 하는 생각이 들었다. 김혜옥 씨와 대화를 나누다 보면 지족知足이라는 단어를 떠올리게 된다. 그리고 물이 흘러가듯 자연스럽게 살아가고 있음을 느끼게 된다. 천주광 왕녀가 "해탈문에 들려거든 부지런히 닦아 배워라"라고 했듯이 김혜옥 씨를 통해서 열심히 수행하다보면 세상의 어떤 고난도 극복할 수 있음을 배웠다. 또 천주광 왕녀가 "오랜 세월 부처님들을 가지가지 방편으로 공경하고 공양하였으며 저 여러 부처님 계신 데서 모두 이 걸림 없는 생각으로 깨끗하게 장엄한 해탈문을 들었다"고 하듯이 김혜옥 씨 또한 오랜 세월동안 온몸과 마음으로 부처님께 진실로 귀의하였기에 행복하게 사는 법을 터득하였으리라.

1980년 MBC특채 탤런트. 서울 예술대학 졸업, 중앙대학교 신문방송대학원 수료,
2006년 MBC연기대상 중견 배우상 부문 특별상 수상
2007년 KBS 연기대상 여자조연상 수상. 2008년 행원문화상 수상. BBS 〈아름다운 초대〉 진행.
〈달콤한 나의 도시〉·〈경성 스캔들〉·〈녹색의자〉·〈가족의 탄생〉 등 다수의 드라마와 영화에 출연

교사, 호스피스 봉사자
이경수

# <sup>#</sup>44 삶의 마지막 순간까지
행복하셔야 합니다

**변 우 선 생**

선재는 천궁에서 내려와 가비라성으로 가서 변우 선생에게 나아갔다. 변우 선생의 발에 절하고 오른쪽으로 돌고 합장하고 공경하며 말하였다.

"거룩하신 이여, 저는 이미 아뇩다라삼먁삼보리심을 내었습니다. 어떻게 하면 보살의 행을 배우며, 어떻게 보살의 도를 닦아야 하는지를 저를 위해 가르쳐 주소서."


장마의 뒤끝이라 그런지 제주도의 앞바다는 안개가 자욱하였다. 해안도로를 따라 가다보니 문주란 자생지가 나오고, 하도초등학교가 나왔다. 교사이면서 호스피스 봉사자로 활동하고 있는 이경수 씨를 만났다.

이경수 씨가 불교와 인연을 맺은 것은 간암으로 투병 중일 때였다. 수술을 할 수 있을지 없을지 그것조차도 불투명할 때 선배가 염주를 주었다. 불교가 무엇인지도 모른 채 염주를 돌리자, 마음이 편안해 졌다.

"수술을 받고 퇴원 후 1년이라도 살 수 있다면 좋겠다는 생각을 하면서 불교 책도 읽고 스님들의 테이프를 들었어요. 1년을 살 수 있다면 좋겠다고 생각했는데, 5년이 지나고 10년이 지났어요. 부처님 공덕으로 10년을 덤으로 살았으니 앞으로 남을 위해서 살아야겠다는 결심을 하게 되었고, 그래서 봉사활동을 하게 되었습니다."

정토마을에서 호스피스 교육을 받았고, 그 후 방학 때면 보름에서 한 달 정도 호스피스 봉사자들을 위한 교육을 담당하고 있다. 2년 전에는 제주도 '바라밀 호스피스'를 결성하는데 한 몫을 담당하였고 초대 회장직을 맡아 활동하였다.

호스피스 환자란 병원에서 의사가 생존할 수 있는 기간이 6개월 미만이라고 하는 환자를 말한다. 호스피스는 죽음을 앞둔 말기환자와 그 가족을 사랑으로 돌보는 행위로서, 환자가 남은 여생동안 인간으로서의 존엄성과 높은 삶의 질을 유지하면서 삶의 마지막 순간을 평안하게 맞이하도록 도와준다. 그리고 환자와 죽음으로 이별을 해야 하는 가족들의 슬픔과 두려움을 완화시켜주는 역할 또한 호스피스들이 담당하고 있다.

"죽음이란 육신의 옷만 벗는 것일 뿐 영혼은 새로운 세상으로 떠나는 것 아닙니까? 준비된 죽음이 있는가 하면 준비되지 않은 죽음이 있어요. 죽음을 편안히 맞이하기 위해서는 어떻게 살아야 될지 심사숙고할 필요가 있다고 생각합니다. 호스피스 봉사활동을 하면서 일상을 잘 산 사람이 잘 죽는다는 것을 알았으며, 잘 죽기 위해서는 잘 살아야 한다는 것을 깨달았어요. 올바르게 사는 법을 익혀야 죽음을 평온하게 맞을 수 있음을 알게 되었으니 참으로 다행한 일입니다. 죽음의 임박성을 의식하면서 살게 될 때 만일 내게 주어진 시간이 한정되어 있다면 내가 해야 할 가장 중요한 일은 무엇인지 자기 자신에게 되묻게 됩니다."

대부분의 호스피스 환자들은 자신의 죽음을 인정하지 않고 받아들이지 못한단다. 자신의 죽음을 알게 되면 대부분의 환자들은 처음에는 절망하거나, 죽음을 부정하거나, 왜 죽어야만 하는지 분노하거나, 자신의 죽음에 대하여 슬퍼한다. 그러다 시간이 흐르면 자신의 죽음을 현실로 받아들이거나, 사후세계에 대한 희망과 기대를 지니고서 죽음을 바라보게 된다. 그러다 유머와 여유로서 죽음에 임하여 밝은 마음으로 여행을 떠나는 것이다.

호스피스 봉사자들은 환자의 기저귀를 갈아준다든가, 튜브로 음식물을 투여해 준다거나 대소변을 받아내는 등 이런 간병활동을 하기도 한다. 그런 간병활동이 힘들지 않느냐고 물었더니, 기저귀를 갈아준다거나 그런 일은 활동 중 가장 쉬운 일이라고 하였다. 오히려 염불을 하면서 환자와 마음이 일체가 되는 것이 어렵단다.

대부분의 환자들은 쉽게 마음을 열지 않으며, 처음에는 봉사자들을 신뢰하지 않는다. 오히려 형식적으로 봉사활동을 하는 것이라 생각하여 처음에는 경계심을 가지고 대하기 일쑤다.

호스피스 봉사자가 갖추어야 할 첫 번째 덕목이 무엇인지를 물었다.

"가장 중요한 것은 환자가 죽음을 인정하고 받아들일 수 있도록 기도를 하거나 '나무 아미타불' 염불을 해 주는 등 심리적 안정을 유지할 수 있도록 도와주는 것입니다. 임종시 최후 일념을 잘 챙기도록 돕는 것이 호스피스 봉사자의 할 일입니다. 그래서 호스피스 봉사자는 정토사상이 확고하게 정립되어야 합니다. 윤회에 대한 확실한 믿음이 있어야 하는 것이지요.

환자에게 윤회해서 극락정토에 새로 태어난다는 믿음을 심어주어야 합니다."

호스피스 환자들과 잘 지내다가도 헤어질 시간이 되면 죄를 지은 기분이고, 환자분들도 왜 정을 주고 가느냐고 아우성을 치는 것만 같아서 발길을 돌리기가 어렵다고 하였다. 이미 예견된 죽음이지만 돌보던 환자분의 죽음을 접하게 되면 하루 종일 우울한 기분을 떨칠 수가 없단다.

호스피스 교육을 마치고 처음으로 실습을 나갔을 때 이야기를 들려주었다. 부처님의 설산고행상보다 더 바짝 마른 할머니와 마주하게 되었다. 할머니의 경계심과 이경수 씨의 두려움으로 할머니의 손을 잡기까지 1시간이 걸렸다. 처음엔 손을 잡았고, 나무둥치처럼 아무런 감각이 없는 다리와 무릎을 만졌다. 할머니의 무릎에 손을 올린 지 30여 분이 지나자, 싸늘한 다리에서 온기 같은 것이 느껴졌다. 그때 이경수 씨는 자신의 그런 작은 활동에 반응을 해 준 할머니가 너무나 고마웠다고 한다.

죽음과 가까이하고 있는 분이기에 어떻게 사는 것이 잘 사는 것인지 궁금하였다.

"부처님 가르침대로 사는 것이 잘 사는 것이지요. 저도 말은 이렇게 하면서 실천은 잘 하지 못합니다. 호스피스 활동이 바로 육바라밀의 실천이라고 생각해요. 호스피스 활동을 하다보면 욕심 부리면서 사는 것이 부질없음을 느끼게 됩니다. 내일을 기약할 수 없는 것이 우리네 인생이라는 것을 순간순간 느끼게 되지요."

이경수 씨의 말을 들으면서 '내게 주어진 시간이 한정되어 있음을 순간

순간 자각한다면 결코 삶을 헛되이 살 수 없으리라' 는 생각을 해보았다.

이경수 씨의 희망사항은 제주도에 호스피스센터를 만드는 것이다. 죽음에 임한 사람들 누구나 다 편안한 임종을 맞이하게 해 주고 싶은 그의 마음을 읽을 수 있었다.

제주도는 사방 어디 눈길을 주어도 돌담이 눈에 들어온다. 엉성하게 쌓아진 돌담이라 바람이 불면 금방 무너질 것 같았다. 하지만 벽돌로 쌓은 담은 강풍에 무너질 수 있지만, 돌로 쌓은 담은 잘 무너지지 않는다고 하였다. 강풍도 숭숭 뚫린 구멍 앞에서는 맥을 못 추는 것이다.

문득 마음의 숨구멍을 생각했다. 자신만을 위하는 삶은 벽돌처럼 꽉 막힌 삶이라고 한다면 재보시를 비롯하여 타인을 위해 봉사하는 삶은 열린 삶이 아닐까 싶다. 열린 삶을 지향하는 사람들은 제주도의 돌담처럼 어떤 고난이 와도 쉽게 무너지지 않고 지혜롭게 극복해 나갈 수 있을 것이라는 생각이 들었다. 생에 대해 어떤 희열을 느끼지 못한다면 자신의 삶의 방식에 대해 한 번쯤 반성해 보아야 할 것 같다.

이경수
제주교육대학 졸업.
30년 동안 초등 교사로 재직하였으며 지금은 보성초등 교감이다.
제주바라밀호스피스회 회장 역임.
(재) 정토사 관자재회 아미타호스피스교육 운영위원장을 맡고 있다.

선지 중 예 동 자
의사, 싱어송 라이터
이진호

# 45

# 의학음반으로
# 환자들에게 희망을

## 선 지 중 예 동 자

"선남자여, 나는 보살의 해탈을 얻었으니 이름이 모든 '예술 잘 알음' 이다. 나는 항상 이 자모를 부르노라. 착한 남자여, 내가 다음과 같은 자모를 부를 때에 42자 반야바라밀다문을 머리로 삼아 한량없고 수없는 반야바라밀다문에 들어가노라."

아A,阿자를 부르면 보살의 위력이 차별이 없는 경계라는 반야바라밀다문에 들어가게 된다. 라Ra,羅를 부르면 끝없는 차별의 문 반야바라밀다문에 들어가게 된다. 파Pa,娑자를 부르면 법계를 널리 비추는 반야바라밀다문에 들어가게 된다. 차Ca,蹉자를 부르면 넓은 바퀴로 차별을 끊는 반야바라밀다문에 들어가게 된다. 나Na,那자를 부르면 의지한 데 없고 위없음을 얻음이라는 반야바라밀다문에 들어가게 된다. 바Va,嚩자를 부르면 두루 내어 편안히 머무는 반야바라밀다문에 들어가게 된다. 타Ta,哆자를 부르면 원만광圓滿光이라는 반야바라밀다문에 들어가게 된다. 야Ya,也자를 부르면 차별을 모아 쌓는다는 반야바라밀다문에 들어가게 된다. 슈타Stha,瑟吒자를 부르면 넓은 광명으로 번뇌를 쉬게 한다는 반야바라밀다문에 들어가게 된다.

선남자여, 내가 이런 자모를 부를 때 42반야바라밀다문이 으뜸이 되어 온갖 문장이 걸림 없이 따라 옮기어 한량없고 반야바라밀다문에 글이 들어가노라."

"거룩하신 이여, 어떻게 행을 닦으면 이 해탈문을 얻을 수 있습니까?"

"선남자여, 만일 보살이 열 가지 법을 닦아서 구족히 원만하면 능히 모든 재주를 잘하는 보살의 해탈문을 얻는다. 열 가지 법이란, 지혜를 구족하고, 선지식을 부지런히 구하고, 용맹하게 정진하고, 모든 번뇌를 여의고, 바른 행이 깨끗하고, 바른 교법을 존중하고, 법의 성품이 공한 줄을 관찰하고, 나쁜 소견을 없애고, 바른 도를 닦고, 진실한 지혜를 보는 것이다."

이진호 씨는 대학시절 우연히 '심우도'에 관한 책을 읽게 되었다. 자기가 알고 있는 세상이 전부가 아님을 알게 되었다. 이때부터 불교에 빠져들었고, 참선과 명상에 관심을 가졌다. 명상을 배우기 위해 인도로 날아가서 '오쇼 아쉬람'에서 명상을 하기도 했으며, 위빠사나 호흡명상·탄트라 명상 등 여러 명상법을 익히기도 하였다. 그래도 명상에 대한 그의 의문은 풀리지 않았고, 그는 자신만의 명상법을 구현하기 위해 일본의 선센타를 비롯하여 산사의 스님들을 찾아다니면서 배움을 구하였다.

원래 천주교 집안이었는데 이진호 씨의 신행활동을 보고 가족들이 모두 불교에 귀의하게 되었다. 아버지 이욱용 씨는 십년 전에 쌍계사에서 스님들의 새벽예불을 보고 너무 좋아 불교에 귀의하게 되었으며, 조계종 포교사 단장을 역임한 포교사이기도 하다. 이진호 씨는 아침에 한 두 시간씩 명상하는 것이 생활의 일과가 된지 오래이며 경전을 읽는 것도 빠뜨리지 않는다.

선지중에 동자가 '예술 잘 알음'이라는 해탈문을 얻었듯이, 이진호 씨는 이미 고등학생 때부터 혼자 작곡 공부를 하여 음악에 관한한 해탈을 한 것이다. 그는 또 의과대학을 다니던 시절에는 락 동아리를 만들어서 활동하였다. 이렇게 쌓아 온 경험을 바탕으로 하여 그의 끝없는 구도심은 한 장의 음반이 되어 나왔다. 『Screaming Buddha 붓다를 외치다』에 수록된 곡들은 구도를 향하여 두려움 없이 세상을 돌아다녔던 그의 행적을 여실히 읽을 수 있다. "삶의 의미를 찾는 곳으로, 나란 감옥을 벗는 곳으로, 모든 번뇌가 없는 곳으로, 온 우주가 부르는 곳으로 가는 것이 진실이요 진리"라고 노래하고 있다. 특히 이진호 씨는 경전 중에서도 『보왕삼매론』을 가장 좋아해서 많은 사람들에게 읽히기를 바라는 마음에서 곡을 만들었다고 한다.

구도심을 노래한 음반 외에도 2007년 의학싱글 1집 『듣기만 해도 살빠지는 노래』 발매를 시작으로 하여 당뇨 환자들을 위하여 『당뇨』 음반을, 자궁암 환자들을 위하여 또 자궁경부암 환자의 발생을 줄이기 위하여 『자궁경부암 백신』 음반을 발매하였다. 또 암 환자들을 위한 『나는 암을 사랑합니다』 음반을, 2008년 3월 흡연 환자들을 위하여 『금연! 병원으로 와요』 음반을 발매하였다.

그가 이러한 음반을 내놓는 것은 진료실에서 안타까운 이들을 많이 만나기 때문이다. 당뇨 음반의 타이틀곡인 '이겨내요 당뇨'는 당뇨 합병증의 무서움을 인식시키고, 식생활습관 등을 잘 관리할 수 있도록 격려의 내용을 담고 있다. 당뇨 진료를 거부하던 고등학생이 음반을 듣고 나서 생각을 바꾸게 된 일부터 해서, 여러 사람으로부터 감사의 말을 듣게 되었다. 또 고지혈증의 위험성에 관한 노래도 있다.

"고지혈증! 혈관이 기름으로 좁아지는 병! 평소 아프지는 않지만, 관리하지 않으면 중풍 걸려요. 삼겹살 · 보신탕 · 알탕 · 계란 노른자 많이 먹으면 합병증 생겨요."

당뇨 · 고혈압 · 고지혈증 등은 환자가 적극적으로 관리해야 하는 생활습관병인데도 많은 환자가 관리 방법을 제대로 알지 못하고 있기에 이렇게 의료음반을 보급하고 있다. 특히『나는 암을 사랑합니다』이 음반은 녹음할 때 암환자들과 함께 노래를 불렀다. 암에 걸렸을 때 느끼는 좌절감이나 분노를 극복하고 차분한 마음으로 받아들여야 비로소 치료가 시작된다는 것을 암환자들에게 알리기 위해서 만든 음반이기도 하다. 또 인기가 많은 다이어트 음반은 잘못된 식습관만 고쳐도 비만에서 벗어날 수 있으며 다이어트를 위한 약물복용의 위험성을 담은 음반이다.

이진호 씨는 음반발매 뿐만 아니라, '암 시민 연대'와 함께 〈제1회 암 환우 콘서트〉를 비롯하여 '대한 암 협회'가 주최하는 〈자궁경부암 환자들을 위한 환우회〉 공연 등을 가졌다. 한 달에 한 번은 당뇨나 암 환우들을 위하여 의사가운을 벗고 록 가수가 되어 무대에 서는 것이다. 그의 음반은 여러 언론매체를 통해서 또 콘서트를 통해서 전국으로 퍼져나가고 있다. 화계사 세계 종교 평화를 위한 공연, 여러 사찰에서 열리는 산사음악회 공연, 미얀마를 위한 공연, 국제포교사 후원의 밤 공연 등 자신이 필요한 곳이면 어디든 가서 공연을 하였다. 앞으로도 또한 그렇게 살겠다는 것이 그의 발원이다. 한 사람이라도 자신의 음반을 듣고 고통에서 헤어나기를 바라는 마음에서 '야소다라 yasodara.com' 라는 홈페이지에 올려놓고서 필요한 사람은 누구나 들을 수 있게 해 놓았다.

"부처님은 가르침을 통하여 중생들을 고통으로부터 구제해 주셨습니다. 저는 매일 환자들을 맞이하면서 부처님을 생각합니다. 의술이란 본래 아픈 사람들을 치료하는 것이기에 병을 낫게 하는 것은 당연한 일이고 더 나아가서 마음의 병까지도 고쳐주어야 한다고 생각합니다. 환자들을 보면 마음의 번뇌 망상으로 인해 병이 생긴 경우도 많아요."

선지중에 동자가 자모를 부를 때에 42자 반야바라밀다문을 머리로 삼아 한량없고 수없는 반야바라밀다문에 들어가듯이 이진호 씨는 환우들의 고통을 함께 느끼고 나누는 그 과정을 통하여 반야문에 들어가는 것이다.

이진호 씨는 자신의 노래가 시방세계로 메아리쳐서 병으로 고통 받는 사람들에게 한줄기 위안이 되고 튼실한 버팀목이 되어주기를 간절히 바라기도 하지만, 질병 없는 그날이 올 때까지 그의 노래는 계속될 것이라 하였다.

이진호
연대의대 졸업.
1997년부터 홍대 근처에서 인디 밴드 활동.
1집 음반 〈붓다를 외치다〉를 시작으로 〈듣기만 해도 살빠지는 노래〉·〈당뇨〉
〈나는 암을 사랑합니다〉·〈금연! 병원으로 와요〉 등을 발매.
지금은 이내과 부원장이며, 야소다라 엔터테인먼트 대표.

작가
남지심

# 46

# 내 문학의 출발은
# 구도자의 삶

## 최 승 현 우 바 이

선재는 점점 앞으로 나아가 파달라성에 이르렀다. 최승현最勝賢 우바이를 만나 뵙고 예를 올렸다.

"거룩하신 이여, 저는 이미 아뇩다라삼먁삼보리 마음을 내었습니다만, 보살이 어떻게 행을 배우며, 어떻게 보살의 도를 닦는지를 알지 못합니다. 저를 위하여 가르침을 주소서."

"선남자여, 나는 머문데 없고 다함이 없는 바퀴 해탈문을 얻었다. 그리고 자기가 깨닫고 남에게 말하는 보살의 해탈문을 얻었다. 나는 이 삼매에 있으면서 모든 법을 내는 것에 있어 다함이 없고 머무는 바가 없다. 온갖 지혜의 성품인 눈을 내어 다함이 없고 머무는 바가 없다. 온갖 지혜의 성품인 귀를 내어 다함이 없고 머무는 데 없으며, 온갖 지혜의 성품인 코를 내어 다함이 없고 머무는 데 없으며, 온갖 지혜의 성품인 혀를 내어 다함이 없고 머무는 바가 없으며, 온갖 지혜의 성품인 몸을 내어 다함이 없고 머무는 데 없으며, 온갖 지혜의 성품인 뜻을 내어 다함이 없고 머무는 데 없으며, 온갖 지혜의 성품인 공덕파도를 내어 다함이 없고 머무는 데 없으며, 온갖 지혜의 성품인 지혜 번개의 광명을 내어 다함이 없고 머무는 데 없으며, 온갖 지혜의 성품인 중생에게 비치는 지혜를 내어 다함이 없고 머무는 데 없으며, 온갖 지혜의 성품인 빠른 신통을 내어 다함이 없고 머무는 바가 없다.”

작가 남지심 씨의 소설 『우담바라』는 80년대 후반 대중적인 지지를 받으면서 전 4권이 1백50만 부 이상 판매되는 밀리언셀러 기록을 세웠으며 영화로도 만들어졌다. 소설 『우담바라』를 통하여 대한민국의 많은 사람들은 삼천 년에 한 번 핀다는 불교의 상징적인 꽃 ‘우담바라’를 알게 되었다. “우담바라를 읽고 발심하여 출가하였다는 사람을 여덟 명이나 만났다”면서 자신의 작품이 그렇게 많은 반향을 불러일으킬 줄 몰랐다고 한다.

남지심 씨는 1980년 여성동아 장편소설 『솔바람 물결소리』로 당선되어 문단에 데뷔하게 되었다. 그로부터 30여 년이 흐른 지금 『우담바라(전 4권)』·『담무갈(전 4권)』·『청화 큰스님(전 2권)』·『자비의 향기 육영수』 등 15권에 이르는 책을 세상에 선보였다.

“서른두 살에 우연히 일본학자가 쓴 『화엄경의 세계』라는 책을 읽게 되었어요. ‘십지품’을 읽는데 천지에 향내가 꽉 차면서 책을 읽고 있는 나도, 머물고 있는 집도 없어지면서 별천지에라도 머무는 것처럼 느껴지데요. 그때 내가 그동안 찾아 헤맨 것이 바로 ‘보살의 삶’임을 깨닫게 되었어요. 보살의 삶을 산다면 죽음의 순간에 후회하지 않겠다는 생각을 하게 되었고 그 계기로 불교신자가 되었습니다.”

향내는 일주일 동안 남 작가 주변을 떠돌았다고 하니 전생에 수행자가 아니었나 싶다. 초발심일 때 환희심에 젖어 수행을 하면 금방 도통할 것 같았고, 학문을 하면 금방 박사학위라도 받을 것처럼 내부에서 말할 수 없는 강렬한 에너지가 느껴졌다. 그러한 에너지 덕분인지는 몰라도 우연히 일간지에서 박완서 씨가 마흔 살에 등단했다는 기사를 읽고 소설을 써야겠다고 결심하게 되었다. 한 번도 작가 수업을 받아본 적도 없고, 소설을 습작해 본 적도 없었지만 단숨에 원고지 1,200매에 달하는 소설을 완성할 수 있었다. 남 작가는 이것을 두고 "어렸을 때부터 책읽기를 좋아하여 읽어온 엄청난 독서량이 원천이 되었을 것이라 믿어요. 그 당시에는 할 말이 목까지 차올랐지만 어디 내놓을 데도 없고 하니 원고지 위를 달렸던 것"이라면서 웃는다. 여성동아에 원고를 제출하기 전에 먼저 조계사 부처님 앞에서 108배를 올리면서 "당선이 되면 부처님 법을 세상에 알리는 글을 쓰겠다"는 발원을 하였다. "내 문학의 출발은 작가가 되기 위한 것은 아니었습니다. 제가 갈구하고 찾고자 했던 것은 구도자의 삶이었던 것 같아요. 30년이 넘는 동안 불교에 관한 책만 썼을 뿐, 문학에 대한 관심도 문단에 대한 관심도 없어요. 지금 돌이켜 보니 그래도 부처님하고의 약속은 지키면서 살아왔다는 느낌이 듭니다." 남 작가는 불교신자가 됐다는 자각을 하고서도 10여 년 간 스승을 만나지 못하고 방황하였다. 그러다 2003년 입적한 청화 스님을 만나게 되었고, 불교에 대한 안목이 열렸다. 생전에 하루 한 끼, 장좌불와, 토굴 수행 등 깨달음을 위해 칼날 같은 수행의 길을 걸었던 청화 스님으로부터 많은 가르침을 받았기에 『청화 큰스님』이라는 2권의 전기집을 펴냈다. 청화 스님을 뵙고서는 "아, 사람이 저렇게 아름다울 수 있겠구나 하는 충


선재야 선재야

격을 받았다. 그리고 도道라는 깨달음의 실체를 눈으로 확인할 수 있었다"
고 할 만큼 깨달음의 결정체로 다가왔다.

"청화 스님은 모든 사람들을 평등하게 대했어요. 그 사람 안에 내재해
있는 불성자리만 오롯이 보신 것이지요. 평등심은 굉장히 높은 단계의 수
행에서 얻어지게 되는데 십지품十地品에 보면 오지五地 보살 정도 되면 자비
를 쓰는데 불편함이 없어요. 왜 그런가 하면 평등심을 가졌기 때문이지요."

남 작가는 2001년에는 원불교 창시자인 소태산 대종사의 일대기『담무
갈』을 3년 동안 집필하여 세상에 내 놓았다. 전 4권이나 되는 장편소설로
100여 명의 인물이 등장하는 등 아주 장중하고도 방대한 소설이다. 이 소설
을 집필할 때는 종교의 모순점에 대해 고뇌하던 때라 힘든 시기를 견디면서
썼다.

2006년 육영수 여사를 소설화한『자비의 향기 육영수』를 펴냈다. 한 여
성이 얼마나 아름다울 수 있으며, 한 여성이 얼마나 지혜로울 수 있으며,
한 여성이 얼마나 숭고할 수 있는지를 육영수라는 한 여인을 통해 답을 얻
었다고 한다. 진정한 보살의 삶이 어떠한 것인지를 알게 되었기에 이 소설
또한 불교소설의 연장이라 한다.

"생명에 대한 자비심이 수행의 마지막 결실이라 생각해요. 아무리 천지
를 꿰뚫는 무엇을 다 안다하더라도 그 사람 마음에 생명에 대한 자비심이
없다면 그것이 무슨 의미가 있겠어요? 불교는 지혜와 자비의 종교라고 하
지만, 저는 지혜 그 자체가 최후의 도달점은 아니라고 생각해요. 지혜는 자
비를 온전하게 쓰기 위해서 필요한 것입니다."

불교를 어떻게 공부하고 있는지 궁금하여 물었더니, 지금 육년 가까이 한 달에 한 번씩 청화 스님의 연으로 만난 사람들이 모여 『법화경』 공부를 하고 있다면서, 『법화경』 중 「약초유품」이 가장 맘에 든다고 한다. 경전을 통해서도 공부를 하지만 순간순간 만나는 이름 없는 사람들을 통해서 또 소소한 일을 통해서 마음공부가 되어지는 경우가 많다고 한다.

"수행이 무엇인가요? 생명에 대한 존중심, 생명을 살려내보자 하는 마음이 자기 안에서 점검되어지면서 자신의 삶이 과연 그러한 길로 나아가고 있는지를 점검하는 것이지요. 계를 지킨다든가, 육식을 하지 않는다든가, 그러한 것은 청정한 지혜를 실천하기 위한 하나의 방편이지 그 자체가 전부는 아니라고 생각해요."

최승현 우바이가 '자기가 먼저 깨닫고 남에게 말해주는 보살의 해탈문을 얻었다'고 하듯이 남지심 씨 또한 자신이 보고 듣고 느끼고 깨달은 것을 소설의 형식을 빌어서 많은 사람들에게 들려주고 있다. 불교 보따리를 풀어서 재미있게 각색하여 사람들에게 들려주지만 그는 결코 불교라는 틀에 얽매이지도 않고 머무르지도 않는다. 건강이 허락하는 한 글로써 포교하겠다는 부처님과의 약속은 끝까지 지켜나가겠다고 했다. 남지심 씨의 소설은 중독성이 있어 다음을 기다리게 된다.

남지심
1968년 이화여대 사회생활학과 졸업.
여성동아 장편소설 『솔바람 물결소리』 당선 데뷔.
1990~2002년 '우리는 선우' 공동대표. 1999년 만해대상 포교상 수상.
저서로는 『우담바라』·『담무갈』·『청화 큰스님』·『자비로운 향기 육영수』 등이 있다.

견 고 해 탈 장 자
문화재 목조각장
허길량

# #47 무수한 나무 부처님을 드러냄이 나의 몫

## 견 고 해 탈 장 자

남쪽으로 가다 보면 '기름진 밭' 이라는 동네가 나오는데 그곳에 금을 파는 견고해탈 장자가 살고 있다는 말을 듣고 선재는 부지런히 걸었다. 선재는 그 성에 당도하여 해탈 장자에게 나아가 발에 절하고 합장하고 공경하였다.

"거룩하신 이여, 저는 이미 아뇩다라삼먁삼보리 마음을 내었지만, 보살이 어떻게 보살의 행을 배우며, 어떻게 보살의 행을 닦는지 알지 못합니다. 거룩하신 이는 잘 일러주신다 하니 저에게 말씀해 주소서."

"선남자여, 나는 보살의 해탈을 얻었으니, 이름이 집착하는 생각이 없는 깨끗한 장엄이다. 나는 이 해탈을 얻은 뒤부터 시방세계의 모든 부처님 계신 곳에서 바른 법을 부지런히 구하였다."

허길량 씨는 40여 년이라는 세월을 오로지 불상조각에 바쳐온 분이다. 파주에 있는 허길량 씨의 작업장 입구는 아름드리 큰 나무들이 쌓여 있었다. 어느 동네 어귀에 당당히 서서 파수꾼 노릇을 하던 당산나무 혹은 비바람을 맞아가면서 묵묵히 어느 산을 지켰을 소나무와 은행나무들이 부처

몸으로 바뀌기를 기다리는 것이다. 선택받은 나무들이다.

허길량 씨는 나무들을 가리키면서 "나무마다 결이 다르고 느낌이 달라 어떤 나무로는 동자승을, 또 어떤 나무로는 보살상을 조성하게 된다"고 가르쳐 주었다.

허길량 씨는 15살에 목공에 서수연 선생님 문하에 입문하여 도제수업을 받았다. 24세 무렵 허길량 씨의 재주를 눈여겨 본 태고종 종정 덕암 스님의 주선으로 근세의 대불모로 손꼽히는 우일 스님의 문하에서 본격적으로 불상 조각을 공부하게 되었다. 우일 스님은 불교미술의 삼절이라 일컫는 조각과 탱화, 단청에 두루 능했던 분으로 특히 소조불상 제작에 탁월한 실력을 인정받았던 당대 최고의 불모였다.

허길량 씨는 아직도 스승의 말을 가슴 깊이 간직하고 있다.

"불상을 조성하는 일은 조각의 기교만으로 되는 것이 아니다. 불성 조성에 임하는 마음가짐이 중요하며, 잘 빚어진 불상을 보는 안목이 중요하다."

2002년 3월 서울 공평아트센터에서 '33관음'을 전시하여 세간을 놀라게 하였다. 수월관음·유리관음·불이관음·백의관음·위덕관음 등 33관세음보살의 화신을 5년간 조성하여 선보인 것이다. 허길량 씨가 40여 년이 넘는 세월동안 봉안한 불상만도 300여 불이나 된다. 2006년 10월에는 오대산 상원사 중대암에 오백 문수 동자와 오백 문수 보살이 조각된 목각탱 대작불사를 하였다. 가로 20미터 세로 2미터나 되는 목각탱인데 그곳에는 다양한 모습의 문수동자와 문수보살이 조각돼 있어 보는 이로 하여금 환희심을 자아내게 한다.

“불상을 만드는 것은 조각이라 하지 않고 조성이라고 합니다. 부처님 조성은 나무를 선정하는 작업에서부터 시작되지요. 나무를 선택하게 되면 나무의 성질을 파악해 어떤 불상을 조성할 것인가를 결정합니다. 목불상은 갈라지는 것이 가장 큰 흠이기 때문에 다른 재료에 비해서 굉장히 손이 많이 갑니다. 벌레 먹지 말고 갈라지지 말라고 붉은색 경명주사를 칠하고, 모시로 몇 겹으로 불상을 감기도 하며, 옻칠을 수차례 합니다. 그러고 나서 금박을 하고 복장을 합니다. 한 사람의 훌륭한 인재를 만들기 위해서 많은 시간이 필요하듯이, 하나의 불상이 탄생하기 위해서는 많은 정성과 시간을 기울여야 합니다. 정성에 정성을 들여서 만든 불상이라야 영험이 있지 않겠어요?”

이러한 과정을 거치면서 조성된 불상은 여법하게 큰스님의 점안식을 거쳐야만 한 분의 부처님으로 탄생하는 것이다. 제대로 된 불상을 조성하려면 최소한 10년 정도의 수련과정이 있어야 하는데, 요즈음 사람들은 10년은커녕 1, 2년 배우고서는 독립하여 나가버린다면서 걱정을 하였다.

“저는 불상을 조성하는 일을 하는 사람이나 배우고자 하는 이들에게 항상 ‘먼저 인간이 되어야 한다’는 말을 해줍니다. 불상을 조성하는 것은 조각기능과 기술도 중요하지만 조성하는 마음이 더 중요하기 때문이지요.”

그는 자신을 부르는 명칭 중에 가장 좋아하는 것이 불모佛母라고 하였다. 불상을 조성하는 것도 하나의 직업이긴 하지만 다른 세계의 일이라고 생각한단다. 불상을 조성할 때 어떤 마음가짐으로 하는지 궁금하여 물었다.

“사람들은 불상을 조성할 때 목욕재계하느냐고 물어오는데, 목욕재계는 일종의 형식에 지나지 않아요. 그보다 가장 중요한 것은 사람의 심성이지요. 부처님을 조성한다는 것은 내면에 있는 마음을 끄집어내어서 형상화시키는 것입니다. 저 나무 안에는 무수한 부처님이 들어있습니다. 그 무수한 부처님 중 한 분을 조성하는 것이지요. 32상 80종호를 갖춘 여법한 불상이 되어야 하기에 부처님 상호를 조각할 때가 가장 어렵지요. 제가 조성한 불상을 보고 많은 사람들이 환희심을 낸다면 그것보다 더 기쁜 일이 없지요.”

허길량 씨는 종교적 진리를 실현하면서 예술적 아름다움이 드러나는 불상을 조각하는 것을 궁극의 목표로 삼고 있다.

부처님 가피로 살고 있으니 언젠가는 사회에 회향하고 싶다는 원을 세웠고, 미국 태고사 대웅전에 석가모니부처님을 보시하였다. 또 일 년에 군부대 두어 군데는 의무적으로 석 자 크기의 불상을 보시하겠다고 발원하였기에 작년에는 30사단과 국방부에 불상을 보시하였다. 군교구로부터 정식으로 ‘불사 담당’ 위촉장을 받았다. 불상이 없는 법당이나 플라스틱 불상을 모시고 있는 군법당 모두 보시를 하고 싶지만, 불상 하나를 조성하는데 많은 시간과 손길이 가야 하니 두어 군데 밖에 하지 못한다는 말을 하면서 미안한 표정을 지었다.

“군대에 몸담고 있는 그 시기는 자신의 종교를 결정하는 중요한 시기입니다. 한 사람이라도 부처님의 가르침 듣고 불자가 되게 해야지요. 군법당에 불상을 보시하는 것은 제 평생의 원력입니다. 또 조만간에 작업실을 좀 더 넓은 곳으로 옮기게 되는데, 장애인들이 배울 수 있는 공간을 마련할 계획입니다.”

부처님의 가피로 살고 있기 때문에 자신이 받은 것을 회향하고 싶다는 그의 소원이 누구나 가질 수 있는 원이 아니기에 허길량 씨가 더욱 빛나 보였다. 그의 보시로 인해 한 사람이라도 고통에서 벗어난다면, 또 탐욕을 여위게 된다면 세상은 그만큼 지혜의 빛으로 가득 찰 것이며 세상은 그만큼 정화될 것이다.

견고해탈 장자는 해탈을 얻은 뒤로부터는 부지런히 쉬지 않고 바른 법을 구하였다. 허길량 씨 또한 불상을 조성하는 길에 들어서고부터는 잠시라도 한눈을 팔아 본 적이 없으며, 부처님 법을 떠나 본 적이 없다. 전생으로부터 인연 맺어온 일이라 생각하기에 싫증 나본 일이 없는 것이다. 다음 생에도 불모의 길을 걷고 싶은 바램을 허길량 씨는 지니고 있다. 77년 불교미술대상전에서 '천수천안관세음보살상' 으로 대상을 수상하였는데, 그때 꿈속에서 관세음보살을 친견하였다고 한다. 꿈속에서 친견한 관세음보살의 대자대비함을 조각으로 빚어낸 작품이 수상까지 이어졌으니, 튼실한 신심을 지닌 이는 모든 보살과 사천왕이 외호해주는 것임에 틀림없다.

허길량

1968년 목공예 서수연 선생님 문하 입문. 1977년 〈불교미술 대전〉 대상 수상.
1980년 우일 스님 문하 입문. 1981년 문화재청 목조각기능 615호 취득.
인천 가톨릭 대학교 겸임교수 역임. 2001년 중요무형문화재 제 108호 목조각장으로 인정.
공평아트센터에서 〈33관음보살상〉 개인전.

묘 월 장 자
호두마을 명상센터 설립자
손병옥

# 48

# 위빠사나를 알고
# 모든 것 버렸다

## 묘 월 장 자

선재는 묘월 장자의 발에 절하고 오른쪽으로 돌고 공경하면서 가르침을 구했다.

"거룩하신 이여, 어떻게 보살의 행을 배우며 보살의 도를 닦는지를 알지 못합니다. 저에게 잘 일러주소서."

"선남자여, 나는 '때 없는 지혜의 광명' 해탈문을 얻었다. 보살이 열 가지 법을 행하면 이 해탈을 구족하게 된다. 그 열 가지란, 모든 선지식을 항상 여의지 않으며, 항상 부처님 뵙기를 기억하며, 항상 정법 듣기를 원하며, 부처님·보살·선지식을 공경하고 공양하는 것을 잊지 말 것이며, 학식과 지혜가 높은 선지식으로부터 법문 듣는 것을 멀리하지 말 것이며, 온갖 바라밀다의 행 듣기를 좋아할 것이며, 온갖 지혜를 여의지 않는 것이다."

"거룩하신 이여, 지혜를 내고 또 지혜의 성품을 생각하여 진여眞如를 보고야 스스로 증득하는 것이 아닙니까?"

"선남자여, 만일 듣고 생각하여서 스스로 증득한다면 있을 수 없는 일이다. 덥고 목마른 사람이 우물이 있는 곳으로 나아가는 것만 생각할 뿐 앞으로 나아가지 않는다면 목마름을 없앨 수 있겠는가?"

"그렇지 않습니다."

"선남자여, 보살도 그와 같아서 다만 듣고 생각하고 지혜로 이해하는 것만
으로는 온갖 법문을 증득할 수 없다."

　천안의 광덕산 아래 자리잡고 있는 '호두마을'은 위빠사나 수행처로 널
리 알려져 있다. 호두마을은 예로부터 '만복사'라는 큰 가람이 있어 수많
은 수행자가 모여 수도하던 곳이었다. 그 자리를 이어 호두마을이 자리 잡
고 있으니 땅도 내력이 있는 것 같다. 호두마을에 들어서면 정성들여 가꾸
어 온 수행도량임을 한 눈에 느낄 수 있다. 삼만사천 평의 대지 위에 수행
공간인 대법당과 소법당, 수행자들의 숙소와 공양간 그리고 흙으로 지어
진 4채의 토굴이 있다. 그리고 경행經行을 할 수 있도록 특별히 배려된 아름
다운 오솔길이 있다. 이곳의 장점은 남방불교의 전통수행법인 위빠사나의
참맛을 느끼도록 해 준다는 점이다. 위빠사나 수행의 발원지답게 연간 이
용자만 천 명이 넘는다고 한다. 사람들은 프랑스에 틱낫한 스님이 세운 명
상수련센타 '자두마을(플럼 빌리지)'이 있다면 한국에는 '호두마을'이 있다
고 말을 한다.

　호두마을 설립자인 손병옥 씨는 밀짚모자를 쓰고 화단을 손보고 있었다.
호두마을에서 그의 공식 직함은 고문顧問이다. 호두마을은 부처님께서 깨
달으셨다는 위빠사나 명상법을 국내에 널리 알려 모든 사람이 위빠사나
명상을 통해 행복하고 조화로운 삶을 누리게 할 목적으로 설립되었단다.

손 고문의 눈빛은 온화하면서도 수행자에게서 느껴지는 예리함도 갖추고 있다. 그는 얼마 전까지도 인천에서 일 년에 100억이 넘는 매출액을 올리던 중소기업 사장이었지만 지금은 일선에서 물러나 호두마을의 일군을 자처하여 불목하니처럼 묵묵히 일을 하고 있다. 경남 산청이 고향인 손 고문은 이십대 때 가슴 가득 차오르는 구도심을 억누를 길 없어 통도사로 출가한 경력을 가지고 있다. 그는 자신이 이렇게 호두마을을 세운 것도 세세생생 불가로부터 빚진 것이 많기 때문이라 생각한다.

"부처님께서는 6년의 고행을 거처 위빠사나 수행으로 깨달았습니다. 부처님께서 행한 수행의 방법인데 그것에 '좋다 나쁘다'는 어떠한 토를 다는 것은 불법을 훼손하는 것이라 생각합니다. 부처님께서 팔정도 수행을 통해 깨달으셨다는 것이 이미 검증되었는데, 자신의 주장을 펴기 위해서 부처님 정법을 훼손하는 것은 불자의 도리가 아니지요."

손 고문의 말은 이어졌다. "『대념처경』에 보면 '중생의 정화를 위한, 슬픔을 건너기 위한, 괴로움의 소멸을 위한, 진리의 길을 걷기 위한, 해탈하기 위한, 오직 한 길—乘道이 사념처 위빠사나' 임을 선언하였습니다. 저는 부처님의 수행법인 위빠사나를 알고부터는 모든 것을 버렸습니다."

손 고문은 사업에 대한 열정과 추진력이 남달라서 그가 손대는 것은 모두 성공을 이루었다. 그래서 그는 20년 넘게 돈과 출세를 구하며 멈출 줄 모르는 기관차처럼 달렸다. 자신이 목표한 도달점에 이르면 행복할 것 같았는데, 남들이 부러워하는 것을 다 가졌는데도 오히려 허망감이 밀려왔다. 허망감으로부터 벗어나기 위해 회사의 수익금을 사회에 환원하기로 했고 회사 내 전담직원까지 두었다. 사회에서 소외된 사람들을 비롯하여 불우한 가정 120가구를 매달 지원했다. 그러던 중 우연히 위빠사나를 만나게 됐다.

"이 세상의 모든 것은 고정된 것이 없으며 시시각각으로 변하고 있기에 자아나 실체란 존재하지 않음을 알게 되었지요. 지혜가 없는 마음은 나를 기만할 것이며, 지금처럼 끊임없이 만족과 불만족, 행복과 불행의 교차 속에서 살아갈 것이라는 생각이 들었습니다. 순간의 행복과 만족이 아닌 영원하고 완전한 행복을 누리고 싶었지요. 귀하다고 여겼던 돈과 명예도 벗어놓고 가족을 떠나 마흔 다섯에 이곳 호두마을로 왔어요."

그야말로 잘나가던 회사를 고스란히 직원들에게 맡기고 경영 일선에서 물러난 것이다. 그리고 부인과 자녀에겐 '재산 상속이 없을 것'이라고 공포했다고 하니, 그는 이미 탐욕과 집착으로부터 많이 벗어난 것임에 틀림없다. 모든 것을 일순간에 버리고 수행을 위한 새로운 삶을 시작한 것이라면 어떤 형태가 되었든 그것이 바로 출가出家가 아닐까 싶다.

지금의 호두마을 부지는 1992년에 개인토굴을 짓기 위해서 마련한 것이었지만, 많은 사람이 이용할 수 있는 수행터를 만들기 위해 산을 깎고 메우는 일부터 시작하여 호두마을을 하나하나 일구어나갔다. 2001년 명상센터 호두마을을 개원했고, 2002년 호두마을을 비영리 공익법인인 사단법인으로 전환하여 모든 수행자가 주인이 될 수 있도록 했다. 호두마을은 누가 뭐래도 손병옥 씨의 시간과 땀과 돈으로 이루어진 결정체라고 할 수 있다. 어리석은 질문인 줄 알면서도 후회하지 않느냐고 물었다.

"저는 원래 사업가이기 때문에 손해 보는 일을 하지 않습니다. 이곳에서 많은 사람들이 완전하고 영원한 행복을 성취하고 누리고 있으니 저 역시나 지금 무한대의 이익을 누리고 있습니다. 이보다 더 큰 이익은 없다고 생각해요.”

손 고문은 부처님의 정법을 세상에 널리 전하고 싶어 '우 조티카 사야도' 스님이 쓰신 『여름에 내린 눈』을 비롯하여 '아짠 차' 선사의 『위빠사나, 있는 그대로 보는 지혜』, '위말라 람시' 스님의 『사띠 사마디』 등등의 책을 수만 권 보시했다.

묘월 장자가 "다만 듣고 생각하고 지혜로 이해하는 것만으로는 온갖 법문을 증득할 수 없다면서, 보살의 열 가지 법을 구족하면 해탈을 얻는다"고 가르침을 주었듯이, 손병옥 씨는 부처님께서 깨달으신 위빠사나 수행을 통하여 모든 이들이 깨달음의 길로 들어갈 수 있도록 명상센터를 만들고, 부처님 법이 담긴 책을 보시함으로써 진정한 삶을 살도록 이끌어 주고 있다.

수행은 놓아버리는 공부라 했다. 손 고문은 자신의 많은 것을 버렸기 때문에 큰 평화를 얻었음에 틀림없다. 세상이 향기로울 수 있는 것은 그의 번득이는 지혜와 부드럽고도 따뜻한 자비가 보태어졌기 때문이 아닌가 싶다.

손병옥

1979년 인천에서 '대경앤지니어링' 회사설립. 2001년 회사 경영에서 물러남.
2001년 위빠사나 명상센터 호두마을 설립.
위빠사나 명상센터 호두마을을 사단법인으로 등록.
지금은 호두마을을 뒷바라지 하면서 자연 속에서 살아가고 있다.

김영사 대표
박은주

# 49

# 진정한 사회공헌은
# 자기 본업에 충실한 것

## 무 승 군 장 자

선재는 무승군 장자에게 예를 올리고 나서 가르침을 구했다.

"보살이 어떻게 하면 보살의 행을 배우며, 어떻게 보살의 도를 닦아야 하는지 알지 못합니다. 저에게 잘 일러주소서."

"선남자여, 나는 '이름이 다하지 않는 모양' 해탈문을 얻었으며, 한량없는 부처님을 뵈옵고 다함이 없는 노다지를 얻었노라. 선남자여, 보살의 법을 닦으면 이런 해탈문을 증득할 수 있다. 첫째는 다섯 가지 욕락을 살펴보아 선정을 닦으려는 것이요, 둘째는 부지런한 방편으로 삼매에 드는 것이니 색신을 널리 나타내어 중생을 교화함이요, 셋째는 지혜로서 평등하게 관찰하여 나고 죽는 일과 열반이 같은 모양임을 아는 것이다. 넷째는 부지런히 닦아 선하고 선하지 못함을 알고는 그것을 잊지 않는 것이다. 다섯째는 보살의 공덕을 부지런히 쌓는 것이니 바라밀다에 만족하지 않는 것이다. 여섯째는 계율의 숲을 부지런히 심는 것이니 바른 법 동산에서 늘 유희하기 때문이다. 일곱째는 나쁜 소견을 가진 중생을 구호하여 잘못된 길에서 벗어나 바른 소견에 머물게 함이다. 여덟째는 가지각색 법약을 널리 보시하여 중생들의 번뇌병을 다스리기 때문이다. 아홉째는 부지런히 삼세의 법을 관찰하는 것이니 꿈과 환술과 같아서 물들지 않는 까닭이다. 열 번째는 외도들의 삿된 언론을 꺾는 것이니 잘못된 소견으로 중생을 해롭게 하지 않기 위함이다.”

가회동에 위치한 김영사 사옥에 들어서면 잠시 혼란에 빠진다. 혹시 카페로 잘못 찾아 온 것이 아닌가 하는 의구심이 들 정도로 한옥을 개조해 만든 사옥은 아름답다. 휴식을 취할 수 있는 아름답고도 고즈넉한 공간을 사옥 여기저기 마련해 둔 것을 보면 직원들을 배려하는 사장의 마음을 읽을 수 있다.

김영사 사장 박은주 씨는 여성출판인 CEO로서 끊임없이 회사경영에 혁신을 기해온 전설적 인물이다. 박 사장에게는 ‘밀리언셀러 제조기’ 혹은 ‘출판 기획의 여왕’ 이라는 호칭이 항상 따라다닌다. 김영사가 지금까지 출판한 책은 줄잡아 2,000권이 넘고 베스트셀러 반열에 올라간 책을 꼽아 보면 300여 권에 이르니 ‘출판 기획의 여왕’ 등등의 호칭이 전혀 어색하지 않을 법도 한데, 박 사장은 이런 호칭을 그다지 달가워하지 않는다.

“김영사는 책을 만드는데 있어 독자의 입장에서 생각하고 판단하는 ‘독자존중원칙’ 을 가장 중요시 합니다. 내 가족, 내 주변의 소중한 사람들에게 읽히고 싶은 책을 만들고 싶다는 생각이 김영사를 여기까지 데려왔네요. 베스트셀러를 만들어내야겠다는 강박관념은 없어요.”

김영사는 90여 명의 직원이 일 년에 300억 원대의 매출을 올리고 있어 어떤 이는 사원 1인당 매출액이 대한민국 기업의 최고 수준이라고도 한다.

최고 기업의 경영철학을 물었더니 박 사장은 첫째로 '정직'을 꼽았다.

"부처님께서는 '정직하라 하셨고, 남을 존중하라 하셨고, 남과 나누어라'고 하셨어요. 부처님이 말씀하신대로 회사를 경영하고 내 개인의 삶 또한 부처님 뜻대로 살려고 노력합니다. 정직은 두 글자이지만 이것을 실천하고 실현하기 위해서는 많은 유혹도 따르고 고통도 따릅니다. 회사는 행복을 실현하는 실험장이기도 하지요. 어떤 문제가 생겼을 때 어떤 것이 부처님의 가르침에 부합하는 길인가 하고 생각합니다."

기업의 정직에 대해 물었더니 "첫째는 회사의 재정 상태를 투명하게 직원들에게 공개할 수 있어야 해요. 수입과 지출 등 매출상태를 컴퓨터에 올려놓고 어떤 직원이든 재정 상태를 확인할 수 있게 하는 것이 회사의 경영방침입니다. 그날그날의 판매를 직원들에게 공개하기 때문에 저자들에게도 인세가 정직하게 돌아가지요"라고 답했다.

"가령 책 내용은 빈약한데 겉만 그럴싸하게 포장하는 것도 눈속임이라고 생각해요. 과대포장하지 않는 것도 정직이지요. 우리는 세상에 꼭 필요하고 유익한 내용을 담은 책, 한 권의 책으로 꼭 세상에 나와야만 할 이유가 분명한 책을 만듭니다."

『문명의 충돌』·『달라이라마의 행복론』·『성철 스님 시봉 이야기』·『먼나라 이웃나라』·『성공하는 사람들의 7가지 습관』·『앗! 시리즈』·『세계는 넓고 할 일은 많다』·『공부가 가장 쉬웠어요』·『신화는 없다』 등등해서 김영사가 베스트셀러를 가장 많이 낼 수 있는 것은 좋은 원고를 골라내는 박 사장의 탁월한 노하우가 받쳐주기 때문이다.

박 사장은 이화여대 수학과를 졸업하면서 여러 가지 고민 끝에 평화출판사에 입사하였다. 일에 욕심이 많았던 박은주 씨는 자신의 맡은 일 외에도 기획·번역·편집·표지디자인·제작·광고·판매까지의 전 과정을 배웠다. 그러다 82년 김영사의 편집부장으로 발탁되었고, 89년 김정섭 사장의 눈에 들어 사장의 자리에 올랐으니 그때가 서른두 살이었다. 박 사장은 "편집장으로서 일이 좋아서 열심히 했을 뿐인데 어느 날 제가 사장의 역할을 하게 되었더군요. 뒤돌아보니 직원일 때도 주인 같은 마음으로 일했으며, 누가 시키지 않아도 즐거운 마음으로 스스로 일을 찾아서 했더군요"라고 한다.

박 사장의 이야기를 듣다보면 임제 스님의 '수처작주 입처개진隨處作主 入處皆眞'의 가르침을 오롯이 실천하고 있음을 알 수 있다. 어디서든지 자신이 주인이 되어 열심히 일했기에 그녀의 성공을 부러워하는 사람들에게도 그런 가르침을 전하는 것이다.

"되어지는 일을 한다. 이것이 제가 일하는 방식이기도 합니다. 제게 주어진 상황에 최선을 다한다는 마음가짐입니다. 제게 주어진 사람 인연, 일 인연, 상황 인연에 최선을 다할 뿐 결과에 연연하여 일을 꾸미지는 않는다는 것입니다. 사람이 좋고 나쁘고를 판단하지 못하지요. 좋아보여도 길게 보면 나쁜 일일 수 있고 안 좋아 보여도 길게 보면 좋은 일일 수도 있잖아요. 좋고 나쁘고에 연연하지 않고 주어진 일에 최선을 다하다 보면 길게는 결국 다 좋은 것 같습니다. 작년에 출판된 『만들어진 신』·『투명경영』 같은 책은 수요가 많지 않음을 알면서도 사회와 함께 공유해야 할 메시지라고 생각하였기에 낸 것입니다.”

박사장과 대화를 나누다 보면 백여 명에 가까운 직원을 책임지고 있는 사장이라기보다는 마음 수행을 하는 수행자에 가깝다는 생각이 든다.

“새벽 4시 반에 일어나서 108배와 금강경을 독송하고, 하루 동안 때묻은 마음을 정화하기 위해 잠들기 전에 108배와 금강경 독송을 합니다. 108배를 하거나 금강경독송을 하면 혼란했던 마음, 복잡했던 마음, 속상했던 마음, 들떴던 마음 등이 쉬게 되어요.”

하루를 살면 하루 산만큼 마음에도 때가 끼는데 아침저녁으로 마음의 세수를 해야 하는 것이 당연하다는 박 사장은 “이러한 수행이 베스트를 추구하되 베스트셀러 병을 철저히 경계하게 만든다”고 한다.

김영사는 유니세프·녹색연합 등 세상을 맑게 하고 세상의 지침이 되는 NGO단체 15군데를 지원하고 있다. “이러한 사회단체에 기부하는 것도 중요하지만, 진정한 사회 공헌은 자기 본업에 충실한 것입니다. 저는 책 만드는 사람이니 좋은 책을 잘 만들어서 적정 가격에 독자들에게 공급하는 것이 사회공헌이라 생각합니다.”

무승군 장자가 “여러가지 법약을 널리 보시하여 중생들의 번뇌병을 다스린다”고 했듯이 박은주 사장 또한 인문사회학부터 해서 문학·종교·예술 등 여러 분야의 책을 출간하여 많은 사람들이 책을 통하여 번뇌와 고통에서 벗어나도록 해주고 있다. 그리고 무승군 장자가 “바른 법 동산에서 늘 유희하기 때문에 계율의 숲에서 거닐 수 있다고 했으며, 외도들의 삿된 언론을 꺾어 중생을 이롭게 한다”고 했다. 박은주 사장 또한 올바른 기업


선재야 선재야

경영이 아니면 그 길을 가지 않으며, 바른 기업 정신으로 항상 사회와 사람들에게 이로움을 주고 있다.

"김영사가 단순히 책을 만드는 곳이 아니라, 김영사 자체가 '널리 사회를 이롭게 하는' 또 하나의 좋은 책이 되기를 항상 바란다"는 박은주 사장의 발원은 우리 사회를 맑히는 커다란 에너지가 되고 있음에 틀림없다.

박은주
이화여자대학교 졸업. 뉴욕대학교대학원 인문학 석사.
1989년 도서출판 김영사 대표이사 사장 취임. 2003년 ~2005년 아름다운재단 이사,
2006년 문화관광부 주최 대통령표창. 2006년 한국출판문화대상 경영자협회장상 수상.
지금은 서울북인스티튜트 원장이며 김영사 대표이사이다.

슈리 크리슈나다스 아쉬람 대표
창원대 교수

# 김병채

# #50 비가 와도 좋고 햇빛이 나도 좋지요

**최 적 정 바 라 문**

선재는 최적정 바라문이 살고 있다는 달마마을을 향하여 부지런히 걸었다.
최적정 바라문을 뵙고서는 발에 절하고 나서 가르침을 구하였다.

"선남자여, 나는 '정성스런 서원의 말' 해탈문을 얻었다. 모든 보살들이 이
정성스런 서원의 진실한 말로 인해 아뇩다라삼먁삼보리에서 물러간 이가 없
었다. 선남자여, 나는 이 진실하고 정성스런 서원의 말에 머물렀으므로 세간
법과 세간에서 뛰어나는 법에 대하여 모든 것을 성취하였다. 정성스런 서원
의 말이라 함은 진여와 같으며, 달라지지 않는다는 것이며, 삼세 부처님의 법
신 그 자체라는 뜻과 같다."

창원 북면에 위치한 하얀 건물의 '슈리 크리슈나다스 아쉬람'은 멀리서
보아도 아름다웠다. 건물에는 인도의 신 쉬바Shiva를 상징하는 표식이 그
려져 있다. '슈리 크리슈나다스'라는 말은 인도의 신 크리슈나Krishna를 위
해 헌신하는 사람이라는 뜻이며, 아쉬람은 현자와 함께 하는 수행공동체
를 뜻한다. 신 크리슈나는 비슈누의 8번째 화신으로, 신성한 사랑과 기쁨

을 구현한다.

　슈리 크리슈나다스 아쉬람 대표인 김병채 씨는 현자 슈리푼자(1910~1997)로부터 가르침을 받았으며, 그의 스승은 20세기를 대표하는 인도의 성인 '라마나 마하리쉬(1879~1950)'로부터 가르침을 받았기에 아쉬람에는 그 두 분의 대형 사진이 걸려 있다. 아쉬람에 발을 들여 놓는 순간 고요하고 정갈한 분위기에 경도되어 자신도 모르게 내면의 무언가를 내려놓게 된다.

　창원대 교수이기도 한 김병채 씨의 이력은 참으로 다채롭다. 어린 시절부터 자유로움과 진리를 추구하였던 그는 대학 졸업 후 교단에서 중등학생들을 가르치다가 이상에 맞지 않아 사표를 던지고 시장에서 과일을 팔기도 하였다. 행상을 비롯하여 여러 가지 직업을 전전하다가 LG계열사에 입사하여 5년 넘게 회사생활을 하던 어느 날 또 다시 회의가 느껴졌다. 미련 없이 사표를 던지고 강원도의 동해안, 수덕사를 비롯하여 조용한 곳을 찾아 남쪽으로 내려가다가 제주도까지 가게 되었다. 제주도의 아름다운 풍광에 반해서 방황의 짐을 풀고 그곳에서 시詩를 쓰면서 2년 넘게 은둔자 생활을 하였다.

　1988년 창원대 인문대 학장이었던 김 교수는 심리학의 한계를 느끼고 '깨달은 스승'들을 찾아 인도로 건너갔다. 6개월 동안 뉴델리의 슈리 오로빈도 아쉬람을 시작으로 인도의 여러 마을을 순례하면서 현자들을 만났다. 켈커타에서는 마더테레사 수녀를 만나 축복을 받았고, 오쇼 라즈니쉬와 위빠사나 수행자 고엥카를 만났다. 하지만 가슴까지 차오르는 영혼에 대한 진정한 답을 얻지 못했다. 그러다 뭄바이의 산타크루즈 요가연구소에서 '라마나 마하리쉬'의 세계를 알게 되었고, 1989년 '라마나 마하리쉬'로부터 직접 가르침을 받은 현자 '슈리 푼자'를 만나게 되었다. 김 교수는 슈리푼자에게 "저는 누구입니까?"하고 물음을 던졌다.

"그대는 몸이 아니다. 그대는 마음이 아니다. 그대는 생각이 아니다. 그대는 느낌이 아니다. 그대는 그냥 순수의식이다."

"그렇다면 제가 왜 몸을 가지게 되었습니까?"

"그대가 욕망을 지녔기 때문이다. 그래서 몸을 가지고 있다. 아무런 갈망이 없다면 아무런 몸도 없다."

'이 모든 것은 나의 갈망이며, 참나는 이 갈망으로 만들어진 형상 너머의 존재임'을 알았기에 희열의 웃음이 터져 나왔다. 그러자 슈리푼자는 "바로 그것이다. 그 웃음을 머금은 얼굴이 깨달음의 얼굴이다"라고 말하였다. 스승 슈리푼자는 김병채 씨에게 '슈리 크리슈나다스'라는 이름을 주었고, 그의 깨달음에 대해 확신을 심어주었다. 슈리푼자를 만난 후 더 이상의 방황이 필요 없었기에 한국으로 돌아왔다. 마주하고 있는 김 교수의 얼굴에서는 세상의 모든 욕망을 놓아버린 듯 무욕과 고요와 평화가 느껴졌다. 김 교수는 영적인 깨달음에 있어 스승의 중요성을 다음과 같이 말하였다.

"보통 사람을 만나서는 깨달음을 구하기가 참으로 어렵습니다. 저의 스승 슈리 푼자님을 만나지 않았다면 제가 수십만 명 아니 수백만 명을 만나더라도 저는 가슴의 평화를 얻지 못했을 것입니다. 그분은 평상시에는 평범하게 계셨지만 사람을 만나면 즉시에 그 사람을 평화롭게 하는 마법사 같은 존재였습니다. 구루(스승)에게 즉시에 가서 물어보고 답을 얻을 수 있으니, 어떤 점에서는 구루는 신 보다 더 위대하다고 생각합니다.”

김 교수는 두 스승의 가르침을 다른 이들과 함께 하고 싶어 1999년 사비를 털어 아쉬람을 마련하였다. 소문을 듣고 찾아오는 이들이 하나 둘씩 늘어났고, 아쉬람의 규모도 점점 커지게 되었다. 이곳에서는 남의 평화를 방해하지 않는 침묵과 고요를 지켜야 한다는 불문율이 있다. 아쉬람에서는 매주 토요일 오후마다 공개 삿상satsang이 열린다. 삿상이란 깨달은 성자와 대화를 하거나 함께 하는 것을 말하는데, 불교의 선문답과 유사하다고 할 수 있다. 깨달은 현자와의 대화를 통해 ‘각자에게 맞는 방법으로 마음을 멈추게 하고, 나는 누구인가를 탐구하도록 돕는 자리’ 이다. 삿상이 열리는 ‘슈리 바가반’ 홀에는 영적인 에너지와 진지함으로 가득 찼다.

“마음은 생각에 지나지 않습니다. 마음을 찾을 수는 없습니다. 마음이 존재하지 않음을 알기 위하여 마음을 넘어서야 해요. ‘나’ 가 어디에서 일어나는지 보십시오. 그러면 다른 생각들이 사라질 것입니다.”

지금 우리가 다급하게 황망하게 살고 있는 모습은 집에 불이 난 것과 같다면서 이에 대해 스승 슈리 푼자의 말씀을 들려주었다.

“사람들은 지금 자기 집에 불이 나서 불 끄러 가다가 친구가 놀자 하면 놀고, 아이스크림 먹자 하면 아이스크림 먹는다고 그래요. 먼저 자기 집에 불부터 끄고 나서 참나를 발견하고 그 다음에 세상을 보면 세상이 선명하게 보입니다. 세상이 제대로 보이는 것이지요. 그때는 세상과 어떤 관계를 맺어도 관계가 없습니다.”

이미 우리는 깨어있는 존재이기 때문에 더 이상 수행할 필요가 없단다.


선재야 선재야

단지 깨어있는 존재임을 진실로 자각하면 된다고 하니 그 방법은 마음을 쉬는 것이요 내려놓는 것이다. 김 교수의 소망은 모든 사람들이 행복하기를, 모든 사람들의 얼굴에서 웃음이 떠나지 않기를, 모든 사람들이 평화로워지는 것이다. 저녁 8시에 시작한 삿상은 9시 반이 넘어서 끝이 났다. 참여자들의 질문에 답하는 김 교수의 말은 때로는 약초가 되어, 때로는 향기로운 꽃이 되어 사람들의 마음을 어루만져 주었다.

최적정 바라문이 "정성스런 서원의 말 해탈문을 얻었고, 모든 보살들이 이 정성스런 서원의 진실한 말로 인해 아뇩다라삼먁삼보리에서 물러간 이가 없었다"고 하듯이 김 교수와 삿상을 나누다 보면 마음의 들뜸과 혼침과 번뇌와 갈망으로 어지럽던 마음이 차분히 정리되면서 참나를 자각하게 된다.

"비가 와도 좋고, 햇빛이 나도 좋으며, 눈이 와도 좋지요. 이 세상은 좋은 것도 있고 좋지 않은 것도 있습니다만 이것을 분별하는 것이 마음입니다. 나는 마음이 아닙니다. 나는 마음과 떨어져 있습니다. 마음은 나의 '참나'라는 그릇에 담겨져 있는 아름다운 꽃입니다."

덕 생 동 자
시인
안도현

# 51

# 들꽃같은 세상의 향기

## 덕 생 동 자

선재는 '묘한 뜻 꽃문 성'에 이르러 덕생 동자를 찾았다. 덕생 동자의 발에 수없이 절하고 합장을 하고 가르침을 구했다.

"선남자여, 나는 '환술처럼 머무는' 보살의 해탈을 얻었다. 이 해탈을 얻어 원만하고 이 깨끗한 지혜로 모든 법을 살펴보니 모두 환술처럼 보이고, 환술로 성취된 것이다. 모든 세계가 환술처럼 보이는 것은 모든 세계가 인연으로 생긴 때문이며, 모든 중생이 환술처럼 보이는 것은 업과 번뇌로 생긴 때문이며, 모든 세간이 환술처럼 보이는 것은 무명과 사랑 따위로 반연하여 생긴 때문이다. 중생들의 나고 늙고 병들고 죽고 근심하고 괴로워하는 것이 환술처럼 보이나니 이것은 망상분별로 생긴 때문이다."

선재는 환희심으로 다시 덕생 동자에게 절하였다.

"선남자여, 한정된 마음으로 바라밀다를 행하지 말 것이며, 한정된 마음으로 보살의 십지에 머물지 말며, 한정된 마음으로 선지식을 섬기거나 공양하지 말 것이다. 왜냐하면 보살마하살은 한량없는 보리의 인을 닦을 것이며, 한량없는 중생세계를 교화할 것이며, 한량없는 번뇌를 끊을 것이며, 한량없는 업과 버릇을 깨끗이 할 것이며, 한량없는 중생을 깨달음으로 이끌 것이다."

맑은 하늘인데도 한소끔 비가 쏟아진다. 이럴 때는 꼼짝없이 비를 맞을 수밖에 없지만, 시인을 만나러 가는 길인지라 이것도 하나의 운치로 낭만으로 여겨졌다. 우석대의 예술관은 숲으로 둘러싸여 있어 외부와는 차단된 느낌이었다.

안도현 시인을 두고 사람들은 '국민시인' 이라고 한다. 시에 대해 문외한 사람일지라도 〈너에게 묻는다〉라는 시를 알고 있으며, 삶이 팍팍하게 느껴질 때면 곧잘 읊조린다. 그리고 동화집 『연어』는 100쇄 이상 찍었으며, 7개국 언어로 번역되어 해외로 나갔으니 국민시인이라는 칭호가 결코 아깝지 않다. 안도현 시인은 1980년 원광대학교 국문과에 입학하여 '원광문학회'를 결성하였다. 대구매일신문 신춘문예에 시 〈낙동강〉이 당선되었으며, 그후 동아일보 신춘문예에 시 〈서울로 가는 전봉준〉이 당선되었다. 그의 첫 시집 『서울로 가는 전봉준』은 80년대 민중시의 걸작으로 꼽힌다. 1985년 이리중학교 국어교사로 부임하면서 교직생활을 시작하였으나 전국교직원노동조합에 가입했다는 이유로 이리중학교에서 해직당하였다.

"내가 쓰는 시가 사회와 역사와 연결 지어져야 한다고 배웠으며, 문학이란 세상에서 벌어지는 일들에 대해서 무관심하면 안 된다고 생각했습니다. 역사의식이 바탕이 되어야 자기 문학을 키워나갈 수 있다고 생각했기에 민주화 문제와 통일문제를 적극적으로 수용하게 되었어요. 그리고 교직에 있다 보니 학교 문제에 관심을 가지게 되었고, 그러다 보니 전교조에 가입하게 되었지요."

보다 인간적인 사회를 꿈꾸었던 안도현 시인은 거리의 교사가 되어, 학교

현장의 모순을 시로써 표현하였다. 그때 고뇌하고 괴로워하였던 심정들이 『외롭고 높고 쓸쓸한』 시집에 절절하게 배어있다.

"그 시기에 내가 교직에 있었기 때문에 해직이 되었고, 그것을 통해서 세상을 보는 눈을 키웠기에 세상이 고통만 주는 것이 아니라 '나'라는 한 인간을 키우기 위해서 그런 고통과 기회를 주었구나 하는 생각을 합니다"라는 안도현 시인의 말을 들으면서 그가 낙관적이며 긍정적인 사람이며 이러한 것들이 아름다운 시와 동화를 쓸 수 있는 원천이 된다는 것을 알게 되었다.

"89년에 해직이 되고 4년 반 만에 복직이 되어 학교로 돌아갔어요. 하지만 학교는 여전히 변하지 않았고, 우리만 목소리를 높였다는 자괴감이 들었어요. 그런데 학교 바깥에서는 현실에 대한 문제들이 잘 쓰여졌는데, 막상 학교로 돌아가니 현실참여의 시가 쓰여지지 않았어요."

안도현 시인은 민중시로 출발하였지만 이런 계기로 하여 서정시를 쓰기 시작하였다. 민주화니 통일이니 그런 문제는 감당하기엔 너무 큰 주제였고, 그렇다고 시인이 그것을 다 해결할 이유도 없다는 생각이 들었단다.

산골에 위치한 산서고등학교로 복직하였는데 그곳에서 자연과 생명의 가치를 새롭게 깨우치게 되었다. 산과 들, 개울과 숲에서 잠자리와 버들치를 만나고 호박꽃과 애기똥풀 꽃을 만났다. 그 속에서 '내가 세계의 중심'임을 깨달았고, 더불어 그의 시 세계도 서정적으로 바뀌었다. 그의 이러한 정신은 동화 『연어』에도 잘 나타나 있다.

연어는 연어의 욕망의 크기가 있고, 고래는 고래의 욕망의 크기가 있는 법이다. 연어가 고래의 욕망의 크기를 가지고 있다면 그는 이미 연어가 아닌 것이다. 고래가 연어의 욕망의 크기를 가지고 있다면 그는 이미 고래가 아닌 것이다. 연어는 연어로 살아야 연어인 것이다.

지금도 우리 사회에 해결할 문제는 산재해 있지만, 발 빠르게 예민하게 반응하는 더 큰 세력인 네티즌들이 있기 때문에 이제는 시인의 목소리에 아무도 귀 기울이지 않는다고 말하면서 조금은 쓸쓸해하였다.

인도현 시인은 2006년부터 '북녘에 나무 보내기 운동'을 하고 있다. 앞으로 북한에 사과나무를 30ha정도 심을 계획이란다.

"어찌하다가 금강산을 세 번 방문하였는데, 정말 산에 나무가 거의 없는 것을 보고는 너무 놀랐고 가슴 아팠어요. 북녘의 산은 식량난과 연료난이 겹쳐 헐벗어 있고 해마다 여름에 큰 비가 쏟아지면 큰 재앙이 되풀이되는 이중고를 겪고 있습니다."

사과나무를 심는 것은 북녘의 아이들에게 꿈을 심어주고 싶었기 때문이며, 배고픈 아이들에게 하나의 사과가 그래도 굶주림을 해소할 수 있기를 바라는 마음이라 한다. 실상사의 토굴에서 머무는 것을 좋아하는 안도현 시인은 불교에 관한 어린이들 책이 별로 없는 것을 보고 안타까운 마음에 '불교동화' 10권을 시리즈로 내기로 했다. 첫째 권은 오랜 지기인 재연 스님이 번역한 『자타카』를 동화형식으로 재편집한 것이며, 한국 고승들의 이야기, 중국 고승들의 이야기, 석가모니 부처님의 일대기 등으로 엮어진다. 이미 다섯 권은 원고가 다 쓰여졌다고 한다. 『연어』·『짜장면』·『관계』 등 여러 권의 동화를 이미 썼으며 그가 쓴 동화집은 전부 공전의 히트를 날렸다. 이런 전력으로 보아 10권의 불교시리즈도 많은 어린이들에게 감동을 주어 불심을 불어넣어 줄 것 같다. 안도현 시인은 자신의 문학을 『화엄경』의 인드라망과 같다면서 연기법이 그 바탕이 된다고 하였다. 모든 것은 홀로 존재하는 것이 없으며, 눈에 보이는 것과 보이지 않는 많은 부분들이 서로 관계를 맺고 존재하는 것이라 하였다. 그의 시들을 읽어보면 연기법을 그 바탕으로 하고 있음을 알 수 있다.

덕생 동자가 선재에게 "한정된 마음으로 바라밀다를 행하지 말 것이며, 한정된 마음으로 보살의 십지에 머물지 말며, 한정된 마음으로 선지식을 섬기거나 공양하지 말 것이다"라고 말하였듯이, 안도현 시인 또한 그의 눈은 세상을 향해 활짝 열려 있으며, 높고 귀하다거나 낮고 천하다는 그런 분별심이 없다. 한정된 시각으로 사물을 본다면 자신마저도 볼 수 없음을 그는 이미 알고 있기에 자신의 한정된 자로써 세상을 재려 하지 않으며, 한정된 시각으로 세상을 보려 하지 않는다. 그래서 안도현 시인과 마주 하게 되면 세상의 거대한 물결에 휩쓸려 잃어버린 자아를 되찾게 되며 은은한 들꽃과도 같은 세상의 향기를 길어 올리게 된다.

요리 연구가
한복선

# 52

# 음양이 조화로운 음식
# 보약이 따로없죠

## 유 덕 동 녀

선재는 '묘한 뜻 꽃문 성'에 이르러 유덕 동녀를 찾았다. 유덕 동녀의 발에 수없이 절하고 합장을 하였다.

"선남자여, 나는 '환술처럼 머무는' 보살의 해탈을 얻었다. 이 해탈을 얻어 원만하고 깨끗한 지혜로 모든 법을 살펴보니 모두 환술처럼 보이고, 환술로 성취된 것이다. 중생들의 나고 늙고 병들고 죽고 근심하고 괴로워하는 것은 환술처럼 없는 것을 지금 있다고 보는 망상분별로 인하여 생긴 것이다. 모든 세계가 환술처럼 있다고 생각하는 것은 마음과 소견이 잘못되어 무명으로 인해 생긴 때문이다. 선남자여, 환술 같은 경계의 모든 성품을 헤아릴 수는 없다."

"선남자여, 보살이 열 가지 법을 구족하면 한 번 먹음을 원만하게 성취한다. 하나는 먹을 적에 성품이 탐하지 않음을 성취하고, 둘은 먹을 적에 성품이 물들지 않음을 성취하고, 셋은 밥을 얻을 때마다 만족함을 알고, 넷은 때 아닌 때에 먹지 말며, 다섯은 이롭게 공양하기 위한 것은 먹지 말고, 여섯은 맛나는 음식을 만나도 먹지 아니하고, 일곱은 다른 이가 먹는 것을 성내지 아니하

고, 여덟은 다른 이가 먹는 것을 시기하지 아니하고, 아홉은 목숨이 다할 때
까지도 한 번만 먹고, 열은 먹을 적에 약이란 생각을 내는 것이다. 선남자여,
이것이 열 가지 법으로 한 번 먹는 묘한 행의 공덕을 성취하는 것이다."

　궁중음식연구원의 툇마루에 고즈넉한 햇살이 머물고 있다. 반질반질 윤
이 나는 툇마루에서 한복선 씨와 이야기를 나누었다. 한 원장은 불교방송
〈한복선의 한국정통음식〉 프로그램을 통해 우리의 정통 음식 문화를 알려
왔다. 〈한복선의 한국정통음식〉 프로그램에서는 정통음식을 소개하는 동
시에 음식에 담긴 마음과 음식을 대하는 마음의 예절을 알리는데 더 많은
정성을 기울였다. 처음엔 채식만을 소개하다가 출가자가 아닌 재가자들은
채식과 육식을 골고루 먹어야 한다는 생각에 다양한 음식들을 선보였다고
한다.

　한 원장은 '조선왕조 궁중음식' 기능보유자인 인간문화재 황혜성 씨의
차녀로, 어릴 때부터 어머니 황혜성 씨의 보조역할을 했다. 어머니 옆에서
보조역할을 하다보니까 자연스럽게 음식만들기를 좋아하게 되었다. 한 원
장 또한 국가중요무형문화재 '제 38호 조선왕조궁중음식' 기능 이수자이
기도 하다. 결혼 초 7년 정도의 외국생활을 하면서 서양음식을 비롯하여
중동요리, 싱가폴요리 등 세계요리를 두루 공부할 수 있었다. 이것 또한 한
국 음식을 연구하고 개발하는데 많은 도움이 되었다. TV나 라디오를 통해
우리 음식문화를 알리고 있으며, 지금도 끊임없이 새로운 분야의 음식들
을 개발하고 있다.

육십이라는 나이가 믿기지 않을 정도로 건강하고 피부가 곱기에 그 비결을 물었더니 "특별한 것은 없고 규칙적으로 생활하고 밥 잘 먹고 잠 잘 자고 열심히 일하는 것이 건강비결"이라 한다. 또 다시 어떤 음식을 먹는 것이 건강에 좋은지를 물었다.

"사람들이 저에게 가장 많이 질문하는 것이 어떤 음식이 좋으냐고 하는데 사람마다 체질마다 다르기 때문에 꼭 집어서 말할 수 없어요. 음식은 골고루 먹는 게 최고입니다. 몸이 아프지 않는 한 음양의 조화에 맞춰 고루고루 먹는 게 좋아요."

약이 되는 건강식인 약선藥膳음식에 대해 강의하다 보니 이젠 약선요리 전문가가 되었다고 한다. 그리고 손자가 생기고 할머니가 되면서 '태교음식'에도 관심이 많단다. 태교음식에 대해서는 이미 『한복선의 엄마와 아기를 위한 태교음식』 등 두 권의 책을 내었다. 식품영양을 전공하고 궁중음식과 전통음식을 공부하면서 동양적인 영양학의 부족함을 알게 되었기에 약선공부를 하게 되었다. 약선은 동양의학적인 기본이론을 바탕으로 하고 있기에 약재를 잘 다룰 줄도 알아야 한다. 좋은 음식을 꾸준히 먹음으로써 질병을 예방하거나 몸속의 병을 서서히 치료하는 것이 약선요리이다. 사상체질과는 상관없이 병증을 관찰하여 식품에 약재 성질을 잘 조화시켜 건강 음식으로 만들어 먹는 것이란다.

"약선요리를 먹을 때는 몸의 상태와 증상을 잘 파악해서 먹는 것이 좋아요. 가령 열감기에는 성질이 차가운 식재료를 이용해서 몸의 열을 내리는 것이 좋고, 오한으로 인한 감기에는 몸을 데워주는 식재료를 사용해야 합니다.”

집에서 쉽게 해먹을 수 있는 약선요리를 물었더니 ‘두부구기자찜’을 추천한다. 두부구기자찜은 열을 내리고 눈을 시원하게 하는 효능이 있어 시력이 좋지 않은 사람이 먹으면 좋다고 한다. 음식은 건강을 유지시켜주기도 하지만 어떤 음식을 먹는가에 따라서 심성이 달라지기도 하기에 “주부들은 가족의 건강을 책임지고 있는 주치의라는 생각을 지니고 음식을 만들어야 함”을 강조하였다.

“두 딸을 결혼시키고 손주가 생겨 할머니가 되고 나니 태교음식이 얼마나 중요한지를 알게 되었어요. 태교의 으뜸은 태교음식입니다. 임신중의 음식이 아기의 두뇌를 결정하며, 성격형성에도 영향을 끼친다는 것을 예비 엄마들은 알아야 해요.”

우리가 섭취하는 음식물은 몸을 유지시키는 기능 뿐 아니라 성격형성에도 많은 영향을 끼치기 때문에 인스턴트식품을 주로 먹인 아이들은 난폭하고 발육도 늦다는 연구결과는 이미 오래 전에 발표된 바가 있다고 한다.

“우리나라에서는 200여 년 전 이미 『태교신기』라는 책에 산모의 먹을거리와 음식섭취에 따른 주의사항을 자세히 언급하고 있어요.”

한 원장은 “미식가라고 하면 화려하고 특별한 맛만을 찾는 것으로 알고 있는데, 진정한 맛이란 자연을 닮은 담백한 음식 속에 있는것”이라 한다. “밥알 하나하나에서도 맛을 찾아낼 수 있어야 진정한 미식가라 칭할 수 있음”을 강조하였다. 특별한 소스를 쓰지 않고 ‘소금’ 하나만으로도 충분히 자연과 어우러진 맛있는 음식을 만들 수 있다고 하면서 식재료의 특성을


선재야 선재야

살려서 요리하는 것이 중요하단다.

유덕 동녀가 "음식을 먹을 때는 탐하는 마음이 없어야 하고, 밥을 얻을 때마다 만족함을 알고, 먹을 적에 약이란 생각을 내어야 함"을 선재에게 들려주었듯이 한복선 원장 또한 음식을 먹을 때는 만든 이의 정성을 헤아리면서 감사하게 먹어야 하고, 음식을 몸과 정신을 지탱하는 약으로 생각하여 과식하지 말고 알맞게 먹을 것을 당부한다. 또 한 원장은 좋은 음식을 먹는 것도 중요하지만, 항상 긍정적인 마음으로 밝게 사는 것이 좋은 음식 먹는 것만큼이나 중요하단다.

약선음식이나 태교음식에 관심을 가지고 부지런히 연구하여 세간에 알리는 것은 온 국민의 건강을 위해 자신이 일조하고 싶은 간절한 바램이 있기 때문이라고 하니 이 시대의 보살임에 틀림없다.

한복선
한양대학교 식품영양학과 졸업.
중요무형문화재 38호 조선왕조 궁중음식 이수자.
현재는 한복선식문화연구원장이며 궁중음식연구원에서 궁중음식과 약선음식 교육을 담당하고 있다.
저서로는 『한복선의 엄마의 밥상』 외 다수 있다.

황대선원 조실

# 성수 스님

# 53

# 우주보다 크고
# 소중한 나 '자신'

## 미 륵 보 살

미륵보살이 한량없는 하늘사람과 건달바와 아수라와 가루라와 긴나라와 재석천왕과 범천왕과 사천왕 등 많은 친척과 권속들에 둘러싸여 있는 것을 보고 선재는 오체를 땅에 대고 예배하였다. 이때 선재는 미륵보살이 손가락을 튕겨 나는 소리를 듣고 삼매에서 일어났다.

"선남자여, 어떤 사람이 해탈의 약을 얻으면 마침내 횡액이 없나니, 보살마하살도 그와 같아서 보리심의 해탈 지혜 약을 얻으면 영원히 온갖 나고 죽는 횡액을 여의게 된다. 또 어떤 사람이 선견약善見藥을 가지면 모든 병을 없애나니 보살마하살도 그와 같아서 보리심의 선견약을 가지면 모든 번뇌의 병을 없앤다. 선남자여, 어떤 사람이 기억력의 약을 얻으면 그 마음에 기억하는 힘이 청정하여지나니 보살 마하살도 그와 같아서 보리심의 기억력 약을 얻으면 마음에 장애가 없고 기억력이 청정해진다."

"선남자여, 나는 '삼세의 온갖 경계에 들어가서 잊지 않는 지혜의 장엄장'을 얻었다. 일생보처보살이 이러한 말할 수 없는 해탈문을 얻었다."

"거룩하신 이께서는 어디서 오셨나이까?"

"선남자여, 모든 보살이 오는 데도 가는 데도 없이 이렇게 오는 것이며, 다니는 데도 머무는 데도 없이 이렇게 오는 것이며, 곳도 없고 정처도 없고, 머물지도 않고 옮아가지도 않고 생하지도 멸하지도 않는다."

녹음방초가 어우러진 산길을 한참 올라가자, 환한 빛처럼 법수선원이 나타났다. 법수선원은 성수 스님께서 중창하여 이곳에 주석하시어 불법을 널리 펴신 곳이다.

성수 스님께 인터뷰하고 싶다고 하자, 좀 더 가까이 오라고 손짓하였다. 가까이 갔더니 "그래 네 자신을 만나보았느냐?" 고 물으신다. 우물쭈물하자 스님께서 한 마디 하신다.

"사람은 자기의 가치를 스스로 찾고 살아야 돼. 밥 잘하는 사람은 밥솥과 대화하고, 벙어리와 사는 이는 벙어리와 의사意思가 통하고, 나무 가꾸는 이는 나무와 대화하는데 자기를 지배하고 있는 자신과는 대화할 줄을 모르누나!"

아무리 우주가 크다 해도 나한테는 우주보다 크고 소중한 것이 내 자신이니, 어떻게 나를 가지고 살아야 잘 가지고 사는 것인지 생각해 보란다. "정신이 1초만 나가도 송장이 되는 것이니 삶이 소중한 줄 알고 살아야 함"을 덧붙였다.

"종교를 믿는다고 하지만 종교가 뭔지, 믿는다는 것이 뭔지도 모르는 사람이 천지야. 종교는 높을 종宗자고 교敎는 변함없는 진리야. 변함없는 진리를 배우러 가는 곳이 절이야. 부처님 되려는 흉내를 내면서 하루에 세 번

5분씩이라도 자기가 자기한테 속지 않고 당당하게 앉아보란 말이지.”

성수 스님은 해방 후 해인총림에서 있었던 일화를 들려주셨다.

“선원에서 공부할 작정으로 해인사 갔더니 공양간 일을 보라하데. 그래서 공부하러 왔지 일하러 온 게 아니라고 소리 지르면서 고집을 피웠지. 효봉 스님께서 나오시더니 중노릇 잘하려면 ‘하심下心부터 배워라’고 하시데. 나는 ‘상심上心이 뭔지도 모르는데, 어찌 하심을 알겠습니까’라고 맞받아 쳤지. 새파란 놈이 기세가 등등하니 효봉 스님이 제안을 하시데. ‘무자도無字道를 이칠일 내로 해결하지 못하면 너는 내 주장자에 맞아 죽어도 아무 말 못한다는 서약서에 도장 찍어라’ 효봉 스님과 약조를 하고 퇴설당에서 주리를 튼 지 6일 만에 머리가 맑아지는 것이 무자도를 깨달은 것 같데……. 깨달음을 구하는 이는 모름지기 끈기 있게 매달리는 근성이 있어야 해요.”

팔순을 훨씬 넘긴 성수 스님은 카랑카랑한 목소리 하며 아직도 기상이 젊은이 못지 않았다. 성수 스님은 네, 다섯 살 때부터 햇노인 소리를 들었다. 도인이 되겠다는 포부를 안고 19살에 출가하여 3일 만에 ‘초발심자경문’을 깨쳤다. 마흔 한 살에 조계사 주지 소임을 맡았는데 그때 하루 열 번씩 주례를 했는데 그때마다 “가정통일을 해라”는 법문을 했다. 특히 80년 10.27법난으로 종단이 위기에 처하자 총무원장 소임을 맡아 혼란을 수습한 것으로 유명하다. 운수납자로 목숨을 걸고 정진한 많은 일화들이 전설처럼 회자되고 있다.

“안 늙고 안 아프고 안 죽은 법 가르쳐 주는 곳이 절이야. 안 늙고 안 아

프고 안 죽는 법 배우러 간다는 것이 분명히 서면 물을 것이 많아. 일주문
에 들어갈 때도 왜 일주문이냐? 기둥 두 개로 문을 세워놨거든. 내 중심이,
목적, 포부와 기대와 희망, 중심이 딱 선 사람이 들어갈 수 있는 문이야. 중
심이 흔들리는 사람은 일주문에 들어갈 자격이 없어. 또 대웅전은 마음속
의 팔만사천 번뇌를 다 항복받은 완전무결한 분이 있는 곳이 대웅전이야.
그러니 대웅전에 들어갈 때는 팔만사천 번뇌를 다 떼어놓고 들어가야지,
그걸 가지고 들어가는 놈은 법당에 천년만년 들어가도 소용이 없어. 부처
님이 사바세계에 오신 뜻을 모르고 불상에 절하는 것은 전부 헛절이야.”

　성수 스님은 단어가 내포하고 있는 그 의미만 명확히 알아도 깨달을 수
있다고 한다. 성수 스님은 한국을 대표하는 원효 스님을 기리는 의미에서
2002년 지리산의 한 폐교를 인수해 ‘해동선원’을 열었다. 원효 대사의 활
구 법어가 전설처럼 전해내려 오듯이 성수 스님의 활구 법어는 참으로 유
명하다. 그리고 법문을 듣고 있다 보면 공부의 화급함을 깨닫게 된다.

　“자기 정신이 소중한 줄 알고 제대로 한 번 살아 봐라. 제법 사는 법을 알
고 턱 살면 죽을 때 죽을 줄 알고 척 죽는 거야. 불법佛法은 살 때 멋지게 살
다가, 갈 때 아들딸 척 불러 놓고 손 턱턱 흔들면서 웃고 가는 생사자재법生
死自在法이여. 부처님께서는 회향을 잘하셨기 때문에 삼천년 동안 존경받는
다는 것을 알아야 해요. 이 세상 인류 가운데 죽을 때 부처님처럼 “내가 간
다”하고 웃고 가신 분이 얼마나 되나? 생사 자재법을 제대로 이루고 가신
어른이기 때문에 우리가 존경하는 겁니다.”

　성수 스님께서 “인터뷰한다고 해서 내 거 다 내놨다. 이제 더 빼가 가지

마라"하시기에 "스님, 이런 보물 말고 더 좋은 것 주세요"라고 답했다. "이 것보다 더 좋은 보물 줘도 니는 감당도 못 할긴데 ……." 성수 스님은 한 눈에 수행 안하고 땡땡이치는 가짜인 줄 알아버렸으니 이제 죽은 듯이 듣 는 수밖에 없다.

"알고 싶은 마음이 머리 꼭대기까지 차서 지금 당장 목을 잘라 바칠 정도 로 간절하게 물어야지. 그냥 지나가는 소리로 물어봤자 천번 만번 일러줘 도 그 소리가 귀에 안 들어가. 불생불멸不生不滅의 진리를 알고 싶은 마음에 눈에 눈물이 뚝뚝 흐르고, 알고 싶은 그 심정에 푹 젖어야 돼."

스님은 "참선이라는 것이 무엇이냐? 참參자는 무엇이냐?"하고 물으신다. 꿀먹은 벙어리처럼 묵묵부답. "연구할 참 자야. 선禪이란 무슨 자냐? 무한 대 진리야. 이목구비와 사대보살도 소중하지만, 우리 몸 가운데 천금 만금 보다 귀중한 이 분을 생각해 봐야 돼. 생각하고 생각해보니 '나의 숨, 즉 호 흡'이데요. 이 호흡이 딱 멈추면 아무리 중요한 이목구비, 수족이라도 무 용지물이 됩니다. 내가 가지고 있는 이 호흡을 쓸 때가 도道지, 이 호흡이 뚝 끊기면 도는 고사하고 부처님 뱃속에 들어가도 소용 없음을 알아야 해. 부처보다 진리보다 도道보다 자신의 숨 한 번이 더욱 크고 위대한 줄 아시 면 비로소 산 불자가 돼요. 시방 법계 모두가 부처 아닌 것이 없고 바람 소 리, 물 소리, 천하에 만 가지 소리 모두가 진진찰찰 미묘한 법이요, 그대로 가 도이고 산 부처더라."

미륵 보살이 "선남자여, 나는 중생들의 모든 욕망을 버리게 하기 위하 여, 모든 변천하는 법이 모두 무상함을 알게 하기 위하여, 태어나는 곳에 있는 모든 중생을 거두어 주기 위하여 도솔천에 나는 것"이라 했듯이 성수 스님 또한 팔순이 넘어서도 법문을 청하는 곳이 있으면 어디든지 달려가서 오욕칠정에서 헤어나지 못하는 중생들에게 감로수와 같은 법문으로 진정한 생명의 눈을 뜨게 해주는 것이다.

"순간순간을 지옥 같은 삶을 살지 말고 순간순간을 극락에서 머물러 살아라." 스님의 주장자 내리치는 소리에 번뇌망상이 일순 멈춘다.

성수 스님
1944년 양산 내원사에서 성암 스님을 은사로 득도.
조계사, 범어사, 해인사 주지 역임.
81년 조계종 총무원장, 94년 조계종 전계대화상 역임.
지금은 조계종 명예원로의원이며, 황대선원, 법수선원 조실로 주석.
저서로는 『선문촬요』 · 『불문보감』 · 『열반제』 등이 있다.

평화재단 이사장, 정토회 법사
법륜 스님

# 54

# 나와 네가 다르지 않기에
# 네 아픔이 곧 나의 아픔

## 보 현 보 살

선재는 보현 보살의 자재한 신통 경계를 보고 기쁘고 즐거움이 몸과 마음에 두루하여 다시 관찰하였다.

"선남자여, 나는 말할 수 없는 겁 동안에 보살의 행을 행하면서 수없이 많은 부처님을 섬겼으며, 온갖 지혜와 복덕을 모으기 위하여 엄청나게 보시하는 모임을 베풀었다. 나는 많은 겁 동안에 잠깐도 부처님의 가르침을 순종하지 않은 적이 없었다. 그리고 잠깐이라도 성내고 해하려는 마음, 나와 남을 차별하는 마음, 내 것 네 것을 구별하는 마음을 내지 않았다. 나는 모든 부처님 세계를 깨끗이 장엄하였고, 불쌍히 여기는 마음으로 중생들을 구호하고 교화하고 깨끗하게 하였다. 나는 바른 법을 구하기 위하여 몸과 목숨까지도 아끼지 않았으며, 마땅히 행하여야 할 행을 원만하였으니 겁 바다는 끝날지언정 이 인연은 끝날 수 없느니라."

이때에 선재는 세밀하게 보현 보살의 몸을 살펴보았다. 낱낱 털구멍 속에 말할 수 없는 세계가 있고 낱낱 세계에 모두 부처님들이 세상에 나시어서 그 가운데 가득하였다.

"선남자여, 부처님의 공덕을 성취하려면 마땅히 열 가지 넓고 큰 행원을 닦아야 하느니라. 하나는 부처님께 예경함이요, 둘은 부처님을 찬탄함이요, 셋은 여러 가지로 공양함이요, 넷은 업장을 참회함이요, 다섯은 남의 공덕을 따라 기뻐함이요, 여섯은 법문 설해 주시기를 청함이요, 일곱은 부처님이 세상에 오래 계시기를 청함이요, 여덟은 부처님을 따라서 배움이요, 아홉은 중생의 뜻에 늘 따라 주는 것이요, 열은 모두 회향하는 것이다.

이와 같이 하여 허공계가 끝나고 중생의 세계가 끝나고 중생의 업이 끝나고 중생의 번뇌가 끝나더라도 나의 이 일은 끝나지 아니하고 차례차례 계속하여 잠깐도 쉬지 않지마는 조금도 고달프지 않고 항상 만족스럽다."


법륜 스님은 수행공동체 '정토회' 지도법사이며, 평화운동가이자 환경운동가로 널리 알려져 있다. 법륜 스님은 1988년 '정토회'를 설립해 환경운동을 주도해왔으며 93년부터 국제 기아 질병 문맹퇴치 민간기구인 한국 JTS(Join Together Society) 이사장을 맡아 인도 '둥게 스와리'의 천민촌에 '수자타 아카데미'를 설립하였다. 또 1997년부터는 북한 어린이 1만여 명에게 옥수수와 설탕을 보내는 등 북한 동포에게 나눔의 손길을 펼쳐왔다.

북한에서 아사자가 발생했다는 소식을 접한 법륜 스님은 5월 26일(2008년)부터 곡기를 끊고 단식기도에 들어갔다. 단식기도가 거의 70여 일에 가까워지고 있어 많은 사람들이 걱정을 하고 있는 시기에 스님과 마주하였기에 참으로 조심스러웠다. 그리고 안타까웠다.

북한은 2년 연속 수해에 따른 흉년과 국제 농산물 가격 급등과 외부 지원 감소로 10년 만에 대기근 위기에 처해 있는 상황이다. 이러한 긴박한 사태를 정부에 알렸고 지원을 요청했지만 아무런 반응이 없기에 법륜 스님은 단식기도에 들어갔다.

"아무리 촉구해도 안 되니까 '나'라도 굶어서 아픔을 나누어야겠다고 생각했습니다. 내 배가 고프면 동포들이 굶어죽는 것에 대해 한 순간도 잊지 않을 것 아닙니까. 그리고 기도하는 사람이 먹을 것 다 먹고 잠잘 것 다 자고 기도한다면 정성이 부족하잖아요. 혼신의 힘을 기울여서 간절한 마음으로 기도를 해보자는 것입니다. 내가 만나는 모든 사람들이 관세음보살이라 생각하고 만나는 사람들마다 상황을 알리고 있어요."

보현 보살이 '잠깐이라도 나와 남을 차별하는 마음, 내 것 네 것을 구별하는 마음을 내지 않았다'고 하였듯이 법륜 스님 또한 '나와 다른 사람이 둘이 아니라는 것을 깨달았기에 다른 사람의 아픔이 곧 내 아픔으로 절실하게 느껴지는 것'이다.

법륜 스님은 1997년부터 본격적으로 대북 인도적 지원을 위한 국민모금을 미국 JTS와 함께 전개했다. 국민모금을 전개하고 동시에 북한의 어려움을 해결하기 위해 한국 정부차원에서도 식량과 의약품을 대량으로 지원할 것을 촉구하는 100만인 서명운동을 전개하면서 대북 인도적 지원활동을 긴급히 시작하였다. 북한의 아이들을 위해 라선 지역에 어린이 영양식 공장을 설립, 라선 지역의 110개 11,000여 명의 탁아·유치원 아이들에게 영양식을 지원하기 시작, 현재까지 꾸준히 지원해 오고 있다. 1998년부터는 북한의 식량증산을 위해 비료, 비닐박막 등의 농자재를 라선과 청진·온

성 지역에 꾸준히 지원해 오고 있으며, 2005년도에는 평양 근교에 비료 300톤과 비닐천막을, 함경북도 온성군에 비료 720톤을 지원했다. 2007년에는 국제구호단체 JTS가 밀가루 5백톤, 설탕 20톤 등 대북지원물품 3억여 원어치를 지난해 수해를 당한 평안남도 양덕군·신양군·성천군 지역 어린이들에게 전달하였다.

"남북한의 긴장관계 속에서의 이러한 실천은 어느 때는 친북적인 인사로 오해받아 감시를 받았고, 또 다른 때는 반북적인 인사로 활동을 제한받기도 하였어요. 하지만 사람의 목숨을 살리고 생명을 보호하는 일은 정파적인 이해나 이념적인 견해에 우선한다고 생각합니다."

법륜 스님은 내가 행복하기 위해서는 누군가 불행해야 한다면 그렇게 해서 얻은 행복은 영원할 수 없단다. 진정한 행복이란 나도 행복해지고 다른 사람도 행복해지고 함께 성공하는 것이며, 부처를 이루는 출발점은 여기서 시작하는 것이라 한다.

1994년에는 인도 정부의 교육과 의료 등 모든 행정이 미치지 않는 비하르주 둥게스와르에 '수자타 아카데미'와 '지바카Jivaka 병원'을 설립하였다. 마을 주민들이 땅과 노동력을 제공하고 JTS에서 건축비를 지원하여 수자타 아카데미의 기초 공사가 시작되었다. 전교생 120여 명으로 문을 연 이곳은 학생들이 점점 늘어나면서 현재는 17개 마을 초등학생 천여 명과 중학생 백오십여 명이 공부하고 있다. 수자타 아카데미는 전 과정이 무료이며, 최소한 문맹은 극복해야 한다는 목표로 출발했지만 지금은 기술 고등학교까지 있다. 기술고등학교를 졸업할 때쯤이면 사회에서 요구하는 한

두 가지의 기술을 습득하여 인도 사회에서 자신의 몫을 해낼 수 있도록 교육하고 있다. 그리고 지바카병원은 인근 주민들이 찾아들어 수업에 지장이 생길 정도로 둥게스와리에서 유일무이한 병원이다.

법륜 스님의 관심은 북한을 넘어서 인도·필리핀·아프가니스탄 등 그야말로 전 지구적이다.

"지구 인구 전체가 62억이라고 하는데 그 가운데 4분의 1 정도의 인구가 하루 노동을 해서 1달러 미만의 임금을 받습니다. 하루 1천 원 정도의 수입으로 본인과 가족이 먹고 살아야 해요. 이런 사람들은 병이 들어도 치료를 받을 수가 없으며, 아이들을 학교에 보낼 수가 없어요. 지구 인구의 25퍼센트가 이런 극빈층에 속합니다. 이러한 일이 벌어지고 있는 것은 인류 모두의 책임입니다. 밥 한 톨 버리는 것과 가난한 나라 사람이 굶주리는 것이 상관없는 게 아닙니다. 고무풍선 한쪽을 누르면 반대쪽으로 튀어나오는 것과 같은 겁니다. 이것이 연기법이지요."

밥 한 톨 버리는 것과 세계의 기아와 무슨 상관이 있는지 물었다.

"우리나라에서 음식쓰레기 양이 15조 원어치나 된다고 합니다. 음식을 자꾸 버리게 되면 그만큼 식량을 많이 수입해 와야 하는데, 그러면 국제 식량 값이 오르게 되겠지요. 가난한 나라에서는 한정된 돈을 가지고 식량을 사야하는데 그만큼 적은 양을 수입할 수밖에 없잖아요. 우리가 연기법을 안다면 나의 욕심이 나를 해치고 상대를 해친다는 것 그리고 내가 욕심을 버리면 나를 이롭게 하고 남을 이롭게 한다는 것을 깨칠 수 있습니다."

2002년에는 아프가니스탄에서 긴급구호 활동을 시작하였다. 아프가니스탄에서는 20년간의 내전과 5년에 걸친 기근 등으로 약 550만 명 이상의 난민이 발생하였다. JTS에서는 지난 3년간 폐허가 된 아프가니스탄에 다리와 마을 회관을 건축하고 자국 난민들이 거주하는 난민캠프(IDP) 지원 사업을 진행했다. 카불 근교에는 다리와 마을회관 건축을 중심으로 마을 개발 사업을 진행했고, 칸다하르 난민촌에는 어린이 5,000명이 공부할 수 있는 텐트학교와 문구류, 그리고 난민들을 대상으로 생필품과 식량을 지원했다. 바미얀 지역에는 학생들의 교육을 위해 교복과 문구류 등을 지원하고 마을 회관 겸 여성교육센터를 건립하여 여성교육을 진행하고 있다.

2003년부터 필리핀 JTS에서는 필리핀 내에서도 가장 열악하다는 민다나오 지역의 원주민·무슬림·장애자 등 소외 계층을 위한 학교건축과 학용품, 생필품을 지원하고 있다. 현재까지 약 20개 마을에 교실 31칸을 건축하고, 문구류 등을 지원했으며 원주민 마을의 자립을 위해 농업과 각 마을의 전통문화를 보존할 수 있도록 지원하고 있다. 그리고 장애인들을 위한 특수학교와 기숙사도 건립했다. 이 외에도 법륜 스님을 중심으로 JTS는 인도에서 국제 워크캠프를 열고 태국 국경지역의 미얀마 난민을 구호하는 일, 몽골 한파 지역의 긴급구호, 이디오피아 가뭄 피해 자원활동 등, 많은 일을 펼치고 있다. 전 지구적인 책임의식을 가지고 나눔을 몸소 실천하는 것에 대해 찬탄의 말을 보내자, 법륜 스님은 이렇게 답하였다.

"부처님이 남기신 마지막 유훈에 '배 고픈 자를 먹여라, 병든 자를 치료하라, 가난한 자를 돕고 외로운 자를 위로하라. 그것이 바로 부처님께 공양을 올리는 일이다.' 이렇게 분명하게 밝혀주셨어요. 정토회의 목표인 '배고픈 사람은 먹어야 하며, 아픈 사람은 치료받아야 하며, 아이들은 제때에 배워야 한다'는 이 세 가지는 경전에 있는 것을 옮긴 것뿐입니다. 제가 결코 특별한 일을 하고 있는 것이 아니라 단지 부처님의 가르침대로 따를 뿐입니다."

법륜 스님은 "배우지 못한 사람은 배운 이가 돌보아야 하며, 가난한 사람은 부자가 도와야 하고, 장애인은 육신이 건강한 사람이 보살필 때 우리 인류는 지금보다 더 나은 삶으로, 더 나은 사회로 만들어지는 것이며, 이것이 바로 정토를 구현하는 것"이라고 덧붙였다.

보현 보살이 "허공계가 다하고 중생계가 다하도록 중생을 위한 이 일이 조금도 고달프지 않고 항상 만족스럽다"고 했듯이, 법륜 스님 또한 만 중생의 고통을 자신의 온 몸으로 감싸 안고서 아픔을 함께 하면서도 그 일이 힘들다거나 고달프다고 하지 않는다. 법륜 스님은 '기아 돕기'를 함에 있어 여러 번의 단식을 통하여 많은 사람들의 동참을 이끌어내었고, 이들에게 진리를 향한 삶이 무엇인지를 깨닫게 해주었다. 이 시대의 보현 보살로 현현하여 〈보현행원가〉를 부르는 법륜 스님은 생명을 그루는 감로수와 같으며, 어둠을 밝히는 등불과도 같다. 그리고 인류의 튼실한 버팀목이다.